Return to Mother Goose

もっと知りたい マザーグース

鳥山 淳子 —*Junko Toriyama*—

スクリーンプレイ

はじめに

　この本は、大修館書店の「英語教育」誌で1997年から4年間連載した「マザーグースの散歩道」を1冊にまとめたものです。前作『映画の中のマザーグース』との大きな違いは、映画だけでなく児童文学やミステリーの用例を数多くご紹介しているところでしょう。

　『不思議の国のアリス』『ピーター・ラビット』『赤毛のアン』『ドリトル先生』『くまのプーさん』『大草原の小さな家』『メリー・ポピンズ』など、みなさんがよく知っているお話で、マザーグースは頻繁に引用されています。アガサ・クリスティーをはじめ、多くのミステリー作家も、マザーグースを効果的に用いた「童謡殺人事件」を書いています。

　おなじみの映画や児童文学、ミステリーに顔を出しているマザーグースを知れば、一見とっつきにくく思えるマザーグースも親しみ深いものになるでしょう。この本を読んでマザーグースに興味を持たれた方は、ホームページ「大好き！マザーグース」（http://www2u.biglobe.ne.jp/~torisan/）を訪れてみて下さい。楽しく不思議なマザーグースの世界を少しでも多くの方に知っていただけたらと思います。

2002年10月　著者

本書の構成について

【見出し語】

　基本的にはマザーグースの唄の第1行目をアルファベット順に載せましたが、わかりやすいように短くしたものや、他の唄との混同を避けるため多めに載せたものもあります。

【マザーグースの唄】

　マザーグースの唄にはさまざまなバリエーションがあるのですが、原則として *The Oxford Dictionary of Nursery Rhymes* (Iona and Peter Opie, Oxford University Press, 1951) の語句にならいました。スペースの関係上、長い唄の中には一部しか載せていないものもあります。

【マザーグースの日本語訳】

　できるだけ元唄に忠実に訳そうと試みましたので、韻を踏んだ訳にはなっていません。北原白秋、谷川俊太郎、寺山修司、和田誠をはじめ数多くの訳がでていますので、マザーグースに興味を持たれたかたは、ぜひいろんな訳を読みくらべてみてください。

【解説】

　唄の歴史的背景や遊び方などの説明と、実際に映画や児童文学、ミステリーなどの中でどのような意図で引用されているかについて解説しました。マザーグースのうたや日本のわらべうたは「唄」と記し、作詞されたうたは「歌」と記しました。

映画の中でのマザーグース引用の意図

　映画の中でのマザーグース引用の意図は、次の8つに大別されます。かっこ内の数は後のリストに掲げた映画528例の内訳です。どこに分類したらよいか迷うものもありましたが、引用場面を検討し分類するよう努めました。

愛情（いとしい者への愛情の発露　42例）

子供を寝かしつけるときや幼い子供を目の前にしたときに、愛情をこめてマザーグースを歌ったりつぶやいたりします。唄の種類は、やはり子守唄が多いのですが、子守唄に限らず遊ばせ唄などさまざまな種類のものが子供を寝かしつけるときに歌われていることがわかります。

郷愁（幼年時代の象徴　8例）

幸せだった幼年時代に母親から歌ってもらった唄。マザーグースが過ぎ去りし古き良き時代への郷愁を誘うものとして登場します。

からかい（からかい・嘲笑・冗談など　154例）

マザーグースを子供っぽいものとしてとらえ、唄を引用することによって冗談を言ったり相手をからかったりします。唄の種類としては人物唄が比較的多く用いられています。

Ⅳ 恐怖感（43例）

ホラー映画・ミステリー映画などで、恐怖感を増すためにマザーグースが引用されることがあります。マザーグースには、不可解な唄や不気味で残酷な唄が数多く含まれます。そういった不気味なイメージを利用する作家も多く、アガサ・クリスティーの『そして誰もいなくなった』などが例としてあげられます。唄の種類としては数え唄が比較的多く用いられています。

Ⅴ 状況説明（映画の内容やその場の状況を説明　172例）

映画のタイトルに引用されたマザーグースが、その映画の内容を端的にあらわしていることがあります。また、登場人物がその場の状況や自分の感情を唄の一節を使って説明することもよくあります。これらはマザーグースを意図的に引用した例です。

Ⅵ 決まり文句（41例）

マザーグースとしてより、むしろ決まり文句として引用されることがあります。これらはマザーグースが無意識に引用された例です。格言や占い唄、願掛け唄などがこれに含まれます。

Ⅶ 学習（9例）

英語習得の目的で非英語圏の人がマザーグースを歌ったり、訛をなおすために唄で練習したり、替え唄を暗記の手助けにすることがあります。

Ⅷ 単なる歌・ＢＧＭ（59例）

単なる歌・ＢＧＭ・挿入歌として引用です。強い引用の意図が感じられず、上記1から7のどこにもあてはまらなかったものをここに分類しました。

もくじ

はじめに ... 3
マザーグース・インタビュー ... 10
Old Mother Goose ... 14

Birds of a feather ... 20
Bye, baby bunting ... 24

Eeny, meeny, miney, mo ... 28

Fee, fi, fo, fum ... 34

Goosey, goosey gander ... 38

Here we go round the mulberry bush ... 46
Hey diddle diddle ... 50
Humpty Dumpty ... 54
Hush-a-bye, baby ... 58

I do not like thee, Doctor Fell ... 64

Jack and Jill ... 68

Ladybird, ladybird	76
Little Bo-peep	80
London Bridge	86
Mary had a little lamb	92
Mary, Mary, quite contrary	96
Monday's child	100
Now I lay me down to sleep	106
Old King Cole	110
One, two, buckle my shoe	114
Oranges and lemons	118
Pease porridge hot	128
Please to remember	134
Punch and Judy	140
Red sky at night	144
Ring-a-ring o'roses	148
Roses are red	152
Sing a song of sixpence	158
Solomon Grundy	164
Something old, Something new	168

The first day of Christmas	188
The man in the Moon	194
The Queen of Hearts	198
There was a crooked man	202
There was an old woman who lived in a shoe	206
Thirty days hath September	210
This is the house that Jack built	214
This little pig went to market	218
Three blind mice	222
Tinker, Tailor, Soldier, Sailor	226
Tom, he was a piper's son	230
Tweedledum and Tweedledee	234
Twinkle, twinkle, little star	238
Up and down the City Road	242
Who killed Cock Robin?	246
Yankee Doodle	252

コラム
サスペンス映画『スパイダー』を読み解く	42
児童文学の中のマザーグース	72
萩尾望都はマザーグースがお好き	122
マザーグースの授業	157
ビートルズとマザーグース	172

リスト
マザーグースがでてくる映画リスト	256
マザーグースがでてくる児童文学リスト	269

マザーグース・インタビュー

教えて、マザーグース

——マザーグースの唄を読むまえに、マザーグースの基礎知識を知っておきましょう。…それでは、マザーグースさん、唄について教えてください。全部で何編ぐらいあるのでしょうか？

MG：オーピー夫妻の『オックスフォード童謡辞典』に掲載されている唄は549編ですが、全部で1000編以上はあると思います。

　マザーグースとは、ひとことで言えば、「英語圏の子供たちの間で伝承されてきた童謡」です。たいていの唄は作者不詳なのですが、「メリーさんの羊」「きらきら星」「フェル先生」「10人のインディアン（そして誰もいなくなった）」など、作者がわかっている唄もあります。

——歴史を歌い込んだ唄もあると聞きましたが。

MG：そうですね…。「ロンドン橋」の人柱、「ジャック・ホーナー」の収賄事件などは信憑性が高そうです。一方、「つむじまがりのメアリー」はスコットランドのメアリー女王で、「ばらの花輪」がペストを歌い込んだ唄だと考えている人も多いようですが、研究家のオーピー夫妻は、これらの解釈には疑問を投げかけています。先にあげた辞典の中でも、夫妻は歴史的解釈を極力避けています。謎めいた歌詞には何か意味があるのでは？とつい考えてしまいがちですが、夫妻は歌詞のナンセンスな部分を無理に解釈せず、そのまま受け入れる、そういった姿勢を貫いているようです。

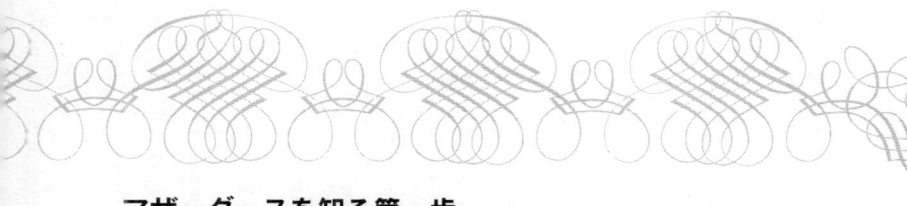

マザーグースを知る第一歩

——では、おすすめの本やテープ、ＣＤを紹介して下さい。
MG：やはり、『マザー・グースの唄』（平野敬一、中公新書）でしょう。マザーグースの世界を知るには、まずこの本を読むことから始まると思います。また、マザーグース辞典として、『マザー・グース　1〜4』（谷川俊太郎訳　講談社文庫）をそろえておくと便利です。第4巻に全336編の総索引があります。和田誠さんのイラストも素敵です。

　英語圏の子供たちは耳から唄を覚えるので、マザーグースに興味を持たれた方は、ぜひビデオやカセット、ＣＤにも親しんで下さい。北星堂の『マザー・グース童謡集』付属のカセットは、68編の唄を歌ったり朗読したりして、マザーグースの世界をいきいきと描き出しています。アルクのＣＤブック『うたおう！　マザーグース　上・下』も楽しいです。これには「大きな栗の木の下で」などマザーグースではない曲も入っていますが、実際のところ、マザーグースとそれ以外の歌との境目は明確ではありません。

　また、意外かもしれませんが、英語圏では、一部の唄を除いては、マザーグースはメロディなしで唱えられることの方が多いのです。日本では、メロディなしの童謡なんて考えられませんよね。マザーグースは Nursery Rhymes という名のとおり、メロディではなく、ライム（韻）でつながっているのです。
——ライムでつながっているから、「牛が moon を飛び越え、お皿が spoon と逃げた」なんていう奇想天外な歌詞が生まれたのですね。
MG：唄の内容の整合性より韻が重視されるため、ナンセンスな歌詞が生まれたようです。常識を覆す歌詞は、マザーグースの魅力の1つでもあります。

授業で人気の唄は？

MG：魅力的な言語素材の宝庫であるマザーグースなのですが、授業ではどのように扱いましたか。

——以前、英語の授業で何曲かテープをかけて、穴埋めの書き取りをしたのですが、164ページの「ソロモン・グランディの唄」が一番人気でした。ラボ教育センターの『詩とナーサリーライム』第1巻は、多くの唄が日本語と英語の両方で録音されているので、授業で使いやすくおすすめです。

　扱い方を工夫すれば、小学校から高校、大学まで、マザーグースはすばらしい教材になると思います。たとえば、172ページのコラムでもわかるように、ビートルズはたくさんマザーグースを引用しています。ポップスや映画など、身近なものに顔を出しているマザーグースは、生徒たちの知的好奇心をかきたてるのではないでしょうか。

どうしてこんなに引用されているの？

——日本では、映画や新聞でわらべ唄が引用されることなどめったにありません。マザーグースが英語圏でこれほど引用される理由は何なのでしょうか？

MG：まず、引用、ユーモアを好む国民性というか、文化背景があります。シリアスな場面で子供の唄を口ずさむ意外性というか…。日本では、まじめな場面で子供の唄を口ずさんだら、「ふざけている」と言われそうですよね。

　それに、マザーグースのキャラクターは個性豊かです。ハンプティ・ダンプティやジャックとジルなどの人物名を出すだけで、性格や様子

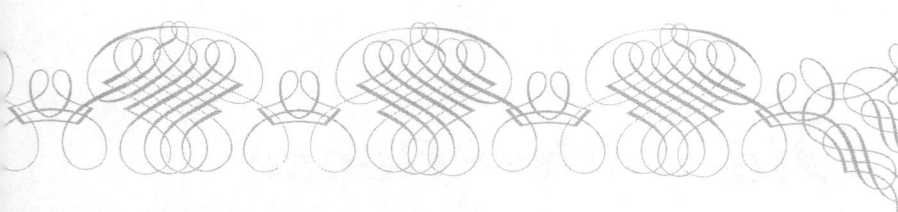

　などをいきいきと描写することができるのです。一方、日本のわらべうたには、固有名詞はあまり出てきません。どちらかといえば、花鳥風月を情緒豊かに歌い上げたものが多いようです。ウェットな日本の唄に対して、マザーグースはカラッとしたおもしろみが特徴です。
　また、マザーグースには、卑猥な唄や諺など大人向けの唄も含まれています。言ってみれば、日本の和歌や俳句、川柳の役目も果たしているので、日常生活の中でよく引用されるのではないでしょうか。
——もとは、大人向けの唄だったのですか。どうりで、不気味で残酷なものが多いのですね。
ＭＧ：グリム童話などもそうですが、民間伝承には残酷なものも少なくありません。でも子供たちは、そのあっけらかんとした残酷さを楽しんでいるのです。北原白秋は、「不思議で美しくて、おかしくて、ばかばかしくて、おもしろくて、なさけなくて、おこりたくて、わらいたくて、うたいたくなる」のがマザーグースだと、みごとに言い当てていますが、私もそのとおりだと思います。
——マザーグースさん、ありがとうございました。これからも、素敵な唄をたくさん子供たちに届けて下さい。

　この本は、アルファベット順に唄を紹介していますが、まずは、マザーグースが登場する唄をお送りします。それでは、おなじみの映画や児童文学の用例をながめつつ、がちょうの背に乗ってひょうひょうとマザーグース散歩を楽しみましょう。

Old Mother Goose

Old Mother Goose,
When she wanted to wander,
Would ride through the air
On a very fine gander.

がちょうおばさん
散歩にいきたくなったら
空をとんでいく
すてきながちょうの背にのって

『復刻 マザーグースの世界』
(ほるぷ出版刊) より

がちょうおばさん

　この Old Mother Goose の唄は、全部で15連ある長い唄で、1815年ごろの chapbook（行商人が売り歩いた小冊子）の『**がちょうおばさん、あるいは金の卵**』に載っている。がちょうおばさんの息子のジャックが買ってきた雌ガチョウが、金の卵を生み、ジャックはきれいなお嫁さんをもらい、がちょうおばさんは今度は雌ガチョウの背に乗って月まで飛んで行く、といった筋の唄である。
　ここでは、マザーグース（がちょうおばさん）が唄の登場人物になっているが、普通、マザーグースといえば、イギリスやアメリカの子供たちの間で古くから伝承されてきた童謡を指す。
　マザーグースは、子守唄、物語、数え唄、なぞなぞ、早口言葉など、さまざま

【語句】**goose**「雌のガチョウ」。　　**wander** [wάndər]「（あてもなく）歩き回る、ぶらつく」。（参） **wonder** [wΛ́ndər]「不思議に思う、驚く」。　　**gander**「雄のガチョウ」。

な唄を含み、その数は1000編以上もあると言われている。なお、アメリカでは Mother Goose Rhymes、イギリスでは Nursery Rhymes の呼称が多いと言われているが、必ずしもそうとは言いきれないようである。

なぜ、マザーグースと呼ぶの？

では、なぜ「マザーグース」という言葉が使われるようになったのだろうか。初めてイギリスでマザーグースというタイトルが使われたのは、1729年のことだった。ただし、それは童謡でなく、童話に付けられたタイトルであった。

フランスのペローの童話集が、イギリスで翻訳され出版されたとき、その副題が Mother Goose's Tales だったのだ。『赤ずきん』や『シンデレラ』などを載せたペローの童話集は、イギリスでも人気を博したのだろうう。イギリスの出版業者ジョン・ニューベリーは、このタイトルを拝借して、自分が編集した童謡集に Mother Goose's Melody と名付け、1765年ごろに出版した。これ以降、伝承童謡集に Mother Goose というタイトルが付けられるようになったのだ。

今回の唄も、伝承童謡のタイトルとして当時人気のあった Mother Goose と、よく知られていた「金の卵」の話などをミックスして作られたものだと考えられる。

マザーグース実在説

さて、アメリカには、19世紀中ごろに広まった「マザーグース実在説」がある。孫たちに童謡を歌ってきかせたエリザベス・グースという実在の人物が、マザーグースのモデルである、というのだ。この説はのちに否定されたが、アメリカでは、今でも多くの人がこの説を信じているようだ。

北原白秋もこの説を信じて、大正11年に出版した**『まざあ・ぐうす』**のはしがきの中に、「そのグウスというおばあさんはいまから二百年ばかり前に、その当時英国の植民地であった北アメリカにうまれたかたでした」と書いている。

アメリカのボストンの Granary Burying Ground の案内板には、Mother Goose と記されているが、実際には、エリザベス・グースの孫や娘婿、そして彼女の夫の先妻メアリー・グースの墓があるだけ。エリザベスの墓は「おそらくこの近辺にあるだろう」と考えられているにすぎない。

昭和3年に『英国童謡集』を出版した竹友藻風も、「私は現にその Mother

Goose の墓と称えるものを見たことがあるけれども、これは実際にあった話であるかどうかはわからない」と記している。なお、偶然であろうが、白秋の『まざあ・ぐうす』も、藻風の『英国童謡集』も、今回の唄、'Old Mother Goose' で始まっていて、両者とも、この唄を15連すべて訳している。

ローラが手にしたマザーグース絵本

　1937年出版の『プラム・クリークの土手で』に、ローラが初めてマザーグースの絵本を手にして、目をみはる場面がでてくる。これは、日本でも大人気の、ローラ・インガルス・ワイルダーの『大草原の小さな家』に続く物語で、7歳ごろのローラを描いた作品である。
　一家はカンザスの大草原をあとにして、ミネソタ州のプラム川のそばへ引っ越す。ローラたちは学校へ行き、読み書きを習う。それでは、ローラがパーティーに招待され、絵本を貸してもらう場面を読んでみよう。

> The other was a book with a thick, glossy cover, and on the cover was a picture of an old woman wearing a peaked cap and riding on a broom across a huge yellow moon. Over her head large letters said, **Mother Goose.**
> 　Laura had not known there were such wonderful books in the world. On every page of that book there was a picture and a rhyme. Laura could read some of them.

> もう1冊は、厚い、つやつやした表紙の本で、表紙は、とんがり帽子をかぶってほうきにまたがったおばあさんが、大きな黄色い月を横切って飛んでいく絵。おばあさんの頭の上には、大きな字で「マザーグース」と書いてあった。
> 　ローラは、この世にこんなすてきな本があるとは思ってもみなかった。その本には、ページごとに、絵と唄が1つずつ載っていた。ローラにも、唄のいくつかを読むことができた。

　それまで本を読んだことがなかったローラには、ハード・カバーのマザーグースは、とても魅力的だったのだろう。また、読み書きを覚え始めたばかりのローラにとって、マザーグースはぴったりの絵本で、パーティーのことをすっかり忘れてしまうほど、絵本に熱中したのだった。
　ローラが手にした本が、どこの出版社のものであったかは、知るよしもないが、

マザーグースのおばあさんが、がちょうではなく、ほうきに乗っているのは、'There was an old woman tossed up in a basket' という唄のさし絵であったと思われる。これは、おばあさんが、ほうきを持って月へ飛んでいく、といった内容の唄である。

誰でも知っているはず

次に、1912年出版のJ・ウェブスターの『あしながおじさん』を見てみよう。18歳になるまで孤児院で過ごしてきたジュディを、大学へ行かせてくれるという人が現れる。唯一の条件は、月1回手紙を書く、ということであった。この恩人のひょろ長い影を見たジュディは、彼を Daddy-Long-Legs と呼ぶことにする。それでは、大学生活も2ヶ月過ぎたころの、11月19日付けのジュディの手紙を読んでみよう。

> The things that most girls with a properly assorted family and a home and friends and a library know by absorption, I have never heard of.　For example: I never read **Mother Goose** or *David Copperfield* or *Ivanhoe* or *Cinderella* or *Blue Beard* or *Robinson Crusoe* or *Jane Eyre* or *Alice in Wonderland* or a word of Rudyard Kipling.
> ちゃんとした家族や家庭環境、友人やたくさんの本に恵まれてきた女の子なら、いつのまにか覚えてしまうようなことでも、わたしは聞いたことがなかったのです。たとえば、『マザーグース』も『デビッド・コパーフィールド』も『アイバンホー』も『シンデレラ』も『青ひげ』も『ロビンソン・クルーソー』も『ジェーン・エア』も『不思議の国のアリス』もラドヤード・キップリングの作品だって1字も読んだことがないのです。

18年間、孤児院で過ごしたジュディは、マザーグースやシンデレラなど、誰でも知っているはずの唄や物語を1度も読んだことがなかった、と述べている。彼女はみんなに追いつくために、平易な本をかたっぱしから読んだという。いかに一生懸命、本を読んだかということは、read and read and read という言葉づかいにも表れている。

これらの本の中でも、マザーグースが一番にくるのは、やはり、子供時代に最初に読む本で、知っているのは当然、という認識があるからではないだろうか。

夜寝る前にはマザーグース

　アイオワの農場を舞台に、夢を追い求めることの素晴らしさを優しく語りかける、現代のおとぎ話『フィールド・オブ・ドリームス』"Field of Dreams"(1989.US)にも、マザーグースという言葉がでてくる。　以下は、妻のとともにささやかな農場を営んでいたレイ（ケビン・コスナー）が、映画の冒頭で、幼い頃の自分を語る場面。

> **RAY**　　：My name is Ray Kinsella. Mom died when I was three and I suppose Dad did the best he could. Instead of **Mother Goose**, I was put to bed at night to stories of Babe Ruth, Lou Gerhrig, and the great "Shoeless Joe" Jackson.
> 僕の名前はレイ・キンセラ。3歳のときに母が死んで、父はよくやってくれたと思う。夜になるとベッドの上でマザーグースの代わりにベーブ・ルースやルー・ゲーリック、それに偉大な「シューレス・ジョー」・ジャクソンの話を聞かされた。

　普通子供たちは、夜寝る前にマザーグースを読んでもらうものなのだが、野球好きの父親は、マザーグースの代わりに野球の話をしてやったという。ここでも、マザーグースは、子供時代に当然、親に読んでもらう本、という位置づけである。

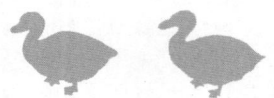

　英語圏では知らない人のないマザーグース。彼らは、子供時代に耳から覚えるのであるが、私たちは、『あしながおじさん』のジュディのように、本を読み、少しずつ知識を増やしていかなければならないのだろう。

Old mother goose

『MOTHER GOOSE The Old Nursery Rhymes』（ほるぷ出版刊）より

Birds of a feather

Birds of a feather flock together,
And so will pigs and swine;
Rats and mice will have their choice,
And so will I have mine.

同じ羽毛の鳥は　群れつどう
豚だって　同じ
ドブネズミやハツカネズミすら　つれをえらぶ
わたしだって　同じ

類は友を呼ぶ

　古くからある格言唄で、1行目は『類は友を呼ぶ』に当たる諺として有名。不定冠詞 a の特別な用法（a＝the same）を説明するときに、この諺は例としてよく引用されるが、その起源はかなり古そうだ。
　というのも、旧約聖書外典の『ベン・シラの知恵』に The birds will resort unto their like, so will truth return unto them that practice in her.（鳥は自分と同じ種類の鳥のところへ集まる。真実もそれを実践する者のところへ帰ってくる）という1文があるからだ。また、シェイクスピアの『ヘンリー6世』第3部にも、For both of you are birds of self-same feather.（お前たち2人は同じ羽毛の鳥だ）といったセリフがある。

【語句】**of a feather**＝ of the same feather　　**flock**「群をつくる、群をなして行く」。　　**pig** も **swine** も「豚」だが、swine は文学などで用いられる少し形式ばった語。単複同形。　　**rat** は「ドブネズミ」などの大型のネズミ。**mouse** は「ハツカネズミ」。　　**have their choice**「自分の居場所を選ぶ、より好みをする」。

同様の諺は世界各地で見られるが、トルコの「鳥は同じ種類の鳥と暮らす」、ソマリアの「どの鳥も自分に似た鳥と飛ぶ」というように、鳥をたとえにしたものが圧倒的に多い。鳥の群れを見て思うことは、世界中どこでも同じなのだろうか。

アリスが聞いた格言

ルイス・キャロルの『不思議の国のアリス』(1865)でも、この格言が引用されている。では、フラミンゴを抱えたアリスと公爵夫人の会話を読んでみよう。

> "He might bite," Alice cautiously replied. "Very true," said the Duchess; "flamingoes and mustard both bite. And the moral of that is, **'Birds of a feather flock together.'**"
>
> 「噛みつくかもしれないわよ」とアリスは用心深く答えた。「そのとおり」と公爵夫人は言った。「フラミンゴもマスタードも、どちらも噛みつく。その教訓は『類は友を呼ぶ』さ」

マスタードが「噛みつく」はずがない。ここでは、bite の「噛みつく」と「辛い」という2つの意味をうまく使っている。公爵夫人は、ことあるごとに教訓や格言を引用していたが、このように、それらはいつも的外れなのであった。

『ALICE'S ADVENTURES IN WONDERLAND』
(講談社出版刊) より

『ダイ・ハード３』の犯人も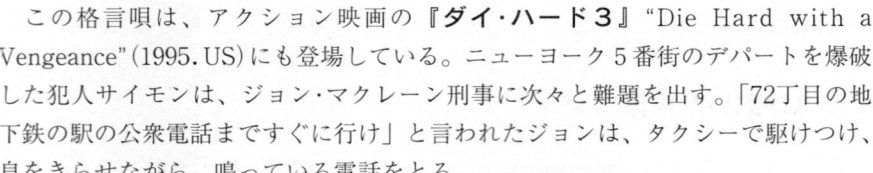

　この格言唄は、アクション映画の『ダイ・ハード３』"Die Hard with a Vengeance"(1995.US)にも登場している。ニューヨーク５番街のデパートを爆破した犯人サイモンは、ジョン・マクレーン刑事に次々と難題を出す。「72丁目の地下鉄の駅の公衆電話まですぐに行け」と言われたジョンは、タクシーで駆けつけ、息をきらせながら、鳴っている電話をとる。

JOHN　　　：Hello.
　　　　　　　もしもし。
SIMON　　：*Birds of a feather flock together, so do pigs and swine. Rats and mice have their chance, as will I have mine.*
　　　　　　　同じ羽毛の鳥は群れつどう。豚だって同じ。ドブネズミやハツカネズミにもチャンスあり。おれにだってチャンスあり。

　「電話に出なければ爆弾を爆発させる」と言われて、必死になって駆けつけたジョンにむかって、犯人が替え唄をつぶやいている。choice を chance に変えて歌っているが、なかなかうまいパロディではないか。
　犯人サイモンは、マザーグースがお気に入りらしく、この他にも、「シンプル・サイモン」、「２匹のハトを飼っていた」、「セント・アイブズへ行く途中」の３つの唄をもじっている。イギリスの名優ジェレミー・アイアンズが犯人を演じているのだが、ドイツ人という設定のサイモンがマザーグースをたくさん知っているのは、ちょっと不思議だ。
　なお、with a vengeance は「徹底的に、激しく」という意味であるから、この映画のタイトルは『どれだけひどくやられても死なない男』となる。一方、vengeance は「復讐」なので、「サイモンの兄の仇討ち」というニュアンスも、もちろん含まれている。マザーグースが４つも用いられた映画らしく、タイトルから凝っているようだ。

ディズニーにも、『嵐が丘』にも

　また、ディズニー映画の『ジャングル・ブック』"The Jungle Book"(1967.US)

でも、この格言が引用されていた。豹のバギーラが10歳になったモグリを人間の世界へ帰そうとする場面だ。しかし、モグリを息子のようにかわいがる熊のバルーは、どうしても彼を手放そうとしない…。

BAGHEERA : You can't adopt Mowgli as your son.
モグリをおまえの養子にすることはできないぞ。

BALOO : Why not?
なぜだい？

BAGHEERA : Oh...how can I put it? Baloo, **birds of a feather should flock together**. You wouldn't marry a panther, would you?
どう言えばいいんだい？　バルー、「類は友達を呼ぶ」だよ。おまえは豹と結婚するかい？

一方、古い映画だが、ローレンス・オリビエがヒースクリフを演じた1939年の『嵐が丘』"Wuthering Heights" にも、この唄が引用されていた。家を出たヒースクリフを追って、キャシーは嵐の中へ出て行く。ヒースクリフに反感を持つキャシーの兄ヒンドリーは、それを止めようともせず酒をあおる、という場面だ。

HINDLEY : If she's run after that gypsy scum, let her run. Let her run through storm and hell... they're **birds of a feather.**
あいつがあのジプシーのやつを追いかけて行ったというなら、そのとおりにさせてやろう。嵐の中でも地獄の中でも追いかけて行かせてやる。2人は似たもの同士さ。

この2つの映画では、いずれも格言として引用されており、ここでは、マザーグースはあまり意識されていないようだ。

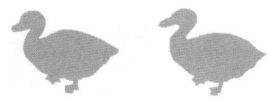

マザーグースは、映画の中に隠し味のようにちりばめられている。ディズニー映画はもちろん、最新のアクション映画でも数多く引用されているのだが、日本語字幕では、字数制限のため、残念ながら割愛されてしまうことが多いようだ。

Bye, baby bunting

Bye, baby bunting,
　　Daddy's gone a-hunting,
　Gone to get a rabbit skin
　　To wrap the baby bunting in.

　　ねんねんころりよ　かわいい　あかちゃん
　　　とうさん　かりにいった
　　ウサギのけがわ　とりにいった
　　　あかちゃん　くるんでくれるとさ

『コールデコット絵本名作集』（京都書院刊）より

おやすみ　あかちゃん

　58ページの 'Hush-a-bye, baby' と同じぐらいよく歌われている子守唄で、「ソーミーラ、ファ#ーレ」のわずか5音の繰り返しは、思わず眠気をさそうようなゆったりとしたメロディである。Bの音の頭韻も、耳にここちよい。生後すぐの赤ちゃんを親に渡すときなどに、看護婦がこの唄を口ずさんだりするという。

　bye は good-bye ではなく、hush-a-bye や rock-a-bye の短縮形。go a-hunting は、go hunting の古い形。bunting は「かわいく丸まるとした」といった意味の愛情を示す古い言葉で、この唄が元になって、bunting は「赤ちゃん用のフード付きおくるみ」を指すようになった。

ローラの父さんも狩りへ行った

　ローラ・インガルス・ワイルダーの『大草原の小さな家』(1935)に、この子守唄を歌って赤ちゃんを寝かしつける場面がある。

Bye, baby bunting

　　She sat rocking Baby Carrie and singing softly to her: **'By lo, baby bunting. Papa's gone a-hunting, To get a rabbit skin to wrap the baby bunting in.'**
　　母さんは、キャリーをひざに抱き、揺り椅子を揺らしながら、やさしく歌ってやった。「ねんねんころりよ。かわいい赤ちゃん。父さん狩りにいった。ウサギの皮をとってきて、おまえをくるんでくれるとさ」

　暖かく燃える暖炉の前で、末娘キャリーを抱いて、母さんはやさしく子守唄を歌っている。父さんは、実際に、この唄どおり狩りに出かけていた。この日の夕食は、ウサギの肉だったのかもしれない。そして、ローラたちも、ときには、狩りの獲物をさばくのを手伝ったようだ。

　　Laura held the edge of the rabbit skin while Pa's keen knife ripped it off the rabbit meat. 'I'll salt this skin and peg it out on the house wall to dry,' he said. 'It will make a warm fur cap for some little girl to wear next winter.'
　　ローラがウサギの皮のはしっこを持ち、父さんがよく切れるナイフで肉から皮をはぎとった。「この皮に塩をして、家の外壁につるして乾かしておこう。冬には、暖かい毛皮の帽子になるから」と父さんが言った。

　このように、フロンティア時代には、マザーグースの歌詞そのままの生活が営まれていた。古めかしく思える歌詞も、元をたどれば庶民の日常生活を描いたもの。ローラにとって、マザーグースの世界は、現実に日々営んでいた生活のひとこまであったというわけだ。

ラフカディオ・ハーンも歌った

　ラフカディオ・ハーンも、息子にこの子守唄を何度も歌ってやったようだ。息子一雄が著した『父「八雲」を憶う』(恒文社) の中に、次のようなエピソードが載っている。

　「おろくは奇抜な女中でした。父から教えられた英語の子守歌を私が歌うのを傍で聞いていていつしか語呂の似た出鱈目な日本語の文句に改めて得々然と歌い始めました。

パパ、ベベ、半纏、達巻や半平
　黄楊櫛や平気、面パンと打っちまえ。

　これがたちまち女中仲間に流行し、弟までが歌うようになりましたので、ついには父の知る所となり、もう決してかかることは歌ってくれるなと厳禁されてしまいました」

　ハーンは、一雄に何度もこの唄を歌ってやっていたのだろう。女中まで唄を覚え、耳から聞いた音をそのままうまく日本語に置き換えて「パパ、ベベ、ハンテン」と歌ったようだ。なかなか見事な子守唄ではないか。なお、ハーンは3行目を 'To get a little hare's skin' と歌ったので、「黄楊櫛や平気」という歌詞になっている。
　ハーンは、一雄が5歳になったころから英語を教え始め、6歳ごろには、*The Nursery Rhyme Book* などのマザーグース絵本を教科書として使っていた。ギリシアで生まれ、アイルランド、そして後にイギリスで育ったハーン自身、マザーグースを聞いて育ったはず。日本で息子に英語を教えようと考えたとき、マザーグースを用いるのは、彼にとってごく自然なことだったようだ。

レット・バトラーがウサギ狩り？

　さて、お次は映画から。ヴィヴィアン・リーとクラーク・ゲーブル主演の『風と共に去りぬ』"Gone with the Wind"(1939.US)は、アカデミー賞8部門受賞の金字塔的名作。南北戦争を背景にした壮大なスケールの作品で、当時研究途上にあったテクニカラーの画期的成功、4時間の上映時間、監督の交代劇など、エピソードも数多い。
　その映画の後半。スカーレットは、レット・バトラーと結婚し、娘ボニーを生む。しかし、2人の間にはいさかいが絶えない。スカーレットと激しいののしりあいをしたあと、レットはボニーを連れて、イギリスへ旅行しようとする。そのレットのセリフの中で、今回の唄がさらりと引用されている。

BONNIE ：Daddy! Daddy! Where have you been? I've been waiting for you all morning!
　　　　　パパ、パパ！どこへ行ってたの？　朝からずっと待ってたのよ。

Bye, baby bunting

RHETT : ***I've been hunting for a rabbit skin to wrap my little Bonnie in.*** Give your best sweetheart a kiss. Bonnie, I'm going to take you on a long trip to Fairyland.
おまえをくるむ毛布を探しに行ってたのさ。さあ、キスしておくれ、ボニー。おまえを遠いおとぎの国へ連れて行ってやろう。

　さすがのレット・バトラーも、「スカーレットと喧嘩して家を離れていた」と愛娘に言うわけにもいかず、とっさにマザーグースを口にしたようだ。家を空けていた理由を唄を使ってユーモラスに述べたわけだが、マザーグースを知らない人が聞けば、レットが本当にウサギ狩りに行っていたと誤解してしまいそうだ。なお、この唄は、マーガレット・ミッチェルの原作でも、同様の場面で引用されていた。

　この他にも、ジャック・レモン主演の『酒とバラの日々』(1962)やナスターシャ・キンスキー主演の『テス』(1979)などで、この唄が歌われている。いずれの映画も、赤ちゃんを寝かしつける場面であったが、テスの母親は、ゆりかごを足で揺らしながら、とても速いテンポで歌っており、あれでは逆に赤ちゃんが起きてしまうのではないかと、いらぬ心配をしてしまった。

『コールデコット絵本名作集』(京都書院刊)より

Eeny, meeny, miney, mo

Eeny, meeny, miney, mo,
    Catch a nigger by the toe,
If he hollers, let him go,
    Eeny, meeny, miney, mo.

イーニー　ミーニー　マイニー　モー
　　黒人のつま先を　ふんづけろ
叫んだら　はなしてやろう
　　イーニー　ミーニー　マイニー　モー

だれにしようかな

　もっともよく歌われている鬼決め唄（counting-out rhyme）で、この唄を歌いながら各行4人ずつ順に指していき、最後の mo にあたった人が鬼（it）となる。脚韻は4行とも[ou]で、各行4拍。口ずさみやすい唄である。なお、2行目の nigger は差別語であるので、通常 tiger が代わりに使われる。
　1行目の Eeny, meeny, miney, mo は「ひい、ふう、みい、よう」といった数を勘定する言葉で、昔イギリスの羊飼いが羊を数えるときに使った数詞の Ina, mina, tethera, methera と類似している。このケルトの数詞と似ていることから、古代ケルトの僧がいけにえを選んだときの儀式がこの唄の根っこにあるのでは、と推測される。
　4行もある唄なので、ジャンケンで鬼を決める私たちから見ればずいぶん悠長にも思える決め方だが、「ずいずいずっころばし」も昔は鬼決め唄であった事実を考えれば、納得できる。英語圏でもジャンケンで鬼を決めることもあるようだ

が、この唄で決める方がずっと多いらしい。

　ちなみに、ジャンケンは、江戸時代に中国から伝えられた「拳」に由来している。酒席での戯れの遊び「藤八拳」が子供の世界に根付いたというジャンケンの由来は、マザーグースと相通じるものがある。大人の戯れ唄がもとになっているマザーグースも数多くあるからだ。

あなたの歌った「物選び唄」は？

　さて、日本にも「じょじょ隠し（ゲタ隠し）」「ぬすっと・探偵」といった鬼決め唄も伝わってはいるが、ジャンケンで鬼を決めることの方が多い。一方で、物を選ぶときに子供たちは「どれにしようかな」と歌うので、物選び唄は各地でさまざまなものが伝わっている。

　筆者は「どれにしようかな、神様の言うとおり、ぷっときて、ぷっときて、ぷっぷっぷ」と歌った記憶がある。息子は「どれにしようかな、天の神様の言うとおり、とっつく、ぽっつく、ぽっ、ぽっ、ぽ。柿のたね」と歌っていた。他にも、唄の後半が「りす、りす、こりす」「空向けよ」「ぎっこん、ばっこん」「なのなのな」「あのねのね」となっているものなど、いろいろあるようだ。

　この物選び唄の旋律は、隣どうしの2音だけで成り立っており、必ず上側の音で終わっている。「あそびましょ」「あした天気になぁれ」「あがり目、さがり目」などの唄も、同様に、2音階・上音終止が一般的。私たちが無意識に歌っている唄の中に、この日本固有の音階がひそかに息づいているのである。

メアリー・ポピンズから

　さて、P．L．トラバースの『公園のメアリー・ポピンズ』（1952）に、この唄のパロディが出てきている。それでは、粘土人形 Mr.Mo とマイケルの会話を読んでみよう。

　　Mr. Mo shouted, cupping his hands. ***"Eenie, Meenie, Mynie —*** where are you?" Jane and Michael stared at each other and then at Mr. Mo. "Oh, of course we've heard of them," agreed Michael. "***'Eenie, Meenie, Mynie, Mo, Catch an Indian by the —'*** But I thought they were only words in a game."

ミスター・モウ は両手を口にあててどなりました。「イーニー、ミーニー、マイニー！どこにいるんだい？」ジェインとマイケルは驚いて顔を見合わせ、ミスター・モウ を見ました。「うん、もちろん聞いたことあるよ。『イーニー、ミーニー、マイニー、モウ。インディアンを捕まえろ』だよね。でも、遊ぶときの文句だと思ってたよ」とマイケルは言いました。

　メアリー・ポピンズの世界では、唄の文句の Eenie, Meenie, Mynie, Mo が物語の登場人物の名前になっている。ミスター・モウの3人の息子は、彼にそっくりのまん丸い顔をした3つ子。Eenie, Meenie, Mynie, Mo には「どれを取っても同じ」といった意味があるので、「父によく似た3つ子」という発想が出てきたのであろう。また、マイケルが覚えていた唄は「インディアンを捕まえた」となっていたが、このあと、唄の文句とは逆に「インディアンに捕まって」しまう。このあたりもちゃんと唄のパロディになっているようだ。

『公園のメアリーポピンズ』（岩波少年文庫刊）より

犠牲者をマザーグースで選ぶ？

　クエンティン・タランティーノ監督の『パルプ・フィクション』"Pulp Fiction"(1994.US)は、カンヌ映画祭でグランプリを受賞した作品。この中に、唄で犠牲者を決める場面が出てくる。

　ギャングのボスを裏切ったブッチ（ブルース・ウィリス）は高飛びを計るが、ボスに追いかけられ質屋で乱闘になり、2人とも質屋の主人メイナードに縛り上げられてしまう。メイナードの相棒ゼッドは、2人のうちどちらを先にヤルか決めようとする。

MAYNARD : Which one of them do you wanna do first?
どっちから先にやる？

ZED : I ain't for sure yet. ***Eeeny, meeny, minie, mo. Catch a nigger by his toe. If he hollers, let him go. Eeeny, meeny, minie, mo. My mother said pick the perfect one. And you are... it.*** Guess that means you, big boy.
まだ迷ってんだ。どちらにしようかな。黒人のつま先をふんづけろ。もしそいつが叫んだら放してやれ。どちらにしようかな。一番いいやつを選べとママが言ってた。おまえが当たりだ。デカイの、おまえからだ。

　このように「ママが一番いいのを選べと言った」という文句が最後につくことも多い。この場合は、最後の you are it の it にあたった人が鬼となる。ボスが黒人だったので、tiger ではなく元唄の nigger のまま歌っていたが、私たちが使う場合は tiger を使うべきであろう。また、ゼッドのセリフにある ain't は、ここでは am not の短縮形であるが、あまり教養のない人が使うものとされている。そんなところからも、ゼッドの粗野さを垣間見ることができる。ちなみに、pulp には「低俗な」とか「安っぽい」といった意味があるので、この映画のタイトルは「三文小説」といった意味になる。

銃をかまえて「だれにしようかな」

　タランティーノ原作、オリバー・ストーン監督の『**ナチュラル・ボーン・キラーズ**』"Natural Born Killers"(1994.US)にも、犠牲者を唄で選ぶ場面が出てくる。無邪気な子供の唄だからこそ、銃をかまえて口ずさむと恐怖感をかき立てる小道具となるのだ。映画の冒頭、ミッキーとマロリーは食堂で居合わせた男たちを撃ち殺し、最後に男が1人とウェイトレスが残る。

MICKEY	: Who's the lucky one? 次は誰かな？
MALLORY	: *Eeny, meeny, miney, mo. Catch a redneck by his toe. If he hollers, let him go. Eeny, meeny, miney, mo. My mama told me to pick the best one. And you are it!* 誰にしようかな。赤ら顔のつま先をふんづけろ。もしそいつが叫んだら放してやれ。誰にしようかな。1番いいやつを選べとママが言ってた。それは‥‥お前だ！

　『プラトーン』と『7月4日に生まれて』で2度アカデミー監督賞を受賞したオリバー・ストーン監督だが、この映画は無差別殺人を扱った衝撃的なバイオレンス作品。その衝撃が、このマザーグースで強調されている。なお、redneck はアメリカ南部の無教養な白人労働者を指す蔑称で、保守的な偏狭者を指すこともある。

　同じく銃をかまえてこの唄を口ずさむ映画を、もう1つ見てみよう。「人間兵器（lethal weapon）」というあだ名を持つ超過激な刑事リッグスと温厚なベテラン黒人刑事の名コンビが人気を呼んだシリーズの第2弾『**リーサル・ウェポン2**』"Lethal Weapon 2"(1989.US)。南アフリカ駐米大使が麻薬組織と手を結んでいることを知ったリッグス（メル・ギブソン）は大使館に忍び込むが、大使に見つかってしまう。

AMBASSADOR	: Just get out of here. Kaffir lover! 出て行け。黒人びいきめ！
RIGGS	: *Eeny, meeny, miney and mo!* Hey, sorry. 誰にしようかな。ごめんよ。

リッグスは「誰にしようかな」と言いながら大使たちに向かって銃をかまえるが、結局大きな水槽を撃ち、部屋を水浸しにするのであった。なお、Kaffir [kǽfə] はアフリカ南部のカフィル人から転じて「アフリカ黒人」の蔑称である。

子供の無邪気な唄マザーグースが、アクション映画で犠牲者を選ぶときに歌われ、そのギャップが恐怖をかき立てる。遠い昔、いけにえ選びの唄であった記憶がそこによみがえるからなのかもしれない。

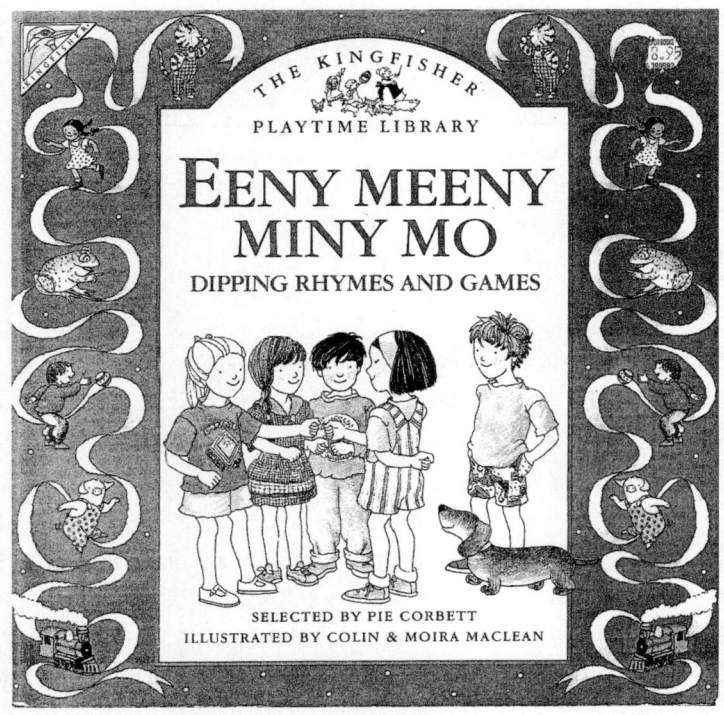

『EENY MEENY MINY MO』（THE KINGFISHER PLAYTIME LIBRARY刊）より

Fee, fi, fo, fum

Fee, fi, fo, fum,
I smell the blood of an Englishman:
Be he alive or be he dead,
I'll grind his bones to make my bread.

　　フィー　ファイ　フォー　ファン
　　イギリス人の　血のにおいがする
　　生きていようと　死んでいようと
　　そいつの骨をくだいて　パンにしてやる

巨人の決まり文句

　「人骨入りのパン」ってどんな味がするのだろうか。昔話や民話には、よく「人肉食い」のモチーフがみられるが、今回のマザーグースも、民話起源の唄である。『ジャックと豆の木』や『巨人退治のジャック』などの民話の中で獲物をかぎあてた人食い鬼や巨人が「くんくん」と鼻をならすときのセリフが、いつのまにかマザーグースとして知られるようになったのだ。

　この不気味なマザーグースを用いた用例は、もちろん数多くある。たとえば、『火星年代記』で有名なレイ・ブラッドベリは、1993年に **Fee Fie Foe Fum**（邦題『くん、くん、くん、くん』）とう短編ミステリーを発表している。人骨を生ごみ粉砕器が砕くときに不気味に歌われていたのが、この唄であった。

　一方、不気味な用例だけでなく、可愛らしいものもある。以下は、L．M．モンゴメリーの「赤毛のアン」シリーズ第3話の**『アンの愛情』**（1915）で、「理想の王子様」からバラの花束を贈られたアンを、友だちがからかう場面だ。

'**Fee — fi — fo — fum,** Anne. **I smell romance.** Almost do I envy you.'
「フィー、ファイ、フォー、ファン。ロマンスのにおいがするわ。うらやましいくらいよ」

ここでは、「くんくんくん、なんだか怪しいわ」と言うときに、ふざけて、巨人の言い回しを使っているのである。

もとは『ジャックと豆の木』から

　さて、民話『ジャックと豆の木』は、雲の上まで伸びた豆のつるを登って巨人の家へ忍びこみ、金の卵を生むめんどりなどを奪ってくる、というものだが、『レッド・ツェッペリン　狂熱のライブ』"The Song Remains the Same" (1976.US) という映画に、このお話が顔を出していた。

> 　Jack lifted the lid of the great stone oven and dropped inside. From his hiding place, he heard a mighty rumbling voice. **"Fee, fi, fo, fum, I smell the blood of an Englishman. Be he alive or be he dead, I'll grind his bones to make my bread. Fee, fi, fo, fum."**
> 　ジャックは大きな石のかまどのふたを開けて、中にに隠れました。すると、とても恐ろしい声が聞こえました。「フィー、ファイ、フォー、ファン。イギリス人の血のにおいがする。生きていようと、死んでいようと、骨を粉にしてパンを焼いてやる。フィー、ファイ、フォー、ファン」

　これは、ロック・グループ、レッド・ツェッペリンの1人が、子供に『ジャックと豆の木』の絵本を読んでやる場面である。彼はとても恐ろしげな声で朗読し、子供たちを大いに怖がらせていた。

『TOMMY THUMB'S SONG BOOK』（ほるぷ出版刊）より

シェイクスピアの『リア王』にも

　この唄は、『リア王』(1605-6)の第3幕第4場の終わりでも引用されている。では、嵐の荒野で小屋に入るときに、気が狂ったふりをした若者がリア王に歌った戯れ唄を聞いてみよう。

> **Child Rowland to the dark tower came, his word was still,**
> **──Fie, foh, and fum, I smell the blood of a British man.**
> チャイルド・ローランド、暗黒の塔にやってきた。妖王の言葉は、いつも同じ。
> 「ファイ、フォー、ファン。ブリテン人の血がにおう」

　ただし、この部分は、マザーグースからの引用というよりは、イギリスの古謡『**チャイルド・ローランド**』からの引用。これは、チャイルド・ローランドが捕えられた妹を救うため、妖王の棲む dark tower へ行く、という内容のバラッドで、その中で、妖王はもちろん今回の唄を唱えている。『リア王』の翻訳を見ると、その多くがこの戯れ唄の1行目をフランスの『ローランの歌』からの引用としているが、この注釈は間違いではないか。なお、『リア王』は4世紀のブリテンが舞台であったため、Englishman ではなく、British man に変えられたようだ。

「妖精物語」にもマザーグースが

　一方、コティングリー妖精事件を題材にした映画『**フェアリーテイル**』"Fairy Tale"(1997.UK)でも、このマザーグースが冒頭で引用されていた。以下は、父アーサーが屋根裏部屋にいる娘エルシーのところへ行きながら、唄をつぶやく場面である。

> ARTHUR ： **Fee, fi, fo, fum, I smell the blood of an Englishman: Be he alive or be he dead, I'll grind his bones to make my bread.** Hello.
> フィー、ファイ、フォー、ファン、イギリス人の血の臭いがするぞ。生きていようが、死んでいようが、そいつの骨を砕いてパンにしてやるぞ。やあ。

この唄は、伝承童謡が息づく村での妖精の存在を暗示し、と同時に、妖精にとって「人間は恐ろしい巨人」になりうることをも示していた。実際、コティングリーの森は幻想的で、妖精が飛び交うさまがとても美しい映画であった。

なお、「コティングリー妖精事件」とは、1917年英国ヨークシャーのコティングリーで少女たちが撮った妖精の写真をコナン・ドイルらが本物だと信じた事件で、実際にあった話である。著名な妖精画家の叔父を持ち、妖精に幼いころから親しんでいたドイルは、専門家に現地調査を頼み、その調査結果を写真とともに『ストランド・マガジン』誌に掲載した。この1920年のクリスマス号は飛ぶように売れ、妖精写真はイギリスで大評判となった。その後、およそ60年のちに真相が告白されたのだが、「偽作を人々にもっとも長く信じ込ませた事件」として、ギネス・ブックにも掲載された事件なのである。

イギリスの巨人伝説

イギリス南部では、巨人伝説が各地で伝承されている。たとえば、コーンウォールにはアーサー王の巨人退治の話が残されているし、ドーセットやサセックスの丘陵には身長70メートルあまりの巨人の絵が描かれている。これらの地上絵はケルトが起源だという説もあるが、はっきりしない。

一方で、『ジャックと豆の木』の「天まで伸びた豆の木と巨人」というモチーフが、北欧神話『エッダ』の「天に達する大木があった巨人界のはなし」によく似ているため、「巨人伝説は北欧民族によってもたらされたのではないか」と考えている人もいる。

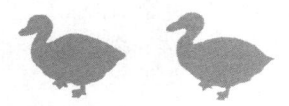

この北欧起源説は、ちまたではよく知られているのだろう。作家のC.W.ニコル氏も、「フィー、ファイ、フォー、ファンはもともとヴァイキングの言葉で、巨人の歌声としてきまり文句です」と言っている。彼は、CD「オフ・オフ・マザー・グース」（和田誠訳）収録のときに、「私はウェールズ人だから、イギリス人を食う歌なら喜んで歌います」とも語ったそうだが、いかにもウェールズ人らしいジョークではないか。

Goosey, goosey gander

Goosey, goosey gander,
  Whither shall I wander?
Upstairs and downstairs
  And in my lady's chamber.
There I met an old man
  Who would not say his prayer.
I took him by the left leg
  And threw him down the stairs.

『THE OXFORD NURSERY RHYME BOOK』
(OXFORD UNIVERSITY PRESS刊) より

があがあ　ガチョウさん
　　どこへ行きましょうか？
階段を上がったり　降りたり
　　奥さまのお部屋へも
わたしが出会ったおじいさんは
　　お祈りをしようとしなかったから
左足をつかんで
　　階段の下へほうりなげてやりました

【語句】**Goosey, goosey** ガチョウに対する呼びかけ。　**gander** 「雄ガチョウ」。ちなみに、ガチョウの雌は goose、ガチョウの子は gosling、鳴き声は gabble。　**Whither** 「どこへ」。詩や新聞などで使われる語。日常文では where。

おじいさんは誰？

　ガチョウが階段を上ったり降りたり、おじいさんの足をつかんで放り投げたりと、不可思議な内容の唄である。実は、これは、

> Goose-a, goose-a, gander,
> 　　Where shall I wander?
> Up stairs, down stairs,
> 　　In my lady's chamber;
> There you'll find a cup of sack
> 　　And a race of ginger.

という「ガチョウに呼びかける唄」と、

> Old father Long-Legs
> 　　Can't say his prayers:
> Take him by the left leg,
> 　　And throw him downstairs.

という「ガガンボ（daddy-longlegs）の足を子供がもぎとって放すときに唱える唄」が合わさってできたものなのである。ガガンボを足長おじさんに見立てた唄が、19世紀の初めごろ、ガチョウの唄と合体してしまったということらしい。そのために、つじつまが合わない内容となっているのだが、そこがかえって不思議な魅力となって、人々に親しまれている唄なのである。

マザーグース絵本に隠された秘密とは？

　さて、ミステリーの女王アガサ・クリスティーが、今回の唄をモチーフにしている。『NかMか』（1941）である。作中で、この唄が何度も引用されており、ミステリー解決の鍵となる、という仕掛けであった。

　'N or M' というコードネームを持つナチス・スパイを探し出すため、スコットランドのホテルへ向かう探偵トミーとタペンス。作中には、トミーを gander に、

タペンスを goose にたとえる場面まであった。以下は、滞在客の幼い娘ベティをタペンスがあやす場面である。

> Betty gurgled. ***"Goosey, goosey gander..."*** Tuppence chanted: ***"Whither will you wander? Upstairs!"*** She snatched up Betty high over her head. ***"Downstairs!"*** She rolled her on the floor－.
> ベティが「があがあ、ガチョウさん」と口ずさんだ。タペンスも歌った。「どこへ出かけるの？階段を上がって！」でベティを高く抱き上げ、「階段を降りて！」でベティを床にころがした。

ベティはマザーグースが大好きで、『ジャック・ホーナー』『靴に住んでたおばあさん』『があがあガチョウさん』などの絵本を持っていた。そして、そのマザーグース絵本に重大な秘密が隠されていた･･･という、マザーグース好きのクリスティーらしいストーリーであった。

上でも下でも、奥様の部屋でも

一方、チャールズ・ディケンズの**『荒涼館』**(1852-3)でも、今回の唄の３、４行目が引用されていた。では、第７章、荒涼館の猟犬を描写した場面を読んでみよう。

> So with the dogs in the kennel-buildings across the park, who have their restless fits and whose doleful voices, when the wind has been very obstinate, have even made it known in the house itself－***upstairs, downstairs, and in my lady's chamber***.
> 庭の向こうの犬小屋の犬も落ち着きを失って、かんしゃくを起こし、風が執拗に吹いたあとなどは、彼らの悲しげな声でそれが家の中にいても―上でも下でも、奥様の部屋でも―わかるほどであった。

「家の中のどこにいても、犬の鳴き声が聞こえてくる」という意味で引用されているわけだが、『荒涼館』には、これ以外にも、「ジャックの建てた家」「ハバードおばさん」など、計10編の唄が引用されていた。
同様に、Ｃ．Ｓ．ルイスのナルニア国物語シリーズの第１作**『ライオンと魔女』**

(1950) でも、同じ部分が引用されていた。以下は、ナルニア国の創造主アスランが死から甦り、魔女によって石像に変えられていたナルニアの住人を助ける場面である。

> "Now for the inside of this house!" said Aslan. "Look alive, everyone. **Upstairs and downstairs and in my lady's chamber! Leave no corner unsearched."**
> 「さあ、この屋敷の中を調べよう！」とアスランが言った。「みんな、ぐずぐずするな。上も下も、奥様の部屋も探せ！すみずみまで探せ」

『荒涼館』でも『ライオンと魔女』でも、upstairs and downstairs だけで十分意味が通じるのだが、この唄が頭にエコーして、つい in my lady's chamber が続いて出てきてしまったのであろう。このように、今回の唄の3、4行目は、よく引用されるフレーズであるので、ぜひ覚えておきたい。

イギリスで人気のTVドラマ

この upstairs and downstairs は、もちろん、映画やドラマのタイトルでも用いられている。『上と下』"Upstairs and Downstairs"(1959.UK)は、新婚家庭に雇われた女中たちをめぐるコメディ映画。女中たちが階段をのぼったり降りたりするというタイトルは、ドタバタ・コメディにふさわしい。Upstairs で上流階級を、Downstairs でその召使いや女中たちを表しているのであるが、これは、階下に召使いを住まわせたことに由来している。

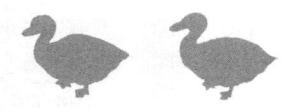

1971年から4年間にわたって "Upstairs and Downstairs" というテレビドラマがイギリスで放映され、人気を博した。80年代にも再放送され、1996年に25周年記念のドキュメンタリーまで制作された人気番組である。そして、1987年に出版されたノベライズ版タイトル *My Lady's Chamber* も、ちゃんと今回のマザーグースからの引用になっていたのである。

サスペンス映画『スパイダー』をマザーグースで読み解く

不気味なマザーグース

　英語圏の童謡マザーグースといえば、「ハンプティ・ダンプティ」や「きらきら星」「メリーさんの羊」「ロンドン橋」などが有名であるが、実は、けっこう不気味で残酷な唄も多いのだ。明るいメロディで親しまれている「ロンドン橋」の唄には恐ろしい「人柱伝説」が隠されているし、『ポーの一族』や『パタリロ！』で引用された「誰が殺したクック・ロビン」の唄も、殺されたロビンを鳥たちが弔う内容の唄なのである。

　「死」や「殺人」を歌ったマザーグースは40編以上あり、中には、「お母さんが私を殺し、お父さんが私を食べている」という恐ろしい唄まであるのだから驚きだ。このように、無邪気な子供の唄でありながら不可思議で不気味なマザーグースは、サスペンス映画やホラー映画、アクション映画などで、恐怖感を高めるために頻繁に引用されている。

　たとえば、『エルム街の悪夢』では、フレディの縄跳び唄がマザーグースであったし、『ダイ・ハード３』の犯人サイモンは、マザーグースのなぞなぞを出した。『Ｍ：Ｉ-２』では、マザーグースが墜落する飛行機を暗示していたし、ジェニファー・ロペス主演の『ザ・セル』では、唄が犯人の心象風景を表していた。『ハンニバル』でレクターが名乗ったフェル博士もマザーグースの登場人物であったし、『シャイニング』でジャック・ニコルソンが狂気の中でタイプした諺も唄の一節だった。数々の「童謡殺人ミステリー」を書いたクリスティーの『そして誰もいなくなった』でも、「10人のインディアン」の唄どおりに殺人事件がおきた。もし、マザーグースを知っていれば、これらの映画をより楽しむことができるのだ。

　そして、モーガン・フリーマン主演のサスペンス映画『**スパイダー**』も、オリジナル・タイトル "along came a spider" が、マザーグース「マフェットお嬢ちゃん」の４行目の「クモがやってきた」からの引用なのである。つまり、このタイトルで「クモに襲われた少女」が連想されるように、仕組まれているのだ。

　（注：アメリカでは４行目は、映画のタイトルどおり、'Along came a spider' と歌われている）

「マフェットお嬢ちゃん」の唄

Little Miss Muffet,
Sat on a tuffet,
Eating her curds and whey;
There came a big spider,
Who sat down beside her
And frightened Miss Muffet away.

　　　マフェットお嬢ちゃん
　　　のはらにすわって
　　　ヨーグルト食べてたら
　　　おおきなクモがやってきて
　　　お隣に腰かけた
　　　マフェットお嬢ちゃん　恐くなって逃げ出した

　この唄の文献初出は1805年だが、その由来は、なんと400年前にさかのぼることができるという。著名な昆虫学者トーマス・マフェット（1604年没）が、「マフェットお嬢ちゃん」の父だったのではないかと考えられているからだ。日本で一般に歌われている童謡は、大正末期に作られたものが多いので、その歴史はせいぜい80年。だから、この「マフェットお嬢ちゃん」の唄の息の長さには、驚かざるを得ない。

クモが出てくる場面に…

　この唄は、あちこちで引用されていて、児童文学では、「ピーター・ラビット」シリーズや『とびらをあけるメアリー・ポピンズ』に顔を出していた。また、映画では、ゲーリー・クーパー主演の『善人サム』（1948年）、スピルバーグ製作総指揮の『アラクノフォビア』（1990年）、ダリル・ハンナ主演のサイコ・サスペンス『闇を見つめる目』（1995年）、ジュード・ロウ主演の『ファイナル・カット』

（1999年）の４作で引用されている。たとえば、毒グモのパニック映画『アラクノフォビア』では、子供たちが怖がりながら、クモが出てくるマザーグース「マフェットお嬢ちゃん」を読んでいた。

ミステリーでもひっぱりだこ

　この「マフェットお嬢ちゃん」の唄は、ミステリーでも数多く引用されている。「かわいい女の子が恐ろしいクモに襲われる」というショッキングな内容が、ミステリー作家に好まれたのだろう。なんと、1957年、1970年、1993年、1996年の４回にわたって、「マフェットお嬢ちゃん」の唄をモチーフとしたミステリーが、それぞれ別の作家によって "Along Came A Spider" という同タイトルで書かれているのだ。（『スパイダー』の原作は1993年。）

　そして、「童謡殺人ミステリー」の本家、ヴァン・ダインの『僧正殺人事件』では、誘拐された女の子が「マフェットお嬢ちゃん」にたとえられていた。『スパイダー』でも、犯人は誘拐した少女を「マフェットお嬢ちゃん」と呼び、「マザーグースの謎解きをせよ」とモーガン・フリーマン扮するアレックス・クロスに迫っている。『スパイダー』の作者ジェームズ・パターソンは、ひょっとしたら『僧正殺人事件』にヒントを得て本作を書いたのかもしれない。

パターソンはマザーグースがお好き

　パターソンは、よほどマザーグースが気に入っていたのだろう。このアレックス・クロスのシリーズでは、全６作のうち５作のタイトルがマザーグースからの引用となっている。たとえば、シリーズ映画化第一作『コレクター』のオリジナル・タイトル "Kiss The Girls" は、「ジョージ・ポージ」というマザーグースからの引用であった。英語圏の人は、このタイトルを見ただけで「女の子にキスして泣かせるジョージ・ポージ」を思い浮かべるだろう。つまり、このタイトルで、「泣いている誘拐された女の子たち」を暗示しているのだ。ただし、日本公開の際には、『女の子にキス』では恋愛映画と間違えられかねないので、『コレクター』というタイトルに変えられていた。

このように、アレックス・クロス・シリーズでは、マザーグースを用いたタイトルが重要な意味を持っている。そして、その物語の中で、狂気のサイコパスが無邪気な子供の唄マザーグースを口にするからこそ、完璧な誘拐事件の凄惨さが浮き彫りにされるのだ。複雑にからみあったスパイダーの糸を解きほぐしながら、「クモに捕らえられたマフェットちゃんを救い出そうとするクロス…。マザーグースが織り込まれたサスペンス・スリラー『スパイダー』の緻密な糸を、あなたはどう解析するのだろうか。

『MOTHER GOOSE The Old Nursery Rhymes』(ほるぷ出版刊)より

Here we go round the mulberry bush

Here we go round the mulberry bush,
　　The mulberry bush, the mulberry bush,
Here we go round the mulberry bush,
　　On a cold and frosty morning.

　　This is the way we wash our hands,
　　　　Wash our hands, wash our hands,
　　This is the way we wash our hands,
　　　　On a cold and frosty morning.

　　　　くわのまわりをまわろうよ
　　　　　　くわの木　くわの木
　　　　くわのまわりをまわろうよ
　　　　　　さむい霜の朝に

　　　　こんなふうに手をあらう
　　　　　　手をあらう　手をあらう
　　　　こんなふうに手をあらう
　　　　　　さむい霜の朝に

『MOTHER GOOSE The Old Nursery Rhymes』（ほるぷ出版刊）より

輪になってジェスチャーを楽しむ唄

　輪遊びに模倣遊びの要素が加わった唄。第1連で手をつないで輪になってまわり、第2連以下では、その場に止まって円の中を向き、歌詞に合わせて手や服を

洗ったり、歯をみがくジェスチャーをする、というようにして遊ぶ。

　第1連の4行目を So early in the morning としたバリエーションもある。この場合、第2連以下の4行目は、それぞれ So early Monday morning、So early Tuesday morning...となり、それぞれの曜日に、順に1週間の仕事が歌い込まれている。

スタローンのママも…！？

　シルベスター・スタローン主演のコメディ『刑事ジョー　ママにお手上げ』"Stop! Or My Mom Will Shoot"(1992.US)に、この唄のパロディが登場する。
　ジョー（S.スタローン）はロス市警の熱血敏腕刑事。ところがある日、田舎からママが突然やって来る。ママは、真夜中にもかかわらず掃除機をかけ、ぬぎすてた服の山の中から銃を見つけて、ジョーが寝ている間に銃を洗ってしまった。

> **MOM** : Okay, we'll wash those too. Okay...**This is the way we wash our gun, wash our gun, wash our gun. This is the way we wash our gun, so early in the morning.** This is gonna clean that out really, really well. That's fine.
> いいわ、これもついでに洗いましょう。さあ、楽しく銃を洗いましょう。洗いましょう。さあ、楽しく銃を洗いましょう。朝は早起きして。これで本当にきれいになるわ。これでいいわ。

　ママのおかげで、油の取れた銃は使い物にならなくなってしまった。ママも幼いころ、友だちと一緒にこの唄で遊んだのだろう。マザーグースを無邪気に歌いながら危険な銃を洗うというシーンで、大人の息子を子供扱いする世話好きなママの性格を端的に描写している。

「桑のまわりを…」のような朝って？

　P.L.トラバースの『とびらをあけるメアリー・ポピンズ』(1943)には、26編ものマザーグースが引用されている。トラバースは、ファンタジー（空想文学・童話）の世界を生き生きとしたものにするために、マザーグースを意識的に引用

した。ケルトの伝承文学に深い造詣があったトラバースは、そのシリーズで伝承童謡を多用し、その数はシリーズを通して、のべ50編にものぼる。

マザーグースは、子供たちを引きつける力と、物語に生命力を与える作用を持つ。なじみ深いマザーグースがさまざまに形を変えて物語に出てきたとき、子供たちはその物語をより身近に捉えることができるのだろう。

さて、『とびらをあけるメアリー・ポピンズ』第8章「別の扉」は、次のような文で始まっている。

> ***It was a Round-the-Mulberry-Bush sort of morning, cold and rather frosty.*** The pale grey daylight crept through the Cherry Trees and lapped like water over the houses.
> それは、「桑のまわりをまわろうよ」の唄のように、寒くて、少し霧のかかった朝だった。どんよりした灰色の日の光が、桜の木の間をとおって水のように家々をひたしていた。

英語圏の人なら誰でも知っている唄なので、こういうふうにさりげなく引用されているが、もし、この唄を知らなかったら、「なぜ、ここで桑の木が出てくるのだろう」と疑問に思うことだろう。マザーグースの知識は、英語理解に不可欠なのである。

アリスも遊んだ唄

次に、ルイス・キャロルの『**鏡の国のアリス**』(1872)を見てみよう。今回の唄は、森でアリスが双子の兄弟トウィードルダムとトウィードルディーに出会う場面に登場している。双子は肩を組んだまま、アリスに握手を求めてきた。困ったアリスは、一度に2人の手を握る。たちまち3人は輪になり、どこからともなく流れてきた音楽に合わせてぐるぐるまわり始める、といった場面だ。

> "But it certainly was funny," (Alice said afterwards, when she was telling her sister the history of all this) "to find myself singing **'Here we go round the mulberry bush.'** I don't know when I began it, but somehow I felt as if I'd been singing it a long long time!"
> 「でも、たしかに変だったわ」(このお話をあとでお姉さんにしてあげながら、アリスはこう

言った。)「気がついたら『桑のまわりをまわろうよ』を歌ってたんだもの。いつ歌いだしたかもわからないの。なんだかずうっと歌っていた感じだったの」

手をつないで輪になると、この唄が自然と口をついて出たのだろう。延々と続く長い唄なので、アリスの「ずうっと歌っていた感じだったの」という言葉は、実感がこもっている。

『くまのプーさん』にも…

A. A. ミルンの『くまのプーさん』(1926)にも、この唄が顔を出している。ミルンは、息子のクリストファー・ロビンのために、この物語を書いた。くまのプーのモデルは、クリストファーの1歳の誕生日に贈られたぬいぐるみ。コブタもイーヨーもトラーもカンガもルーも、すべてクリストファーの愛したぬいぐるみであった。これらのぬいぐるみは、現在、ニューヨーク公立図書館に保存されいるそうだ。

さて、第6章「イーヨーがお誕生日にお祝いをふたつもらうお話」を読んでみよう。年とった灰色ロバのイーヨーは、「自分の誕生日を誰も祝ってくれない」と愚痴を言っている。そこにプーが現れ、イーヨーに話しかける場面である。

> "Can't all what?" said Pooh, rubbing his nose. "Gaiety. Song-and-dance. **Here we go round the mulberry bush.**" "Oh!" said Pooh. He thought for a long time, and then asked, "What mulberry bush is that?"

「誰もが何をできないって?」と、プーは鼻の頭をこすりながら言った。「お祭り騒ぎだよ。舞えや歌えさ。桑のまわりをまわろうよ」「へえ!」とプーは言って、長いこと考えてから尋ねた。「それってどんな桑の木?」

プーはイーヨーの言った意味がよくわからず、聞き返している。ひねくれ者のイーヨーは、誕生日を誰かに祝ってもらいたいのに、素直に「今日が自分の誕生日だ」と言えず、「お祭り騒ぎ」だの「舞えや歌え」だのと、遠回しに言っている。おそらく、Song-and-dance から連想して「桑のまわりをまわろうよ」の唄が出てきたのだろう。

Hey diddle diddle

Hey diddle diddle,
The cat and the fiddle,
The cow jumped over the moon;
The little dog laughed
To see such sport,
And the dish ran away with the spoon.

　　　　　　　ヘイ　ディドゥル　ディドゥル
　　　　　　　ねことバイオリン
　　　　　　　雌牛が　月をとびこえた
　　　　　　　これはおもしろいと
　　　　　　　犬がわらった
　　　　　　　おさらはおさじと　かけおちだ

『THE OXFORD NURSERY RHYME BOOK』
(OXFORD UNIVERSITY PRESS刊) より

ナンセンスの代表

　猫がバイオリンを弾き、雌牛が月を飛び越えるという、突拍子もない内容のナンセンスソングで、遠い昔から今に至るまで、多くの人に愛されてきた唄である。

【語句】 **fiddle** 「ヴァイオリン」violin のくだけた言い方。　　**sport**「面白い光景」。

常識ではありえないことを軽々と歌っており、diddle-fiddle、moon-spoon の音の響き合いも美しい。

　内容も不可思議。まず、1行目の Hey diddle diddle からして意味不明。これをバイオリンの音色とすれば、「ぎこぎこ　ごりん」(和田誠)や「ツーレロ　ツーレロ」(石坂浩二)となるし、調子をとるためのお囃子と解釈すれば、「へっこら　ひょっこら　へっこらしょ」(北原白秋)や「えっさか　ほいさ」(谷川俊太郎)といった訳になるようだ。

　マザーグースには、アメリカとイギリスで別のメロディがついているものもかなりあるのだが、この唄も、ご多分にもれず、2種類のメロディで歌われている。インターネットの「Sweet Melody」には、今回の唄の2種類のメロディが収録されているし、「Kid/Children's Songs」でも、唄の旋律を聞くことができる。どちらのサイトも、筆者のホームページ「大好き！マザーグース」からリンクしているので、ぜひ1度、聞きくらべてみて下さい。

3匹のこぶたも、フレッド・アステアも

　ディズニーのアニメ映画『3匹のこぶた』"Three Little Pigs"(1933.US)は、アカデミー短編賞受賞の傑作だが、その中でも、この唄の1節が引用されていた。以下は、2番目のこぶたが木の家を作る場面である。

>**FIDDLER**　　：I built my house of sticks. I built my house of twigs.
>　　　　　　　**With a hey diddle diddle, I play on the fiddle**
>　　　　　　　while I dance all kind of jigs.
>　　　　　　　ぼくは木の家を作った。ぼくは木の枝で家を作った。ヘイ、ディドゥル、ディドゥル。バイオリンを弾こう。ジグを踊りながら。

　2番目のこぶた Fiddler は、名前のとおりバイオリンを弾くのが大好きだったので、「ヘイ、ディドゥル、ディドゥル」というかけ声がはいったのだろう。
　また、オードリー・ヘプバーン主演の『パリの恋人』"Funny Face"(1957.US)でも、フレッド・アステアがお得意のダンスを披露する場面で、唄の1節をさらりと引用していたのが印象的であった。

ポターも、ポピンズも

　ビアトリクス・ポターの『**グロースターの仕たて屋**』(1903)にも、この唄が引用されていた。屋根裏に町中の猫が集まっていたので、仕立屋の飼い猫シンプキンは、マザーグースをもじってこうつぶやいている。

　　And cats came from over the way. ***"Hey diddle diddle, the cat and the fiddle!*** All the cats in Gloucester－except me," said Simpkin.
　　ねこたちがあつまってきた。「やれ　ぎーこ　ぎーこと　ねこが胡弓ひくか！おれをぬかして、グロースターじゅうのねこが、出かけていくわ」と、シンプキンはいった。(石井桃子訳)

　英語圏には、「クリスマス前夜から朝にかけて、あらゆる動物がしゃべれるようになる」という言い伝えがあるが、ポターの世界では、動物たちは、みな、マザーグースの一節を口ずさんだようだ。
　これに先だって出した私家版『**グロースターの仕たて屋**』で、ポターは、26編もの唄を散りばめていたのだが、「唄が多すぎて読みにくい」という出版社からのクレームに従い、引用を6編にまで減らしている。のちに、ポターは「マザーグースがたくさん入っている最初の本（私家版）の方が好き」ともらしたというが、いかにも、マザーグース好きのポターらしい逸話である。
　また、Ｐ．Ｌ．トラバースの『**風にのってきたメアリー・ポピンズ**』でも、この唄が引用されている。第5章「踊る雌牛」のあらすじは、こうである。
　どうしても踊りをやめることができない雌牛に、王様は、「マザーグースのように月を飛び越えてみたらどうだ」とアドバイスする。「いち、にの、さん！」という王様のかけ声とともに、牛はなんとか月を飛び越し、やっと踊りをやめて休むことができるのであった。
　第3作『**とびらをあけるメアリー・ポピンズ**』にも、月を飛び越した雌牛が登場しているから、「月を飛び越えた雌牛」は、トラバースお気に入りのモチーフだったのかもしれない。

Hey diddle diddle

音色の魔力で雌牛が飛ぶ

　ルイス・キャロルと親交の深かったジョージ・マクドナルドの『北風のうしろの国』(1871)でも、この唄が引用されている。「猫とバイオリンの本当のお話」は、48行もの長い詩であるが、その最初の部分を紹介しよう。

Hey, diddle, diddle! The cat and the fiddle! He played such a merry tune, That the cow went mad with the pleasure she had, And jumped over the moon. But then, don't you see? Before that could be, The moon had come down and listened. The little dog hearkened, So loud that he barkened," There's nothing like it, there isn't."

　ヘイ、ディドゥル、ディドゥル！猫とバイオリン！猫があんまり愉快な曲を弾いたから、雌牛がうかれくるって月を飛び越えた。でも、それからどうなった？月が空からおりて聞いていた。小犬は耳をすまし、大声でほえた。「こんな曲ってないぜ。まったく！」

　詩の後半には、194ページ掲載の「月の男」も出てくる。月の男が「お皿とスプーン」を「おかゆを入れるのにぴったりだ」と言って持って帰ってしまう、という筋であった。
　マクドナルドの影響を受けたというトールキンの『指輪物語』(1954)にも、今回の唄と「月の男」を合体させた65行の詩が出てくる。下界に降りてきた月の男を戻そうと、猫がバイオリンを弾くという筋で、曲に合わせてみんなが踊りだし、弦がプツンと切れた瞬間に、高まったエネルギーがすべて放出され、雌牛が月を飛び越えた、という解釈であった。2人とも、「猫の奏でた音色の力で、雌牛が月を飛び越えた」というふうに、この唄をとらえていたようだ。

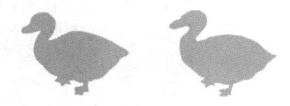

　この唄の猫をエリザベス一世とする歴史的解釈もあるが、nonsense song に「解釈」という sense を用いることこそナンセンス。唄のリズムとライムを素直に楽しむのが、一番であろう。

Humpty Dumpty

Humpty Dumpty sat on a wall,
Humpty Dumpty had a great fall.
All the king's horses and all the king's men,
Couldn't put Humpty together again.

『MOTHER GOOSE The Old Nursery Rhymes』
(ほるぷ出版刊) より

ハンプティ・ダンプティ
　塀の上にすわってた
ハンプティ・ダンプティ
　おっこちた
王様の騎兵隊と王様のけらい
　みんなよっても
ハンプティ・ダンプティ
　もとにもどせなかった

塀から落ちた卵

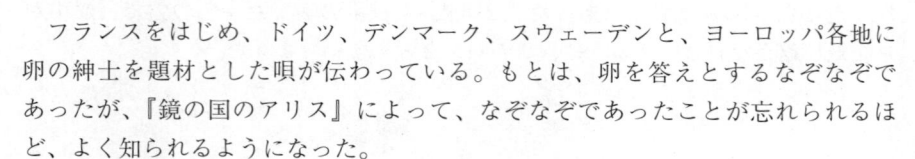

　フランスをはじめ、ドイツ、デンマーク、スウェーデンと、ヨーロッパ各地に卵の紳士を題材とした唄が伝わっている。もとは、卵を答えとするなぞなぞであったが、『鏡の国のアリス』によって、なぞなぞであったことが忘れられるほど、よく知られるようになった。

　映画のタイトルにも、よく引用されている。たとえば、ウォーターゲート事件を扱った『大統領の陰謀』の原題は、"All the President's Men"(1976.US)。このフレーズを聞いただけで、マザーグースを聞いて育った人なら「塀から落ちた卵」を連想するだろう。大統領の側近がどれだけもみ消し工作をしたところで、失脚したニクソンを元にもどせない、というニュアンスを、これだけの引用で鮮やかに描き出している。

Humpty Dumpty

あの『トイ・ストーリー』にも…

　ディズニーのアニメ映画『トイ・ストーリー』"Toy Story"(1995. US)を見てみよう。表情豊かなおもちゃたちが大活躍する「友情」をテーマにした楽しい映画だ。子供部屋（nursery）が舞台の映画に、マザーグース（Nursery Rhymes）はうってつけだったのだろう。この映画の中には、マザーグースが、3つも登場する。

　まず、主人公のカウボーイ人形ウッディが思いを寄せるランプの人形ボーが、80ページの「ボー・ピープちゃん」という唄からの引用。また、隣家のわんぱく少年のびっくり箱人形のメロディが、242ページの「ポンとイタチがとびだした」という唄。Pop! goes the weasel（ポン！とイタチが飛び出る）というくだりのPop! に合わせて、人形が飛び出していた。そして、3つめの唄が、「ハンプティ・ダンプティ」。

　ウッディは、新しいおもちゃのスペースレンジャーのバズに嫉妬して、いたずらをするのだが、はずみから、バズが窓から落ちてしまう。以下は、そのウッディを、おもちゃたちがとがめる場面。

MR.POTATO HEAD : He's saying that this was no accident.
　　　　　　　　　事故じゃないと言ってる。
HAM : What do you mean?
　　　　どういう意味だい？
MR.POTATO HEAD : I mean **Humpty Dumpty** was pushed by Woody!
　　　　　　　　　ハンプティ・ダンプティは…ウッディに突き落とされたんだ！
WOODY : Wait a minute. You don't think I meant to knock Buzz out the window, do you?
　　　　　待ってくれ。俺が窓からバズを突き落としただって？

　窓から落ちたバズを「ハンプティ・ダンプティ」と呼んでいるが、これは「塀から落ちたハンプティ」という共通認識があるからこそ、わかること。唄のハンプティは壊れてしまって元には戻らなかったが、バズは、ウッディの大活躍のお陰で、最後には無事に子供部屋に戻ることができた。

Mother Goose

『アリス』のハンプティはうぬぼれ屋

　ルイス・キャロルの『不思議の国のアリス』の続編『**鏡の国のアリス**』(1872)には、ハンプティ・ダンプティをはじめ、ライオンと一角獣や、双子のダムとディーなど、マザーグースのキャラクターがたくさん登場している。
　その第6章で、アリスは塀の上に座った卵男ハンプティ・ダンプティに出会う。「落ちたらたいへんよ」と心配するアリスに向かって、ハンプティは「王様の馬と家来が、すぐさまわしをおこしてくれるんだ」と答えるが、ハンプティは唄どおりに塀から落ちてしまうのであった。
　さて、キャロルの引用の仕方で面白い点は、伝承のハンプティにはなかった新しい性格を付け加えたところだろう。「うぬぼれ屋さんで理屈っぽい性格であったため、塀から落ちた」と fall の理由付けをしているのだ。その根底に流れているのは、聖書の 'Pride goes before destruction, and a haughty spirit before a fall.' という1文。pride（うぬぼれ）が fall（堕落）につながる、といった意味であるが、ハンプティの場合は、うぬぼれたために文字通り fall したというわけだ。この pride は、ブラッド・ピット主演の『セブン』(1995)に出てきた、キリスト教に基づく「七つの大罪」のうちの一つでもあった。

ズングリムックリのドリトル先生

　ヒュー・ロフティングの『ドリトル先生』シリーズは、井伏鱒二の名訳で我が国に紹介され、今も多くの子供たちに愛されている。筆者も小学生のころ、動物語を話せるドリトル先生に夢中になった。『ドリトル先生』を読んで、イギリスや英語に興味を持った子供も多かったのではないか。
　さて、その第4話『**ドリトル先生のサーカス**』(1924)でも、ハンプティ・ダンプティが引用されている。ドリトル先生は、アフリカ旅行の借金を返すため、頭が2つあるオシツオサレツ（pushmi-pullyu）という動物を連れてサーカス団に入ることにした。客寄せをしていたサーカス団の団長は、ドリトル先生を見て、こう言う。

　　"And this, Ladies and Gentlemen, is the original **Humpty Dumpty — the one what gave the king's men so much trouble.** Pay your money and come in! Walk up and see him **fall off the wall!**"

「さて、紳士淑女諸君、この人物は、ほんもののズングリムックリ・デッカクであります。——王さまのおそばの人たちを、さんざんこまらせた人物であることは、ご承知でもありましょう。木戸銭を払って、おはいりなさい！　さあ、いらっしゃい、こやつが壁から落ちるのをごらんください！」(井伏鱒二訳)

　団長とドリトル先生は、この場面が初対面なのだが、丸々とした風貌の先生は、ハンプティそっくり。団長は、唄のパロディを客寄せの口上に即興で加えたのであった。1962年当時は、ハンプティも日本では知名度がまだ低かったのだろう。井伏鱒二も、現在なら、「ズングリムックリ・デッカク」ではなく、「ほんもののハンプティ・ダンプティ」と訳したのではないだろうか。
　さて、サーカス団に加わった先生は、泣いてばかりいるオットセイのソフィーと知り合う。ソフィーは、海に残してきた夫のもとへ帰りたい、と先生に訴える。では、ソフィーを海に放すために、サーカスの塀を乗り越えて逃げ出す場面を読んでみよう。

　Then John Dolittle, perched astride the top of the wall（looking exactly like *Humpty Dumpty*）, whispered down into the dark passage below him:
　・ドリトル先生は塀の上に馬乗りになったまま（そのかっこうは、まるでズングリムックリ・デッカクでした。）下の暗い路地にむかって、小さな声でいいました。(井伏鱒二訳)

　小太りのドリトル先生が、高い塀の上にまたがっている、という光景は、ハンプティ・ダンプティの唄そのもの。幸い、ドリトル先生は落ちることなく、無事に塀から降り、ソフィーを海に帰すことができた。

　児童文学だけでなく映画や新聞など、いたるところで引用されているハンプティ・ダンプティ。そのイメージは、「丸まるとした人や頭」「非常に危なっかしい状態」「もとに戻せない状態」であることをぜひ覚えておきたい。

Hush-a-bye, baby

Hush-a-bye, baby, on the tree top,
　　When the wind blows the cradle will rock;
When the bough breaks the cradle will fall,
　　Down will come baby, cradle, and all.

　　　ねんねんころりよ　こずえのうえで
　　　　　かぜがふいたら　ゆりかごゆれる
　　　えだがおれたら　ゆりかごおちる
　　　　　あかちゃん　ゆりかご　みんなおちる

『MOTHER GOOSE The Old Nursery Rhymes』（ほるぷ出版刊）より

えっ、木の上に赤ちゃん？

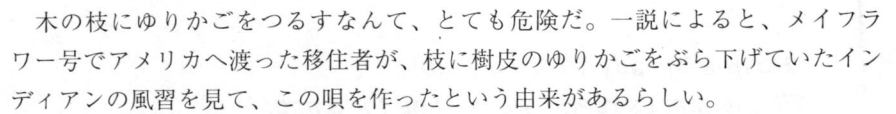

　木の枝にゆりかごをつるすなんて、とても危険だ。一説によると、メイフラワー号でアメリカへ渡った移住者が、枝に樹皮のゆりかごをぶら下げていたインディアンの風習を見て、この唄を作ったという由来があるらしい。
　歌い始めの文句は、アメリカでは Hush-a-bye ではなく Rock-a-bye となっている。また、アメリカとイギリスでは、この唄のメロディがまったく異なっていることも、興味深い点だ。アメリカでは明るく軽快なメロディ、イギリスでは素朴で単純なメロディで歌われている。両国で別の節がついている唄は、他にも「ヒコリ・ディコリ・ドック」や「ジャックとジル」、「6ペンスのうた」などがある。
　赤ちゃんが木から落ちてしまうというのは残酷にも思えるが、日本にも恐ろしい内容の子守唄が存在している。岩波文庫の『わらべうた』には、「寝ンねば山がらもっこ（おばけ）ァ来るァね」（青森）、「起きたらお鷹にさらわれる」（福島）、「起きたら狼が捉って呑む」（三重）、「起きて泣く子の面憎さ」といった唄が収録されている。赤ん坊を怖がらせる文句を織り込んだという点では、マザーグースに通じるところがある。ただし、日本のこういった「脅し寝かしつけ唄」は、奉公に来た子守娘が赤ん坊を背負って歌ったもので、赤ん坊ではなく、雇い主に対する恨みを歌い込んだもののようだ。

子守唄の替え唄で女王たちもグッスリ

　今回の子守唄は、ルイス・キャロルの『鏡の国のアリス』では替え唄で登場している。鏡を通り抜けたアリスは、物が反転する鏡の国に入り込む。そこは時間、空間、因果関係が逆転した世界。たとえば、罰を受けてから罪が行われたり、血が出たあとにピンで刺したりというような奇妙なことが、次々起こるのであった。
　また、『不思議の国』のトランプに対応するように、『鏡の国』ではチェスが重要なモチーフとなっている。登場人物の1人ひとりがチェスの駒の役割を担っているのだ。キャロルは、チェスゲームの進展にそって駒を動かし、その動きにあわせて周到に話を進めている。アリスの駒が赤の王に王手をかけてチェスが終わったとき、物語も終わりを告げるのであった。
　第9章「女王アリス」で、チェス盤の向こうの端まで行き着いた歩の駒アリスは、ついに女王の駒になる。赤の女王はアリスに「白の女王を寝かしつける子守

唄を歌ってくれ」と言うが、アリスは適当な子守唄を思いつかない。そこで赤の女王が代わりに歌ったのが、次の替え唄である。

"Hush-a-by lady, in Alice's lap!
Till the feast's ready, we've time for a nap;
When the feast's over, we'll go to the ball
─Red Queen, and White Queen, and Alice, and all!"

「ねんねんころりよ、アリスのひざで！
ごちそうの用意ができるまで、ちょっとひと眠り。
ごちそう済んだら、今度は舞踏会。
赤の女王、白の女王、アリスもみんな！」

ところが、赤の女王は逆に自分が眠くなってしまい、アリスにもたれて大いびきをかく始末。物語の最後でアリスが夢から目覚めたとき、赤の女王の正体は、いたずら子猫キティであることがわかるのであった。

『THROUGH THE LOOKING CLASS』(YOHAN PUBLICATIONS, INC.刊)より

赤ちゃんが出てきたらこの唄が…

　この子守唄は、映画の中でも数多く引用されている。赤ちゃん登場場面に流れる BGM はたいていこの唄で、『ジュラシック・パーク』では恐竜の赤ちゃんが誕生するとき、『花嫁のパパ2』では baby shower のパーティーでコウノトリが出てくる場面、『アダムズ・ファミリー2』では赤ちゃんのアップのシーン、『ネバーエンディング・ストーリー3』ではロック・ベイビーを少年がかくまう場面で、この唄のメロディーが流れていた。

　また、ディズニーの『ダンボ』でも、コウノトリが赤ちゃん象ダンボを母象に届ける途中、雲の上でひと休みしながらこの唄を口ずさんでいる。雲の上から赤ちゃんが落ちそうになるところが、まさにこの唄の筋どおりであった。

　タイトルにこの唄が用いられている例としては、『底抜け楽じゃないです』"Rock-A-Bye, Baby"(1957. US)、『摩天楼ララバイ』"Rockabye"(1985. US)や『ロック・ホラー・ベイビー』"Rock-A-Die, Baby"(1989. US)などがあるが、いずれも赤ちゃんに関係した映画であることがひとめでわかる仕掛けになっている。

「風」が指すものは？

　『スノーマン』等で人気の高いレイモンド・ブリッグズが18ヶ月かけて描き上げた絵本『風が吹くとき』When the Wind Blows (1982)。反核をテーマにしており、日本でも話題になった作品だ。老夫婦ジムとヒルダは、ロンドン郊外でのんびり年金生活を送っていた。ところが、戦争が始まり、核爆弾が爆発。2人は簡易シェルターの中で政府の援助を待つが、しだいに放射能におかされ弱っていく、といった内容。

　タイトルは、もちろん、この唄からの引用。「風」は核爆弾の爆風を意味しており、核爆弾が爆発したら「赤ん坊」(人間)も「ゆりかご」(地球)も「木から落ちてしまう」(破滅してしまう)ということを、みごとに暗示したタイトルである。同名の映画も1986年に製作され、話題を呼んだ。親戚を長崎の原爆で失ったという日系のジミー・T・ムラカミが監督し、デビッド・ボウイが主題歌を歌っている。

　映画の最初と最後の歌のどちらにも、子守唄の1節が引用されているが、オープニング・ソングは核の「風が吹いた」あとの暗いイメージを表し、終わりの歌

は「落ちた赤ちゃん」、つまり戦争で倒れていった若者への鎮魂歌となっている。ここでは、スペースの関係上、終わりの歌だけ紹介しよう。

Rock-a-bye, baby, on the tree top.
When the wind blows the cradle will rock.
Oh, baby, hate to see you fall that way.
Better speak to the powers that be, today.
Hey Joe, where're you going with that gun in your hand?
ねんねんころり、こずえの上で。風が吹いたら、ゆりかごゆれる。
ああ、赤ちゃん（兵士）よ。そんなふうに落ちる（倒れる）ところを見たくない。
今日こそ、権力者たちに訴えるんだ。ねえ、ジョー。銃なんか手にしてどこへ行くんだ？

『風が吹くとき』（あすなろ書房刊）より

「ゆりかご」と「枝」が指すものは？

さて、1992年の『**セント・オブ・ウーマン**』"Scent of a Woman" は、盲目の軍人を演じたアル・パチーノが念願のアカデミー主演男優賞を取った作品。盲目のアル

パチーノが美女と優雅にタンゴを踊るシーンが印象的であった。
　名門ベアード高校の奨学生チャーリーは、アルバイトで盲目の退役軍人フランクの世話をすることになる。自由奔放なフランクとまじめなチャーリーはなかなか相入れないが、次第に心を通わせるようになる。そんな中、チャーリーが友人をかばったため退学処分にされそうになり、フランクは彼を弁護して大演説をぶつ。

> **FRANK** : As I came in here, I heard those words. "Cradle of leadership." **Well, when the bough breaks, the cradle will fall. And it has fallen here. It has fallen.** Make us a man, create the leaders. Be careful, what kind of leaders you are producing here.
> ここに入ってきたとき、こういう言葉を聞いた。ここは「指導者の育成校」だそうだ。「枝が折れたらゆりかごが落ちる」というが、ここではもうすでに落ちてしまっている。指導者の育成だって？ 注意しろよ。どんな指導者を育成しているのやら。

　ベアード校が'Cradle of leadership'（指導者の育成校）と呼ばれているので、この唄の1節が出てきたのだろう。ここでは「ゆりかご」はベアード校、「枝」は高校の教師たちを指している。教師たちがまともでなければ正しい教育はなされない、ということをこの唄を使って訴えている。
　他にも、幼児虐待を描いた『犯罪心理捜査官』"When the Bough Breaks"（1993. US）という映画があるが、これは「枝が折れたら」（親が子供を見放したら）「赤ちゃんは木から落ちてしまう」（子供は死んでしまう）ということを暗示したタイトルである。

　このように、この子守唄の一節は比喩として使われることが多いので、注意が必要。この唄を知らなかったら、「なぜ、ゆりかごや枝が突然出てくるのか？」と理解に苦しむことになるだろう。

I do not like thee, Doctor Fell

I do not like thee, Doctor Fell,
The reason why I cannot tell;
But this I know, and know full well,
I do not like thee, Doctor Fell.

フェル先生　ぼくはあなたがきらいです
どうしてなのかは　わかりません
でも　ぜったい　たしかに
フェル先生　ぼくはあなたがきらいなんです

『THE MOTHER GOOSE TREASURY』
(HAMISH HAMILTON刊) より

「なんとなく嫌な人」の代名詞

　なぜだかわからないけれども嫌われている、という気の毒な「フェル先生」。この先生は、17世紀のイギリスに実在した人物であった。オックスフォード大学クライストチャーチの学寮長を勤めた Dr. John Fell（1625-86）は、1667年に司教にも任じられた偉い博士であったのだ。では、なぜ、その立派な博士が皆から嫌われる先生としてマザーグースに歌い込まれることになったのであろうか。
　この唄の背景として、次のような逸話が伝えられている。ある日、このフェル

先生は、手に負えないトム・ブラウン（1663-1704）という寮生を退寮処分にしようとした。しかし、トムが異議を強く申し立てたので、先生は以下のラテン語の詩をうまく英訳できたら処分を撤回しようと約束した。

> Non amo te, Sabidi,
> Nec possum dicere quare;
> Hoc tantum possum dicere,
> Non amo te.
> 　　　　（英訳　I do not love thee, Sabidi,
> 　　　　　　　　Nor I can say why;
> 　　　　　　　　This only I can say,
> 　　　　　　　　I do not love thee.）

　トムは、この元詩の Sabidi を 目の前にいる Dr. Fell に置き替え、即興で冒頭のマザーグースのように英訳したという。Fell-tell-well-Fell と行末で韻を踏んだ、みごとな訳である。ただし、この唄の詩句は、彼の没後に刊行された**『作品集』**（1760）に収められている詩とは、若干、異なっているようである。

　こうしてトム・ブラウンは、なんとか退寮をまぬがれ、のちに風刺作家として名をなしたが、逆にフェル先生は、「虫の好かない人物」としてマザーグースの中に名をとどめることになってしまった。

　そして、知的な殺人鬼レクター・ハンニバルが活躍するサスペンス映画『**ハンニバル**』"Hannibal"（2001.US）で、レクターが「フェル博士」と名乗ったのも、おそらくこれが「嫌な印象を与える名前」であったからなのだろう。なお、フェル先生は、もともとは博士であって医者ではなかったのだが、最近では医者として描かれることの方が多いようだ。

ジキルとハイド、どっちがフェル先生？

　さて、スティーブンソンの『**ジキル博士とハイド氏**』（1886）にも、この「フェル先生」が引用されていたことをご存じだろうか。以下は、ジキル博士の弁護士アタスンが、初めてハイドに出会ったときの印象を語る場面である。

There is something more, if I could find a name for it. God bless me, the man seems hardly human! Something troglodytic, shall we say? Or can it be the old story of **Dr.Fell?**

 何かがあるんだ。それを形容する言葉を見つけることさえできれば。まったく、あいつはとても人間とは思えない。先史時代の穴居人とでも言おうか、それとも、あのフェル先生のようなものか。

 このあと、アタスン弁護士はハイドの容貌を「悪魔の刻印を打たれた顔（Satan's signature upon a face）」と形容している。実際、ハイドの鬼気迫る形相は、とてつもない嫌悪と恐怖感を抱かせるものだったという。ここでは、「説明できないほど嫌な印象を与える人物」という意味で「フェル先生」という比喩が使われているが、もし、司教を務めた本当のフェル先生がこれを聞いたら、さぞかし立腹したことだろう。

『Tomie dePaola's Mother Goose』（Methuen Children's Books刊）より

ミステリーの中の Dr.Fell

 また、アガサ・クリスティーの『殺人は容易だ』（1939）にも、フェル先生が顔を出している。以下は、父を亡くした娘ローズと警官ルークの会話である。

> "There wasn't anything he could say against Geoffrey except that he didn't like him." **"I do not like thee, Dr. Fell, the reason why I cannot tell."** "Exactly."

「父は、ジョフリーが好きでないということ以外、彼を非難すべき理由は何もなかったんです」　「『フェル先生、ぼくはあなたがきらいです。どうしてなのかは、わかりません』と同じですね」　「ええ、そのとおりなんです」

　医学博士であったローズの父は、自分の助手ジョフリーと娘の結婚に反対していた。これといった根拠もないのに嫌っていたという点が、「フェル先生」の唄と同じであった。
　このように、いつも嫌われ者の「フェル先生」であったが、その一方で、熱烈なファンを持つ Dr. Fell もいる。ディクスン・カーのミステリーに登場する探偵ギデオン・フェル博士である。カーは、嫌われ者の代名詞の「フェル先生」をあえて探偵の名にしたようだ。

フェル先生にたとえられたニクソン

　一方、あのニクソン大統領も、フェル先生にたとえられたことがあったという。それでは、*Newsweek* (Jan. 11, 1971) の記事を読んでみよう。

> To the liberals, especially the liberal commentators who dominate the media, Richard Nixon is **Dr.Fell**... This is not surprising.
> 進歩派、特にマスコミを牛耳っている進歩派の評論家たちにとって、ニクソン大統領はフェル先生なのだ…これは驚くにあたらない。

　この Dr. Fell のひとことで、「なんとなく嫌な存在のニクソン大統領」ということを鮮やかに描き出しているのだ。

　日本では、新聞や小説で古いわらべ唄にお目にかかることなど、めったにない。一方、英語圏では、300年も前の唄が、今も映画や新聞、小説で引用されているのだ。マザーグースは古い唄であるのに、けっして古くさくは感じられない。こういった生命力の強さが、マザーグースの魅力の1つなのであろう。

Jack and Jill

Jack and Jill went up the hill
To fetch a pail of water;
Jack fell down and broke his crown,
And Jill came tumbling after.

Up Jack got, and home did trot,
As fast as he could caper,
To old Dame Dob, who patched his nob
With vinegar and brown paper.

ジャックとジル　丘をのぼった
おけに水をくみに
ジャックがころんで　あたまにけが
ジルもあとから　ころがり落ちた

ジャックは起きあがって　家へむかって
できるだけはやく　駆けてった
母さん　ジャックのあたまに
お酢と茶色の紙で　しっぷした

【語句】**crown**　「頭のてっぺん、脳天」。ここでは crown of the head のことで、「王冠」ではない。なお、英語の head は顔を含めた首から上の部分を指す。

水を汲みに丘を登る兄妹

　マザーグース絵本には必ず顔をだす人気の唄。「頭のけがの治療」と聞いて、英語圏の人が 'With vinegar and brown paper' のフレーズをふと思い浮かべたりするのも、この唄がよく知られているからであろう。第3連以下は、しっぷ姿のジャックを見て、ジルが笑い、それをとがめた母さんが、ジルのお尻をひっぱたく、というように続いていくのだが、通常、第2連までの版が多いようだ。

　マザーグース絵本では、「ジャックとジル」は「兄と妹」として描かれているが、**Every Jack has his Jill** といった諺や、シェイクスピアの『真夏の夜の夢』では、「若い男と女」を表す言葉として使われている。ただし、唄の初出文献の Mother Goose's Melody（1765）では、2人はどちらも男の子として描かれている。

『OUR OLD FAVORITES』（ほるぷ出版刊）より

ジャックとジルのように転げ落ちる？

　グラハム・ハンコックの『神々の指紋』は、神話や遺跡を手がかりにして古代史をあらたな角度から見つめ直して話題を呼んだ作品だが、この中でも、ジャックとジルの唄の一節が、さりげなく引用されている。以下は、古代遺跡を訪ねる旅を続ける著者、ハンコックが、1993年3月13日の真夜中に、エジプト、ギザの大ピラミッドに登る場面である。

> I was taken aback to see how far we had already climbed and experienced a momentary, giddying presentiment of how easy it would be for us to fall, head over heels like **Jack and Jill,**

bouncing and jolting over the huge layers of stone, **breaking our crowns** at the bottom.

　あまりに高くまで登ったことに驚き、一瞬、目がくらみ、あっさりと転落しそうな予感に襲われる。水を汲みに出掛けたジャックとジルのようにまっさかさまに落ち、巨大な石の層に体を打ちつけ、地面で頭を砕かれてしまうのだ。(大地舜訳)

　遺跡の守衛に贈り物を渡し、ピラミッドを登ることを黙認してもらったハンコックとガイドは、夜のピラミッドを登り始める。しかし、高さ137メートルのピラミッドは、彼の予想以上に急勾配。登る途中で下を見ると、目がくらみそうになり、思わず「丘から転げ落ちたジャックとジル」を連想してしまったようである。

コロンボが見破ったトリック

　刑事コロンボ・シリーズの『構想の死角』"Murder by the Book"(1971.US)は、当時無名のスティーブン・スピルバーグが監督を務めた、傑作の誉れ高い作品だが、この中にも、ジャックとジルが登場している。以下は、殺されたミステリー作家ジムの妻、ジョアンナとコロンボが会話する場面である。

JOANNA 　　: What?
　　　　　　　なに？

COLUMBO 　: ***"Jack and Jill went up the hill. Did Jack kill Jill? If so, find out why."***
　　　　　　　「ジャックとジル、丘をのぼった。ジャックはジルを殺したのか。もしそうなら、動機は？」

JOANNA 　　: Jim. One of his story ideas.
　　　　　　　ジムよ。彼がメモした小説のアイディアなの。

　殺されたジムは、いつも小さな紙きれに、小説のネタをメモしていた。コロンボが偶然見つけた紙には、ジャックがジルを殺すアイディアが書き込んであり、これをきっかけにして、彼は犯人のトリックに気づくのであった。この作品では、マザーグースがトリック解明の手がかりとなったのである。
　一方、この唄をタイトルにしたミステリー映画もある。1972年のイギリス映画 "What Became of Jack and Jill?" である。ジャックとその恋人ジルが人生の階段を転落していくさまを、このタイトルで、みごとに言い表していた。ただし、

直訳の『ジャックとジルはどうなったか？』ではわかりにくいため、日本では『殺人者の青春』というタイトルで公開されていた。

ジャックとジルのいでたちは？

　一方、ミステリーだけでなく、コメディ映画でも、ジャックとジルが引用されていた。ジム・キャリー主演の『ワンス・ビトゥン』"Once Bitten"（1985.US）の仮装パーティのシーンである。

MARK　　：I'm not dressed like a vampire. I told you I couldn't get out and get a costume today.
　　　　　　吸血鬼の仮装をしているんじゃないぜ。衣装の準備が間に合わなかったって言っただろ。
ROBIN　　：Well, the point is, I just feel silly dressed as **Jill without Jack.**
　　　　　　ともかく、「ジャックなしのジル」なんて、ばかげてるわ。
MARK　　：Well, if anybody asks you, tell him **Jack couldn't get up after the fall.**
　　　　　　もし誰かに尋ねられたら「ジャックは、転んだあと立ち上がれなかった」って答えろよ。

　この唄がよく知られているからこそ、「ジャックは転んで立ち上がれなかった」という言い訳が通用するのであろう。ロビンがバケツを持ったジルの仮装をしているのに、ジム・キャリー扮するマークは黒ずくめの吸血鬼の格好で、まったく不釣り合いの2人であった。

　水を汲みにわざわざ「丘を登った」ところから、唄の由来を、古代の神秘的儀式に求める説がある。一方で、ジャックとジルのモデルを、北欧神話の「水汲み中に月の神にされわれた Hyuki と Bil の2人」や「ジョン王と聖職者」に求める人もいる。実際のところ、この唄の起源は謎なのだが、子供たちは、そんなことなどまったく気にもとめず、今日もこの唄を口ずさむのである。

児童文学の中のマザーグース

　マザーグースは、児童文学でも、頻繁に引用されています。『メアリー・ポピンズ』シリーズにのべ50編、『ピーター・ラビット』シリーズに34編（『アプリイ・ダプリイ』と『セシリ・パセリ』のわらべうた集を除く）、『大草原の小さな家』シリーズに21編、『不思議の国・鏡の国のアリス』に12編と、その数は非常に多いのです。これ以外にも、『トム・ソーヤーの冒険』、『赤毛のアン』、『ドリトル先生』、『プーさん』、『指輪物語』、『くまのパディントン』、『北風のうしろの国』など、数多くの児童文学で引用が見られます。このコラムでは、児童文学でマザーグースがどのような意図で引用されているか、見ていきましょう。

無意識に引用

　まずは、作者がマザーグースを強く意識せずに引用した場合から。マザーグースは日常生活の中で頻繁に口をついて出てくる唄であり、詩であるので、普段の生活をそのまま切り取って描写する際に必然的に顔を出すことになる。

　その例として、『大草原の小さな家』シリーズがあげられる。このシリーズは、少女ローラの成長を追うストーリーで、リアリズム主体の物語となっており、'Now I lay me down to sleep'、'Yankee Doodle'、'Up and down the City Road'、'Pease Porridge hot'、'Polly put the kettle on'、'Three blind mice' などの唄が、そのまま作中で歌われている。娯楽の少ない開拓時代の生活では、唄を歌うこと自体が娯楽であったのだろう。マザーグースが子供たちの生活に密着していたことがよくわかるのである。

比喩・説明として意識的に引用

　一方、マザーグースは、その場面の状況を端的に説明するために用いられることも数多くある。映画タイトルなどは、顕著な例であろう。共通知識であるマザーグースを用いることによって、映画の内容やその場の状況を生き生きと伝えることができる。児童文学においても、その場の状況や様子をマザーグースを

使って説明することが多々あるようだ。

　たとえば、ヒュー・ロフティングの『ドリトル先生のサーカス』では、「ハンプティ・ダンプティ」が引用されているが、「丸々とした」ドリトル先生の風貌を唄を使って説明したり、「塀にまたがった危なっかしい状態」をハンプティ・ダンプティに例えたりしている。どちらも、比喩のために作者がマザーグースを意識的に引用した例である。

マザーグースがファンタジーを強める

　児童文学ならではの引用の意図に、ファンタジー（空想文学・童話）補強作用がある。たとえば、『メアリー・ポピンズ』シリーズ。ケルトの伝承文学に深い造詣があったP.L.トラバースは、シリーズで伝承童謡を多用した。その数はシリーズを通して、のべ50編にものぼる。ポピンズはファンタジーの世界を補強するために、マザーグースを意識的に引用したのだ。

　また、ビアトリクス・ポターの『ピーターラビット』シリーズでは、のべ34編のマザーグースが引用されている。一方、ルイス・キャロルの『鏡の国のアリス』にも、ハンプティ・ダンプティをはじめ、ライオンと一角獣や、双子のダムとディーなど、たくさんのマザーグース・キャラクターが登場している。

　読者である子供たちは、なじみ深いマザーグースが様々に形を変えて物語に出てきたとき、その物語をより身近に捉えることができるのだろう。マザーグースは、多くの子供たちを引きつける力と、物語に生命力を与える作用を持つのだ。

　また、替え唄、パロディなども、この項に入れることができる。『不思議の国』の中で「きらきら星」のパロディを書いたキャロルだが、『鏡の国』でも子守唄のパロディを書いている。これは、替え唄（パロディ）がファンタジーを補強している例である。

マザーグースが物語の出発点

　1つあるいは複数のマザーグースをもとに、作者が意図的に話を作り上げる場合がある。マザーグースが物語創作の出発点となり、物語の筋を支配・決定するのである。

　たとえば、前項の『鏡の国のアリス』は、「ハンプティ・ダンプティ」や「ライオンとユニコーン」など、さまざまな唄をもとに複雑に話が組み合わされている。マザーグースはよく知られた形のまま引用され、マザーグースの筋を物語がなぞるように進行して行くのである。マザーグースが話の筋を支配している例の1つと言ってよいだろう。

　そして、ビアトリクス・ポターの『ピーターラビット』シリーズの『こぶたのピグリン・ブランドのおはなし』の前半は 'This little pig'、後半は 'Tom, he was a piper's son' の唄に沿って進む。物語の中でこれらの唄が何度も歌われ、マザーグースの調べと物語が美しく調和し、絡み合いながら進んで行くのである。

　一方、バーネットの『秘密の花園』も、96ページの「いじっぱりのメアリー」を強く意識して書かれている。花園（garden）が大きな役割を果たすこの物語では、主人公の名前はメアリーでなくてはならなかった。そしてメアリーは、同じバーネットが書いた『小公子』のセドリックや『小公女』のセーラのように愛らしく素直な子供としてではなく、いじっぱり（contrary）な少女として描かれているのだ。これは、マザーグースにヒントを得て作られた典型的な作品である。

マザーグースが物語に厚みを・・・

　『鏡の国のアリス』、『ピグリン・ブランドのおはなし』、『秘密の花園』。これらの作品は、マザーグースが物語創作の出発点となり、話の筋・内容が決定付けられたという点において、マザーグースなしには存在しえなかったものである。ルイス・キャロルは、『鏡の国のアリス』でマザーグース・キャラクターたちを活躍させ、作者独自のキャラクターの性格付けまでしている。

　また、あとの2作においては、マザーグースのキャラクターをそのまま活用するのではなく、マザーグースのストーリーをもとに物語を構築し、マザーグース

の唄と物語が複雑に絡み合いながら展開している。これら3作品とも手法はそれぞれに違うが、マザーグースを元に話を膨らませ、ストーリーに厚みと余韻を持たせることに成功しているようだ。

なぜこんなに引用されているの？

　児童文学にマザーグースが数多く引用されている理由の一つとして、「マザーグースのキャラクターの豊富さ」があげられる。「ハンプティ・ダンプティ」をはじめとして「ボー・ピープちゃん」、「ジョージ・ポージ」、「ジャックとジル」、「シンプル・サイモン」などの個性豊かな人物が、マザーグースには数多く見られる。その人物名を出すだけで、性格や様子、その場の状況などを端的にかつ生き生きと表すことができるのだから、「比喩や説明」として使われることが多いのもうなずける。

　一方、日本のわらべうたにはあまり変わったキャラクターは登場せず、どちらかといえば、自然の風物を情感豊かに歌い込んだ唄が多い。郷愁を誘う日本のわらべうたは、日本の児童文学ではめったに引用されていないし、出てきたとしても、「遊び唄」としての引用である。決して「ファンタジーを補強する」ためには用いられていないし、わらべうたにもとづいた児童文学もほとんど見られない。

　このコラムで検証した『メアリー・ポピンズ』や『アリス』などでは、マザーグースのキャラクターたちが縦横無尽に活躍するが、彼らを自分の創作物語の中で活躍させたい、と作家たちが願うのも当然のこと。一方で、イメージを大きく崩し、パロディに仕立て上げる場合もある。登場人物のイメージが人々に共有されているからこそ、そのイメージをどう壊し、どう膨らませるかが、作家の腕の見せ所なのである。

Mother Goose

Ladybird, ladybird

Ladybird, ladybird,
Fly away home,
Your house is on fire
And your children all gone;
All except one
And that's little Ann
And she has crept under
The warming pan.

てんとうむし　てんとうむし
　　飛んでゆけ
　おうちが　もえて
こどもたち　みんな逃げたよ
　1人だけ　残ってる
　それは　ちっちゃなアン
　アンは　あんかの下に
　もぐりこんだって

『THE OXFORD NURSERY RHYME BOOK』
(OXFORD UNIVERSITY PRESS刊) より

テントウ虫は幸運のしるし

　指先や手の甲にテントウ虫をのせ、フッと吹き飛ばす前に呪文のように唱える唄。同じような唄が、ドイツ、フランスをはじめヨーロッパ各地に伝わっている。「お前の家が火事」の一節は、テントウ虫の赤い色からの連想だろう。一方で、火事を夕焼け空からの連想と見なして、太陽が無事に沈むよう願った呪文を起源とする説もある。なお、warming pan とは、ベットを暖めるために用いた「あんか」のことである。

　フランスではテントウ虫を「神様の虫」（bete Bon Dieu）と呼ぶが、ladybird の原義も「聖母マリア様の鳥」（our Lady's bird）。テントウ虫の赤色が濃ければ濃いほど幸運を呼ぶと言われ、指輪やブローチのデザインなどにも好んで用いられている。言い伝えによると、テントウ虫を殺すと首の骨を折るなどのたたりがあるそうだが、殺してはいけないとされているのは、アリマキ（greenfly）を食べ

る益虫だからであろう。

　テントウ虫は、『オックスフォード童謡辞典』を編纂したオーピー夫妻がマザーグースに興味を持つきっかけともなった。テントウ虫を捕まえたとき、どちらともなく口ずさんだのがこの唄だったという。唄の起源に興味を持った2人は、7年の歳月をかけて1951年に494ページもの労作を完成させた。その間、彼らは実に2万点にも及ぶ絵本やおもちゃを集めている。彼らの辞典は、550編（第2版では549編）の唄の起源を年代順に記し、詳しい解説と共にアルファベット順にまとめたものであるが、半世紀たった現在でもマザーグース研究の必読書とされている。

ブロンテ姉妹も口ずさんだ

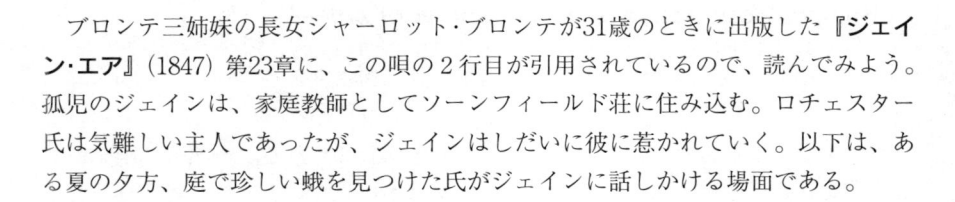

　ブロンテ三姉妹の長女シャーロット・ブロンテが31歳のときに出版した『ジェイン・エア』(1847) 第23章に、この唄の2行目が引用されているので、読んでみよう。孤児のジェインは、家庭教師としてソーンフィールド荘に住み込む。ロチェスター氏は気難しい主人であったが、ジェインはしだいに彼に惹かれていく。以下は、ある夏の夕方、庭で珍しい蛾を見つけた氏がジェインに話しかける場面である。

　　'Listen to me, Jane! You're not turning your head to look after more moths, are you? That was only a lady-clock, child, ***"fly away home"***'.
　　「聞いてくれ、ジェイン！別の蛾を探そうとして顔をそむけたりはしないだろうね。あれは『家へ飛んで帰る』ただのテントウ虫だよ」

　『嵐が丘』を著したエミリ・ブロンテも18歳のとき、Ladybird, ladybird! Fly away home で始まる204行の長い詩を書いているから、このマザーグースはブロンテ姉妹のお気に入りの唄だったのかもしれない。

虫にとっては迷惑な唄？

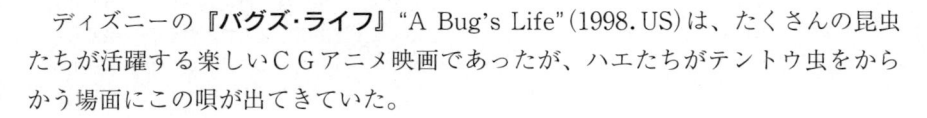

　ディズニーの『バグズ・ライフ』"A Bug's Life" (1998. US) は、たくさんの昆虫たちが活躍する楽しいCGアニメ映画であったが、ハエたちがテントウ虫をからかう場面にこの唄が出てきていた。

FLIES : ***Ladybug, ladybug, fly away home.*** Tough down, are you? All right. Get up and fight like a girl.
テントウ虫、テントウ虫、お家へ飛んでゆけ。おとなしいな。よし、女らしく戦えよ。

　また、ドリトル先生シリーズ第2作の『**ドリトル先生航海記**』(1922)にも、この唄が出てくる。ドリトル先生は、博物学者ロング・アロー捜索の航海に出る。ようやくクモサル島にたどりついた一行は、アローの手紙が足にくくりつけられた虫を捕まえる。以下は、アローの岩穴まで案内させようと、虫を放してやる場面。

He carefully lifted off the glass lid and let the big beetle climb out upon his finger. *'Ladybug, ladybug, fly away home!'* crooned Bumpo. *'Your house is on fire and your chil—'*
先生は、注意深くガラスのふたを開け、大きな虫を指にとまらせた。「テントウ虫、テントウ虫、飛んでゆけ」とバンポが口ずさんだ。「お家が燃えて、子供たちは…」

　バンポは、虫が岩穴のすみかまでちゃんと案内してくれるよう願って唄を口ずさんだのだが、オウムのポリネシアに「虫をばかにしないように」と注意されてしまう。家が燃えるなんて縁起でもない、ということだろう。

テントウ虫を追い払うにはヤッパリこの唄

　ビアトリクス・ポターの『**のねずみチュウチュウおくさんのおはなし**』(1910)は、テントウ虫をはじめ、ゴミムシ、クモ、蜂、カエル、蝶などが、野ネズミの家を訪問するというお話。お掃除の邪魔をされたチュウチュウおくさんは、そのたびに虫を追い出すのだが…。

And one day a little old woman ran up and down in a red spotty cloak. *"Your house is on fire, Mother Ladybird! Fly away home to your children!"*
そして、ある日は、ぽちぽちのついたあかいまんとをきた　小さなおばあさんが、ろうかをあちこち　かけあるいていました。「てんとうむしさん、おまえのうちは、もえてるぞ！はやくこどものとこへ　とんでいけ！」と、チュウチュウおくさんは、むかしからある　わらべうたをうたって、おいはらいました。(石井桃子訳)

石井桃子氏は、マザーグースを知らない日本の子供にもわかるように、「むかしからある　わらべうたをうたって」という言葉を付け加えて訳している。このあとの場面にも43ページ掲載の「マフェットお嬢ちゃん」の唄が出てくるが、マザーグースを知っていたら、ポターの絵本をもっと楽しむことができるだろう。
　ポターは動物を擬人化して物語を進めているが、他の動物作家との大きな違いは、登場する動物のそれぞれの生態がそのまま物語に生かされているという点であろう。このお話では、生け垣の土手の穴に住んでいる野ネズミの生態がリアルに描写されていて、ポターがすばらしい自然観察者であったことがよくわかるのである。

映画のタイトルにも

　アンナ・パキン主演の『グース』"Fly Away Home"(1996. US) は、16羽のガチョウを引き連れ軽量飛行機でカナダからアメリカへ向かう物語で、実話を元に作られている。ガチョウは最初に見た動くものを追うというが、16羽のガチョウもエイミー（A.パキン）のあとを追ってぞろぞろ歩く。Mother Goose には「面倒見の良いしっかり者のお母さん」といったイメージがあるのだが、エイミーもガチョウのママそのものであった。エイミーが操縦した飛行機の名前が「ママ・グース」で、原作タイトルが *Father Goose* であったのも、そういうところから付けられたのであろう。映画の原題は "Fly Away Home" で、この唄の2行目からの引用だが、渡り鳥が南へ渡って行く雄大な光景をイメージさせるタイトルである。映画の中でこの唄の引用はなかったが、群をなして飛ぶ光景が美しい映画であった。

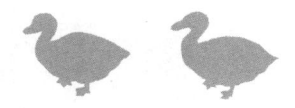

　唄の1行目をタイトルにした映画が、1994年のイギリス映画『**レディーバードレディーバード**』"Ladybird, Ladybird"。マギーは4人の子供を1人で育てていたが、彼女の留守中に長男が大火傷を負ってしまい…というストーリー。Ladybird はマギーを指しており、彼女の留守中に家で子供が火事に遭うというくだりが、唄のとおりであった。

Little Bo-peep

Little Bo-peep has lost her sheep,
And can't tell where to find them;
Leave them alone, and they'll come home,
And bring their tails behind them.

Little Bo-peep fell fast asleep,
And dreamt she heard them bleating;
But when she awoke, she found it a joke,
For they were still a-fleeting.

Then up she took her little crook,
Determined for to find them;
She found them indeed, but it made her heart bleed,
For they'd left their tails behind them.

Little Bo-peep

　　　ボー・ピープちゃんの　羊が迷子
　　どこをさがしていいかわからない
　　ほうっておきなさい　もどってくるから
　　　ちゃんとおしりに　しっぽをつけて

　　ボー・ピープちゃん　ぐっすりねんねして
　　　　羊が鳴いてる夢をみた
　　でも　目をさましたら　それはそらみみ
　　　　羊は　迷子になったまま

　　　ボー・ピープちゃん　杖を　手にとり
　　ぜったい　羊みつけようって　心にきめた
　　やっとこさ　みつけたけど　がっかり
　　しっぽを　どこかに忘れてきちゃうんだもん

『MOTHER GOOSE OR THE Old Nursery Rhymes.』（ほるぷ出版刊）より

迷子の羊を探すボー・ピープちゃん

　全部で5連ある唄。羊飼いのボー・ピープが、迷子になった羊を探しに出かけ、やっとのことで見つけるが、羊たちはしっぽをどこかへ置き忘れてきてしまう。後日、羊のしっぽが木に並べて干してあるのを見つけ、ボー・ピープは涙をぬぐいながらしっぽを羊たちに縫いつけてやる、といった内容。

　しっぽをなくしてしまった羊とは、なんとも不思議。しっぽがずらりと干してある光景は、なんとも愉快。こういったナンセンスは、いかにもマザーグース的。peep, sheep, asleep といった音の繰り返しも耳に心地よく、子供向けの童謡集や絵本には、必ずと言っていいほど載っている唄である。この唄から、ボー・ピープといえば、「羊に逃げられて当惑している世間知らずの純真な女の子」といったイメージができあがった。

　映画でも、ボー・ピープは大人気。55ページで紹介したディズニーの『トイ・ストーリー』にも、主人公ウッディが心をよせるランプの人形として登場していた。つば広の帽子をかぶりフリル付きのロングドレスに杖を持つという装いで、足元にちゃんと羊がいるところまで、この唄のとおりであった。

少女趣味のドレスからの連想は？

　さて、1994年のイギリス映画『フォー・ウェディング』でも、さりげなくBo-peep が引用されていた。"Four Weddings and a Funeral"という原題どおり、「4つの結婚式と1つのお葬式」がでてくる映画で、イギリスの結婚式などの様子がよくわかり、興味深い。主演は『ブリジット・ジョーンズの日記』のヒュー・グラントと『グリーン・カード』のアンディ・マクドウェル。それでは、キャリー（A.マクドウェル）が、ウェディングドレスをあれこれ試着して、友人のチャールズ（H.グラント）にコメントを求める場面を見てみよう。

CARRIE	: What do you think? これはどう？
CHARLES	: Umm. うーん。
CARRIE	: I knew it. でしょうね。

CHARLES	:	But if you could find a little staff, it'd be great for looking after sheep.
		もし杖を持ったらりっぱな羊飼いだね。
CARRIE	:	Don't be rude.
		失礼ね。

　チャールズが little stuff と言っているのは、crook（羊飼い用の先の曲がった杖）という単語を思いつかなかったためであろうか。キャリーが試着したドレスはレースをたくさんあしらった少女趣味のものだったので、チャールズは思わずボー・ピープを連想して、「杖を持ったら羊を探しに行けるよ。」とつぶやいている。字幕ではさらりと訳されているので、マザーグースからの引用だとは気づかないが、英語圏の人ならこれだけの表現で、ボー・ピープのことを指しているとすぐわかるのである。

Bo-peepのもう一つの意味

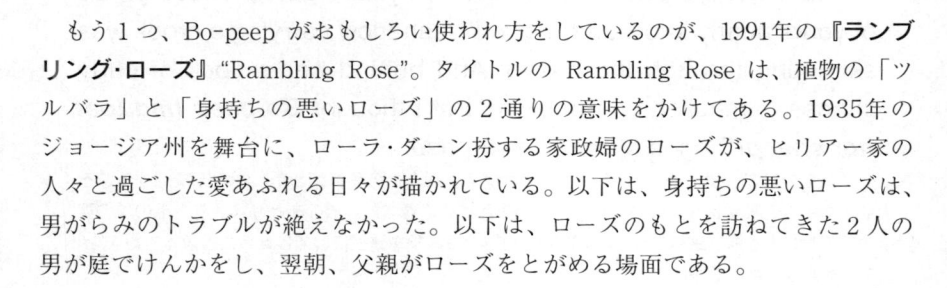

　もう1つ、Bo-peep がおもしろい使われ方をしているのが、1991年の『**ランブリング・ローズ**』"Rambling Rose"。タイトルの Rambling Rose は、植物の「ツルバラ」と「身持ちの悪いローズ」の2通りの意味をかけてある。1935年のジョージア州を舞台に、ローラ・ダーン扮する家政婦のローズが、ヒリアー家の人々と過ごした愛あふれる日々が描かれている。以下は、身持ちの悪いローズは、男がらみのトラブルが絶えなかった。以下は、ローズのもとを訪ねてきた2人の男が庭でけんかをし、翌朝、父親がローズをとがめる場面である。

DAD	:	Was your sleep disturbed, too?
		君も眠りをじゃまされたかい？
ROSE	:	Why, yes, it was. I heard strange voices in the night.
		ええ。私もです。夜中に変な声を聞きました。
DAD	:	Strange voices, Rose?
		変な声だって、ローズ？
ROSE	:	Mm-hmm.
		ええ。
DAD	:	Now, Rose, stop behaving as if you were ***Bo-peep***.
		ローズ。しらばっくれるのはやめなさい。

ROSE : I'm not behavin' as if I'm **Bo-peep,** sir. Really... I'm not.
　　　　　しらばっくれたりしていません、だんなさま。本当です‥‥。

　すぐに羊をなくしてしまうボー・ピープは、頼りなくて世間知らず。それゆえ、「ボー・ピープのように振る舞うのはやめなさい」というセリフが「知らないふりをするな」という意味になるのだ。

ボー・ピープの影はしっかり者

　P．L．トラバースの『公園のメアリー・ポピンズ』(1952)にも、ボー・ピープが登場している。影がみんな自由になるというハロウィーンの晩、公園は影たちでいっぱい。影が1人歩きするというのは、ディズニー映画の『ピーターパン』を思い起こさせる光景でもある。その影たちの中に、ボー・ピープと羊の影が紛れ込んでいた。

　" Take care, **Bo-peep!** Do look where you're going. Those lambs of yours nearly knocked me over!" A shadow carrying a crook was skimming through the crowd. And behind her a flock of curly shapes gambolled on the lawn. "But I thought **Bo-peep had lost her sheep!**" cried Michael in surprise.
　「気をつけて、ボー・ピープ！よく見て歩いて。あんたの子羊がわたしを吹っ飛ばすところだったよ！」杖を持った影が、みんなの間をかすめて通った。そのあとから、巻き毛の羊の群が、芝生の上を飛び跳ねて行った。「ボー・ピープは、羊を迷子にしてしまったと思ってたよ！」マイケルは、驚いて叫んだ。

　すぐに羊を迷子にしてしまうボー・ピープには、羊をちゃんと連れ戻してくれるしっかり者の影がついていたようだ。このように、児童文学や映画で大人気のボー・ピープであるが、喚起されるイメージは、「大きなつばの可愛い帽子をかぶり、羊飼いの杖を持ち、ロングドレスを着た世間知らずの女の子」であることを覚えておきたい。

Mother Goose
84

Little Bo-peep

『BABY'S OPERA』(ほるぷ出版刊) より

London Bridge

London Bridge is falling down,
Falling down, falling down,
London Bridge is falling down,
My fair lady.

Build it up with wood and clay,
Wood and clay, wood and clay,
Build it up with wood and clay,
My fair lady.

Wood and clay will wash away,
Wash away, wash away,
Wood and clay will wash away,
My fair lady.

『THE OXFORD NURSERY RHYME BOOK』
(OXFORD UNIVERSITY PRESS刊) より

London Bridge

ロンドン橋　おちた
　おちた　おちた
ロンドン橋　おちた
　きれいなおじょうさま

　　　木と粘土で　つくろうよ
　　　　木と粘土　木と粘土
　　　木と粘土で　つくろうよ
　　　　きれいなおじょうさま

　　　　　　木と粘土は　ながされる
　　　　　　　ながされる　ながされる
　　　　　　木と粘土は　ながされる
　　　　　　　きれいなおじょうさま

ロンドン橋の歴史

　日本の「とうりゃんせ」と同じようにして遊ぶ遊び唄で、17世紀ごろから文献に顔を出しており、18世紀中ごろに、ほぼ今の形の唄となった。
　オーピー夫妻の『オックスフォード童謡辞典』のように、'London Bridge is broken down' となっているものもあるが、falling down の方が一般的である。唄は、「木と粘土」のあと「煉瓦とモルタル」「鉄と鋼」「金と銀」で作ってもうまくいかず、最後に「夜通し見張る番人にパイプをくわえさせる」ということに落ち着いている。13世紀ごろに、橋の通行税を取り立てる番人が置かれたが、唄の「見張り番」とは、この番人のことを歌っているのかもしれない。
　さて、ロンドン橋の歴史を振り返ってみよう。初めは木造の橋であった。そのため、

流失や焼失が繰り返され、何回か架けなおされたという。この架け替え工事のときに、きれいな乙女（My fair lady）が人柱にされたのではないかと言われている。

　1136年の火事で、木造であった橋は焼失し、その後27年間も、テムズ川に架かる橋は1つもなかった。橋の流失や焼失は、1209年に石造りの橋ができるまで、続いた。ピーター司祭によって造られた石造りのロンドン橋には、礼拝堂やはね橋などがあり、没後、司祭は礼拝堂の地下チャペルに埋葬されたという。

　1357年には、300メートルあまりのロンドン橋の上に、130もの店や家が立ち並んでいた。1760年ごろに撤去されるまで、なんと400年間も、橋の上に家がぎっしりと並んでいたのだ。3階建てや4階建ての最上階が向かいの家とつながっていたりしたので、通路はまるでトンネルのようで、昼間でも薄暗かったという。橋の北側に住んでいたシェイクスピアも、南側のグローブ座に通うのに、この橋を何度も行き来したに違いない。

　現在、テムズ川には、ロンドンだけでも10以上の橋が架かっているが、1750年にウエストミンスター橋ができるまでは、ロンドン橋が唯一の橋であった。たった一つの橋が「落ちて」しまえば、ロンドンの人々は大いに困ったことだろう。

メアリー・ポピンズはマザーグースがお好き

　では、P.L.トラバースの『とびらをあけるメアリー・ポピンズ』（1943）のメアリー・ポピンズとマイケルがピアノ調律師トゥイグリーさんの家を訪ねる場面を読んでみよう。

> 　　He wound up another musical box and a new tune fell on the air. "That's **'London Bridge is Falling Down!'** It's my favourite song!" cried Michael. **"London Bridge is Falling Down, dance over, my Lady Leigh!"** sang Michael.
> 　彼は、もう一つのオルゴールを巻いた。違うメロディーが空中に流れ出した。「これ、『ロンドン橋おちた』だ！ぼくの大好きな唄だ！」と、マイケルが叫んだ。「ロンドン橋おちた。踊って渡れ、レディ・リー！」と、マイケルは歌った。

　マイケルが歌った唄は、先にあげた「ロンドン橋」の歌詞と少し違っている。これは「ロンドン橋」のバリエーションの中でも古いもので、「レディ・リー」は、ロンドン橋の東にあるリー川をさしていると思われる。このように、ひとつの唄

London Bridge

にさまざまな歌詞があるのも、マザーグースの特徴であろう。

なお、マイケルのオルゴールは、ロンドン橋のメロディーであったが、この軽快なメロディーはオルゴールにぴったり。映画でも、ディズニーの**『ポカホンタス』**や、マイケル・ダグラス主演の**『フォーリング・ダウン』**などで、オルゴールに使われていた。

この唄をタイトルに使った映画も2本ある。オードリー・ヘプバーン主演の**『マイ・フェア・レディ』**と、前述の**『フォーリング・ダウン』**である。また、名作**『風と共に去りぬ』**や、グレース・ケリー主演の**『喝采』**、**『チップス先生さようなら』**などでも引用されていた。

あの『ブレイブ・ハート』にも…

メル・ギブソンが主演、製作、監督し、アカデミー賞最多の5部門を受賞した『ブレイブハート』"Brave Heart"(1995.US)にも、ロンドン橋が出てくることに気づかれただろうか。マザーグースの唄としての引用ではないが、ロンドン橋の歴史を知る手がかりとなるので、紹介したい。

舞台は、13世紀末のスコットランド。イングランド王エドワード一世の侵略で、家族を皆殺しにされたウィリアム・ウォレス（M.ギブソン）。彼は、自由と解放をめざして抵抗軍を組織し、1297年、スターリング・ブリッジの戦いで勝利を収める。しかし、翌1298年のフォルカークの戦いで、イングランド軍に破れる。史実を元にしているが、もちろん脚色も多々ある。映画では、ウォレスとイザベラ（ソフィー・マルソー）の恋愛が描かれているが、史実では、イザベラがフランスからエドワード二世に嫁いだのは1308年。ウォレスが死んだあとであった。

さて、映画のラストの場面。スコットランド貴族のロバート・ブルースの軍が、イングランド軍と対峙している。そのブルースの独白を聞いてみよう。

ROBERT THE BRUCE: After the beheading, William Wallace's body was torn to pieces. His head was set on **London Bridge,** his arms and legs sent to the four corners of Britain as a warning.

打ち首のあと、ウィリアム・ウォレスの体は八つ裂きにされた。見せしめとして、その首はロンドン橋にさらされ、腕と脚はイギリスの東西南北へ送られた。

1305年、ウォレスは、形ばかりの裁判のあと、ロンドンで八つ裂きの極刑にされる。映画では、処刑直前のウォレスの叫び声 "Freedom!" が印象的であった。彼の首はロンドン橋、右腕はニューキャッスルの橋、左腕はアバディーンでさらしものになったという。

　このように、ロンドン橋の橋門は罪人の首をさらす場所として使用されたが、ウォレスがその第1号であった。1381年にはワット・タイラー、1535年にはトマス・モアの首もさらされたが、このロンドン橋のさらし首は、17世紀の終わりごろまで続けられた。

ロンドン橋のさらし首

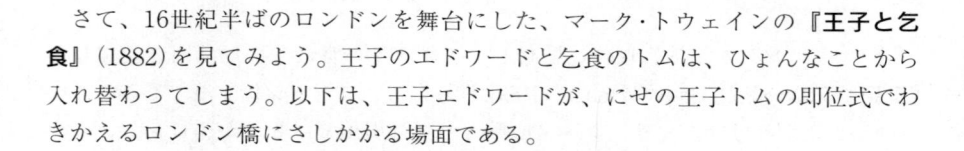

　さて、16世紀半ばのロンドンを舞台にした、マーク・トウェインの『**王子と乞食**』(1882) を見てみよう。王子のエドワードと乞食のトムは、ひょんなことから入れ替わってしまう。以下は、王子エドワードが、にせの王子トムの即位式でわきかえるロンドン橋にさしかかる場面である。

> 　　They stepped upon **London Bridge,** in the midst of a writhing, struggling jam of howling and hurrahing people... and at that instant the decaying head of some former duke or other grandee tumbled down between them.
> 　彼らはロンドン橋へさしかかった。橋は祝いでわきかえり、人々は押し合いへし合いしていた。ちょうどそのとき、元公爵か高官の腐敗した首が、転がり落ちた。

　ロンドン橋の喧噪が描かれ、ロンドン橋のさらし首まで描写されている。実際、1550年代には、毎週2、3人の割合で処刑がおこなわれ、橋門の上にさらされたという。そのときの国王は、ヘンリー八世。『王子と乞食』の王子エドワードの父親で、前述のトマス・モアも、このヘンリー八世によって処刑されている。

　ウィリアム・ウォレスの首がさらされ、『王子と乞食』の舞台となったロンドン橋は、1209年から600年以上もロンドンの町の変遷を見続けたが、1831年に取り壊された。取り壊しの際に、礼拝堂の跡から、橋の設計者のピーター司祭の棺がみつかったという。新しく造られた橋は、わずか130年余で撤去され、現在のコンクリート製の橋が1973年に完成した。このとき撤去された橋は、アメリカのアリゾナ州レイク・ハバスに移築され復元されている。

London Bridge

　今回は、「ロンドン橋」の唄の歴史というよりは、橋そのものの歴史に重点を置いてみた。映画や児童文学をとっかかりにして、マザーグースやイギリスの歴史を調べてみると、またいろいろなものが見えてくるように思う。

17世紀はじめのロンドン橋
（手前の門の上に長い串に刺されたさらし首が見える）
『図説英国史』（ニューカレント・インターナショナル刊）より

●詳しく知りたい人に●
加藤憲市　『イギリス古事物語』（大修館書店）
出口保夫　『ロンドン橋物語』　（東京書籍）
鈴木一博　『マザー・グースの誕生』（社会思想社）

Mary had a little lamb

Mary had a little lamb,
　　Its fleece was white as snow;
　And everywhere that Mary went
　　The lamb was sure to go.

　　　　　　メリーさんの羊
　　　　　　　　ゆきのように　白かった
　　　　　　メリーが行くとこ　どこにでも
　　　　　　　羊は　かならず　ついていった

「THE OXFORD NURSERY RHYME BOOK」
(OXFORD UNIVERSITY PRESS刊) より

メリーさんのモデルは誰？

　日本でもよく知られている「メリーさんの羊」は、マザーグースにしてはめずらしく、作者がはっきりしている。これは、ボストンのヘイル夫人が1830年に発表した6連の唄で、父の農場で子羊をかわいがっていた子供時代の思い出を歌ったものらしい。
　しかし、このように作者が判明しているにもかかわらず、「唄には実在のモデルがいた」と信じている人もいるようだ。「メリー実在説」派の主張によると、1817年、マサチューセッツ州のメリー・ソーヤーが11歳のとき、彼女がかわい

【語句】　fleece　「羊の毛皮」。(参) wool は「羊毛」

がっていた子羊が小学校までついて来て、その逸話をジョン・ラウルストンが詩にした、ということらしい。

　自動車王ヘンリー・フォードも、実在説を信じ、1927年に、メリーが通ったレッドストーン小学校をサドベリーに移築している。彼は、200もの書類を集めてこの説を証明しようとしたが、結局は、作者のヘイル夫人によって否定されるという結果に終わっている。それでも、この小学校は「メリーさんの学校」として、今も多くの観光客でにぎわっている。

　なお、フォードは、若い頃エジソン電気会社に勤めていたが、そのエジソンが1877年、30歳のときに蓄音機を発明して、最初に吹き込んだのが「メリーさんの羊」の唄だったというのも、偶然とはいえ、おもしろい。彼がこの唄を口ずさんだ理由ははっきりしないが、8歳年下の愛妻の名前がメリーであったことも関係しているのかもしれない。

　エジソンが歌った『メリーさんの羊』は、『ザ・ファースト・レコーディング「エロイカ」』（山野楽器：WCD11）で聞くことができる。ただし、これは、1877年に史上初録音されたものではなく、蓄音機発明50周年を記念して、1927年に彼自身が再吹き込みしたものである。

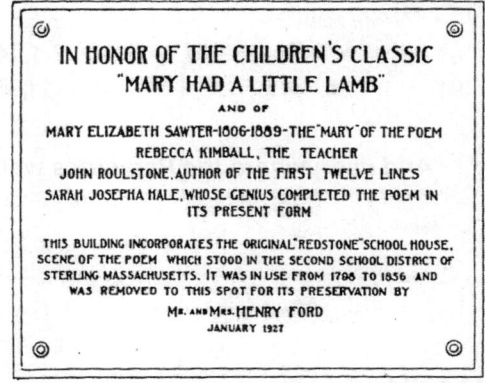

メリーさんの学校の案内板

「メリーさんの羊みたい」って？

　この唄は、あまりにも有名になったので、「メリーさんの羊みたい」という表現まで生まれている。まず、ミア・ファロー主演の映画『フォロー・ミー』"Follow Me!" (1972. US) を見てみよう。

BELINDA　：Whenever make a date, all that happens is that ***wherever I go, he... he's sure to follow... like... like Mary's little lamb.***

> 会うときはいつもこんな感じなの。わたしのあとを、どこまでもついてくるの。まるでメリーさんの羊みたいに。

また、'Somebody's little lamb' という使われ方もある。アガサ・クリスティーのミステリー『七つの時計』(1929)に、この用法が出てきている。

> "But all the same I'd never have thought it of Bill. He's doing **the Countess's little woolly lamb** to perfection."
> 「でも、まさかビルがそうとは思わなかったな。伯爵夫人のかわいい子羊ちゃんを完璧につとめているんだから」

「伯爵夫人のかわいい子羊」の部分が、唄からの引用。この一言で、「ビルがいつも伯爵夫人のお供をしていた」ことを表しているのだ。

一方、ヒッチコック監督の『パラダイン夫人の恋』"The Paradine Case" (1947. US) では、グレゴリー・ペック扮する弁護士が、次のような言い方をしていた。

> **"And everywhere the Paradines went, the valet was sure to go."**
> 「パラダイン夫妻が行くところどこへでも、必ず召使いがついてった」

このセリフには、「メリーさん」も「羊」も出てこないが、この唄を下敷きにしていることは、英語圏の人には、すぐわかるのである。

替え唄もいっぱい

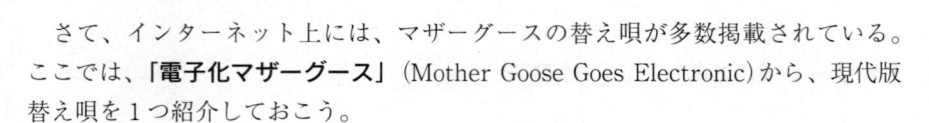

さて、インターネット上には、マザーグースの替え唄が多数掲載されている。ここでは、「**電子化マザーグース**」(Mother Goose Goes Electronic) から、現代版替え唄を1つ紹介しておこう。

> Mary had a little lamb.
> Its fleece was black as tar.
> And everywhere that Mary went
> Lamb stayed home with the VCR.

Mary had a little lamb

> メリーさんの羊
> タールのように　黒かった
> メリーさんが　どこへ行っても
> 羊は　家でビデオ三昧

　どこへでもついていくはずの羊が、ビデオばかり見てついて来なくなってしまった、というオチである。
　このように、よく知られている唄ほど、替え唄も多いようで、映画『**ベイビーズ・デイアウト**』"Baby's Day Out"(1994. US)では、「赤ちゃんに歌でも歌って寝かせろよ」とボスに言われたマヌケな誘拐犯が、「仕事場まで羊がついて来て、メリーは仕事をクビになっちゃった」と歌っていた。
　一方、ちまたの替え唄を集めた ***Doctor Knickerbocker*** (1993)には、次のような残酷な替え唄もある。

> Mary had a little lamb,
> Her father shot it dead.
> And now it goes to school with her
> Between two chunks of bread.

> メリーさんの羊
> お父さんが　撃ち殺しちゃった
> 今では　パンの間にはさまって
> メリーさんと一緒に学校へ

　日本にも、「ひな祭り」や「お正月」の残酷な替え唄がある。死や排泄などのタブーを、替え唄を使って軽やかに笑い飛ばす。これが、パロディの真髄であるし、子供の精神を解放する役割を果たしているのであろう。

　わが国にも、「メリーさんは健康、健康、健康、メリーさんは健康、メリケン粉」というダジャレ替え唄まである。国の内外を問わず、替え唄が多数作られているのは、それだけ子供たちに愛されているからなのだろう。

Mary, Mary, quite contrary

Mary, Mary, quite contrary,
How does your garden grow?
With silver bells and cockle shells,
And pretty maids all in a row.

いじっぱりの メアリーさん
あなたの おにわ どんなふう？
ぎんのすず かいがら きれいなおんなのこ
みんな ならんで さいてます

『BABY'S OPERA』(ほるぷ出版刊) より

メアリーのモデルは誰？

　たった4行の唄だが、contrary Mary のモデルについては、さまざまな説がある。まず、メアリーを「聖母マリア」だとする宗教的解釈。「銀の鈴」は聖歌を歌うときの祭鈴、「貝殻」は聖地巡礼の際に笠などにつけたしるし、「きれいな女の子たち」は尼僧を指すという。ただ、この場合、contrary Mary（いじっぱりなマリア様）ではあまり意味をなさない。
　一方、メアリーをスコットランドの女王、メアリー・スチュアートだとする説もある。この場合、「貝殻」はフランス皇太子からもらったドレスに付いていた飾り、「きれいな女の子」は侍女たちを指す。メアリーの派手なふるまいが当時の

【語句】**Mary, Mary** が『秘密の花園』のように Mistress Mary となっている版もある。　**Mistress** の意味は「女主人、女王」。

宗教改革者ノックスを不機嫌にさせたという。その後、メアリーは夫を殺したボスウェル伯と再婚するが、その振る舞いが諸侯の反感を買い、スコットランドを追われることになる。いかにも「つむじ曲がりのメアリー」らしく、この「スコットランド女王説」を信じている人も多い。

　この説は、ディズニーの短編アニメ映画『**マザーグースのうた**』"The Truth About Mother Goose"(1957.US)でも詳しく描かれている。この映画はマザーグースの唄の歴史的背景を描いたもので、「ジャック・ホーナー」「いじっぱりのメアリー」「ロンドン橋」の3話を収録。『プーさんとイーヨーの一日』というビデオの中に入っているので、レンタル可能である。

『秘密の花園』のメアリーは頑固

　バーネットの『**秘密の花園**』(1911)は、この唄を強く意識して書かれている。それは、小説が最初は *Mistress Mary* という題で発表されたという事実からも、よくわかる。花園（garden）が大きな役割を果たすこの物語では、主人公の名前はメアリーでなくてはならなかった。そしてメアリーは、同じバーネットが書いた『小公子』のセドリックや『小公女』のセーラのように愛らしく素直な子供としてではなく、いじっぱり（contrary）な少女として描かれているのである。

　1993年製作の映画の中でも、原作と同じように2回この唄が歌われている。1回目は、地震のため孤児となったメアリーがインドから1人でイギリスに帰って来るとき。頑固でひねくれもののメアリーを子供たちが唄を使ってはやしたてる場面だ。そして、もう1か所は、封印されていた秘密の花園を見つけたメアリーが、荒れ果てた花園を蘇らせようと、メードの弟ディコンと一緒に球根を植える場面であった。

DICKON　　: It's just like the rhyme. ***Mistress Mary, quite contrary, How does your garden grow? With silver bells and cockle shells, And pretty maids all in a row.***
　　　　　　　唄みたいだ。意地っ張りの女王様メアリー。あなたのお庭はどんなふう？銀の鈴と貝殻と美しい　女の子たち。一列に並んで咲いてます。

MARY　　: On the boat coming here, they used to sing that song at me. I wasn't as contrary as they were.

> ここへ来る船の中で、みんながこの唄を歌ったわ。わたしはみんなほど意地悪ではなかったのに。

やがて蘇った花園は、伯父や病弱ないとこの心もいやしていく。映画の中のメアリーの表情の変化に注目していただきたい。蘇る花園とともに明るくなり、笑顔を見せる素直な少女へと変わっていく。なお、1行目がこの用例のように Mistress Mary で始まっているものも多いので、覚えておきたい。

Mary と韻を踏む言葉を探せ

さて、P．L．トラバースの『風にのってきたメアリー・ポピンズ』(1934)に Mary と韻を踏む言葉を探す場面があるので、読んでみよう。

> "Now, what rhymes with **Mary?** I can't use *'contrary'* because that has been done before and one must be original. If you're going to say 'fairy,' don't. I've thought of that already, but as it's not a bit like her, it won't do."
> "Hairy," said Michael brightly.
> "H'm. Not poetic enough," observed the Penguin.
> "What about 'wary'?" said Jane.
>
> 「さて、メアリーと韻を踏む言葉は何？contrary はだめだよ。前に使われてるから。新しいのでなきゃだめなんだ。妖精（fairy）っていうのもだめ。それも考えたんだけど、彼女にぜんぜん似てないから、だめなんだ。」
> 「毛むくじゃら（hairy）」とマイケルが元気に言った。
> 「ふうむ。あまり詩的ではないね。」とペンギン。
> 「用心深い（wary）っていうのはどう？」とジェーンが言った。

ペンギンは、メアリー・ポピンズの誕生日に贈る詩を考えていた。Mary と韻を踏む言葉として、当然、contrary が出てきたのだが、これはすでにマザーグースで使われているからという理由で却下される。そして結局、次のような詩をプレゼントする。ただし、dearie [díəri] は Mary [méəri] ときちんと脚韻を踏んではいないが。

> *" Oh, Mary, Mary, She's my Dearie, She's my Dear-i-o!"*
> 「おおメアリー、メアリーさん。彼女は、わたしの大好きさん」

Mary, Mary, quite contrary

押韻は空想飛躍のジャンプ台

　英語圏の人々は、マザーグースや Rhyming Game（韻を踏む言葉を探すゲーム）をとおして韻に親しみ、英語のリズムを身につけていく。コマーシャルでも、口ずさみやすいのは、きれいに韻を踏んだフレーズで、英語の歌も韻を踏んでいるものが多い。たとえばビートルズの 'Yesterday' の第一連は、その行末が Yesterday – away – stay – yesterday ときれいに韻を踏んでいる。

　筆者は授業でマザーグースを扱うとき、できるだけていねいに韻の説明をする。たとえば、今回のマザーグースだったら、Mary と contrary で中間韻、bells と shells も中間韻、grow と row で脚韻、というようにしるしを付けさせながら。その指導は、英語の歌の聞き取りや読みとりのときにも、ずいぶん役立つように思う。

　マザーグースはそのほとんどが韻を踏んでいる。「子供部屋の押韻詩」（Nursery Rhymes）と呼ばれているのだから、それも当然であろう。ハンプティ・ダンプティは塀（wall）に座っていたから落ち（fall）、牛が飛び越えたのがお月さま（moon）だからお皿はスプーン（spoon）と逃げた。このように、韻が唄の内容を決定している場合も少なくない。今回の唄でも、Mary と韻を踏むために、彼女の性格は contrary でなければならなかったのだ。

　英語には 'without rhyme or reason' という表現がある。「わけも理由もない、まったくわけがわからない」という意味だ。言い換えれば、理屈（reason）が通らずとんでもないナンセンスに思えることも、韻（rhyme）を踏んでいれば納得できることになる。マザーグースが我々日本人にとって何かとっつきにくく、訳しても意味がわかりにくいのは、この 'rhyme without reason' のせいであろう。

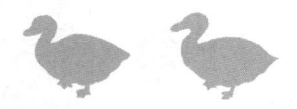

　マザーグースの特徴の１つとして、とんでもないナンセンスや意外性があげられるが、押韻が空想の飛躍のジャンプ台の役目を果たしている。韻によって、唄はセンスの世界からナンセンスの世界へ軽々と跳躍し、摩訶不思議な世界へ私たちを連れていってくれるのだ。

Monday's child

Monday's child is fair of face,
    Tuesday's child is full of grace,
Wednesday's child is full of woe,
    Thursday's child has far to go,
Friday's child is loving and giving,
    Saturday's child works hard for his living,
And the child that is born on the Sabbath day
    Is bonny and blithe, and good and gay.

【語句】**woe** [wou]「苦悩、悲哀」。(参) in weal and woe 幸いにも災いにも　　**Sabbath**「安息日」。ヘブライ語 shabbath（休息する）に由来することば。キリスト教では日曜日、ユダヤ教では土曜日を指す。　　**blithe** [blaiθ]「朗らか、陽気な」。

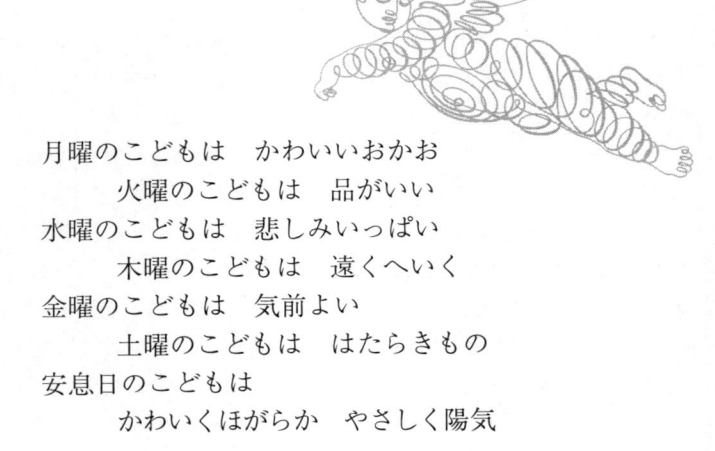

Monday's child

月曜のこどもは　かわいいおかお
　　火曜のこどもは　品がいい
水曜のこどもは　悲しみいっぱい
　　木曜のこどもは　遠くへいく
金曜のこどもは　気前よい
　　土曜のこどもは　はたらきもの
安息日のこどもは
　　かわいくほがらか　やさしく陽気

『THE MOTHER GOOSE TREASURY』
(HAMISH HAMILTON刊) より

チャールズ皇太子は日曜の子供

　子供の将来を占う予言唄である。face-grace、woe-go、giving-living、day-gayと、2行ずつきれいに韻を踏んでいて、口ずさみやすい。最後の Sabbath は「安息日」で、ヘブライ語の shabbath（休息する）に由来している。キリスト教では日曜日だが、ユダヤ教では土曜日を指す。また、4行目の has far to go は、woe と韻を踏ませるために has to go far の語順が入れ替わっていると考えられる。

　ところで、50年以上も前の話だが、チャールズ皇太子が生まれたとき、国会で海軍大臣がお祝いのことばとしてこの唄を引用し、その最終行は Is fair and wise, and good and gay だったらしい。しかし、「最終行は Sunday's child is full of grace だ」と言う人もあって、正しい文句をめぐって論争となったが、結局は、タイトル部に掲げた詩句に落ち着いたということだ。もともと、口承で伝えられていたマザーグースなので、さまざまな詩句が伝承されていてあたりまえなのだが、国を挙げての大論争になるところが、いかにも英国らしい話である。

水曜の子供は悲しみいっぱい

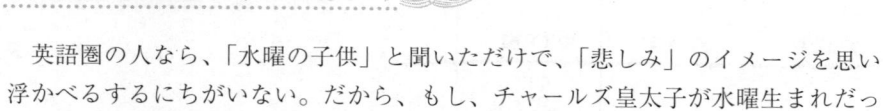

　英語圏の人なら、「水曜の子供」と聞いただけで、「悲しみ」のイメージを思い浮かべるにちがいない。だから、もし、チャールズ皇太子が水曜生まれだったなら、この唄が国会で引用されることもなかっただろう。

　この「水曜の子供」は、推理小説でも引用されている。ミステリー『水曜日の子供』(1992)は、いつも悲しそうだった少女を担任はひそかに「水曜の子供」と呼んでいた…といった内容だが、唄を知っている読者なら、このタイトルを見ただけで「悲しみいっぱいの子供」を連想するはずである。

　この唄は、Ｐ．Ｌ．トラバースの『帰ってきたメアリー・ポピンズ』(1935)の中にも顔を出している。その第3章「わるい水曜日」のマイケルが姉のジェインをからかう場面を読んでみよう。

　　"That's the day Jane was born. **Wednesday's Child is full of woe.** That's why she has to have Porridge instead of Rice!' he said, naughtily.
　　「それはジェインの生まれた日。水曜の子供は、なげきがいっぱい。だから、ジェインは、コーンフレークスのかわりに、オートミールをたべなきゃならないのさ！」と、マイケルは、いたずらっぽくいいました。（林容吉訳）

にらみつけるジェインを前にして、マイケルの言葉はまだまだ続く。「月曜の子供はかわいいお顔。火曜の子供は品がいい。本当だよ。月曜生まれのぼくは、かわいいお顔だもん！」マザーグースをネタにして姉をからかっているのだが、嫌いなものを食べなければならないのは「水曜の子供」だからと理由づけしているところがおもしろい。

次に、邦画であるが、竹下景子と名高達郎主演の『飛鳥へ　そしてまだ見ぬ子へ』（1982. JP）でも、この唄が引用されていた。名高扮する医師がこの唄を歌って「日曜に生まれてくれ」とつぶやくが、子供は結局、水曜に生まれ、彼は癌で死んでしまう。唄がこの子の運命を暗示しているようであった。

また、「水曜の子供」は、アメリカのテレビ番組のタイトルにも引用されていた。施設に預けられた子供の養父母を探す番組で、子供たちの映像をナレーションとともに1日3回ほど流していた。文字通り、水曜日に放映されていたから『水曜の子供』なのだが、「悲しみいっぱいの水曜の子供」を救ってやりたいという願いもこめられていたようだ。

木曜の子供は遠くへ…

ジェイムズ・ジョイスの『ユリシーズ』（1922）は、ダブリンを舞台に、1904年6月の1日を描いた独創的な作品で、マザーグースや言葉遊びが数多く引用されている。その第15章、夜の町に繰り出したスティーブンと娼婦ゾーイの会話を見てみよう。ゾーイは、彼の手相を見ながらあれこれ占っている。

| ZOE | : What day were you born?
何曜日に生まれたの？ |
| STEPHEN | : Thursday. Today.
木曜日。今日だ。 |
| ZOE | : ***Thursday's child has far to go.***
「木曜の子供は遠くへ行く」 |

スティーブンは、生まれた曜日を尋ねられて「木曜日」と即答している。日本では、自分の生まれた曜日を知っている人は少ないが、英語圏の人はみな、自分の生まれた曜日を知っているのだろうか。

もちろん、「木曜の子供」をタイトルにした作品も数多くある。たとえば、テ

リー・ホワイトの『**木曜日の子供**』。家出少年と殺し屋、老私立探偵の奇妙な友情を描いたものだが、両親を失い、祖父に引き取られた家出少年も、凄腕で知られる孤独な殺し屋も、現在の場所にいることが許されない「遠くへ行く木曜の子供」なのであった。

　「木曜日の子供たち」という副題のついたルーマー・ゴッデンの『**バレエダンサー**』(1984)という小説もある。その原題は、*Thursday's Children* 。バレエの世界をめざす子供たちを描いているのだが、はるかかなたにある目標に向かって努力する姿を「木曜の子供」にたとえたタイトルであった。

また、これをタイトルにした映画もある。ロブ・ロウ主演の『**サーズデイ・チャイルド**』"Thursday's Child"(1983. US)だ。サム（ロウ）は、心臓病と診断され、心臓移植しか助かる道はなかった。以下は、病室で18歳の誕生日を迎えたサムが、両親から誕生日のプレゼントをもらう場面である。

MOTHER : Brought you some presents.
プレゼントを持ってきたわよ。

SAM : Let's see what we have here. "Happy birthday, **Thursday's child!**" Thought I was born on Wednesday.
さっそく開けてみよう。「誕生日おめでとう。木曜の子供へ！」僕は水曜日に生まれたのかと思ってたよ。

MOTHER : Well, **Wednesday's child is full of woe.** So I've re-christened you. You're **Thursday's child with far to go**.
「水曜の子供は悲しみいっぱい」だから変えたの。「木曜の子供は前途洋々」

水曜生まれのサムに向かって、母親は「あなたは木曜の子供に変わったの。だから前途洋々よ」と言っている。病気の息子を少しでも元気づけたいという母心であろう。ここでは、「遠くへ行く」ことを良い意味でとらえていた。

「木曜の子供」を、ホワイトは孤独にさまようイメージ、ゴッデンは遠くにある目標へ向かって険しい道を行くイメージ、映画では明るい未来が待っているといったイメージでとらえていた。未知の世界へ歩んで行かねばならない木曜の子供の姿は、我々の人生とどこか重なるところがある。「遠くへ行く」の解釈は人によってさまざまで、そこがまた、「木曜の子供」というタイトルに深みを与えることになるのだろう。

Now I lay me down to sleep

Now I lay me down to sleep,
　　I pray the Lord my soul to keep;
And if I die before I wake,
　　pray the Lord my soul to take.

　　　　これから　わたしは　ねむりにつきます
　　　　　　神様　わたしの魂を　お守りください
　　　　もし　目覚めるまえに　死んだなら
　　　　　　神様　わたしの魂を　お召しください

口ずさみやすいのは脚韻のおかげ

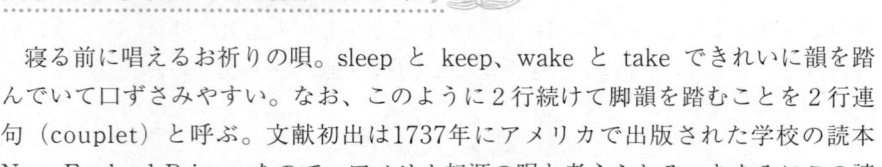

　寝る前に唱えるお祈りの唄。sleep と keep、wake と take できれいに韻を踏んでいて口ずさみやすい。なお、このように2行続けて脚韻を踏むことを2行連句（couplet）と呼ぶ。文献初出は1737年にアメリカで出版された学校の読本 New-England Primer なので、アメリカ起源の唄と考えられる。ちなみにこの読本は、マザーグースのモデルと想定されたエリザベス・グース（15ページ参照）の娘婿トーマス・フリートによって出版されている。

ローラも毎晩このお祈りを…

　ローラ・インガルス・ワイルダーが『大きな森の小さな家』を出版したのは、1932年。65歳のときであった。それから90歳で亡くなるまでの25年間、彼女は9巻にわたるシリーズを書き続けた。100年以上も前のアメリカ開拓時代後期を描き、日本でもファンの多い作品だ。大自然の中で素朴に暮らす一家が、少女ローラの目をとおして生き生きと描かれている。その第1作はローラが5歳のころを描いたものだが、母さんがローラたちを寝かしつける場面に、このお祈りが出てくる。

Now I lay me down to sleep

Then Ma said it was bedtime. She helped Laura and Mary undress and button up their red flannel nightgowns. They knelt down by the trundle bed and said their prayers.
'Now I lay me down to sleep, I pray the Lord my soul to keep.
If I should die before I wake, I pray the Lord my soul to take.'
Ma kissed them both, and tucked the cover in around them.

母さんは「もう寝る時間よ」と言い、ローラとメアリーが服をぬぎ赤いフランネルのねまきのボタンをはめるのを、手伝ってくれました。2人はベッドのかたわらにひざまずき、お祈りをしました。(お祈り一略)母さんは2人にキスをしてから、かけぶとんを肩のまわりにきちんとかけてくれました。

過酷な自然の中、安らかで居心地のよい家庭のぬくもりが暖かく描かれている場面。きっと毎晩、2人はそろってひざまずいて、このお祈りを唱えていたのだろう。ローラのお祈りは、左に掲げたお祈りとは3行目が少し異なっているが、And が省略され should が入ったこの形の方が一般的なようだ。

アンに子供じみたお祈りは似合わない

1908年出版の L. M. モンゴメリーの『赤毛のアン』にもこのお祈りが出てくる。第7章「アンのお祈り」で、マリラがアンに教えるつもりだったのがこの唄であった。

男の子を希望していたマシュウとマリラの老兄妹のもとに、手違いからやってきたアン。しかし、アンの楽しいおしゃべりに魅了された2人は、とうとうアンを家に置く決心をする。「お祈りはしたことがないの」と言うアンに驚いたマリラは、「まず、ひざまずいてごらん」と、お祈りの仕方を一から教えようとする。

"Well, I'm ready. What am I to say?" Marilla felt more embarrassed than ever. She had intended to teach Anne the childish classic, *"Now I lay me down to sleep."*

「はい、ひざまずいたわ。それから何て言うの?」マリラは、ますます面食らった。アンに「これから私は眠りにつきます」という昔からよく知られている子供むけのお祈りを教えるつもりだったのだ。

結局、大人びたアンに子供じみたお祈りは向かないと判断したマリラは、「ひとりでお祈りできるくらい大きいんだから、お祈りの文句は自分で考えてごらん」

と言う。そこでアンは、神様に感謝の言葉を述べたあと、「私を美人にしてください」と、お願いの言葉までちゃっかり付け加えたのであった。

ケビン・コスナーも唱えたお祈り

さて、『アンタッチャブル』"The Untouchables"(1987.US)は、1930年代の禁酒法下のシカゴでアル・カポネに立ち向かう若き財務捜査官ネス（ケビン・コスナー）の活躍を描いた映画である。監督は『ミッション・インポッシブル』のブライアン・デ・パルマで、共演者もショーン・コネリー、ロバート・デ・ニーロ、アンディ・ガルシアと豪華ぞろい。ショーン・コネリーが渋い演技でアカデミー助演男優賞を受賞している。

以下は、ネスの娘が寝る前のお祈りを唱える場面。危険な任務を前にして緊張するネスが、家族の前で見せるつかの間の安らぎの表情。そんなシーンを象徴するようなお祈りであった。

DAUGHTER : *Now I lay me down to sleep, I pray the Lord my soul to keep.*
If I should die before I wake, I pray the Lord my soul to take. Amen.
God bless mommy, God bless daddy.
これから私は眠りにつきます。神様、私の魂をお守りください。もし目覚めるまえに死んだなら、神様、私の魂をお召しください。アーメン。
神様、ママをお守り下さい。パパをお守り下さい。

NESS : Amen.
アーメン。

なお、タイトルの The Untouchables は、禁酒法時代のアメリカ財務省直属の連邦捜査官の愛称で、「買収されない人たち」という意味である。

目覚めるまえに死んだなら…

一方、「目覚めるまえに死んだなら」というちょっと不気味な内容から、恐怖感を高めるために用いられている例もある。スティーブン・スピルバーグが脚本、

製作総指揮を務めた『ポルターガイスト』"Poltergeist"(1982.US)である。これは、新興住宅地を舞台にしたオカルト・ホラー映画で、かつて墓地だった場所に家を建てた一家が超常現象に襲われるという内容だ。なお、タイトルの「ポルターガイスト」とは、ドイツ語で「騒がしい霊」という意味で、物が自然発火したり、家具などが動いて異常な音が聞こえる現象を指す。では、その映画の冒頭、主人公の女の子キャロル・アンが死んだ小鳥を庭に埋めながらお祈りを唱える場面を読んでみよう。

CAROL ANNE : ***Now I lay me down to sleep, I pray the Lord my soul to keep.***
If I should die before I wake...
これから私は眠りにつきます。神様、私の魂をお守りください。もし目覚めるまえに死んだなら…。

DANA : It's dead.
もう死んでるわよ。

CAROL ANNE : ***I pray the Lord my soul to take.***
神様、私の魂をお召しください。アーメン。

DIANE : That was lovely, lovely, honey.
とてもいいお祈りよ。

　幼いキャロル・アンは、愛する小鳥に捧げるお祈りとして、自分が毎晩唱えていたこのお祈りを唱えたのであろう。「もし目覚める前に死んだなら」という不気味な内容のお祈りは、一家がこれから体験する怪奇現象を暗示しているかのようであった。

　なお、この『ポルターガイスト』は、3作目まで作られたが、1作目のあと、長女ダナを演じたドミニク・ダンが22歳で急死、2作目のあとには神父役と黒人占い師役の2人の俳優が死亡、そして3作目の公開4カ月前に主役キャロル・アン役のヘザー・オルークが12歳の若さで急死している。奇しくも、彼女が唱えたお祈りの文句どおり、皆、「神様に魂を召されてしまった」のであった。

Old king Cole

Old king Cole
　　Was a merry old soul,
And a merry old soul was he;
　　He called for his pipe,
And he called for his bowl,
　　And he called for his fiddlers three.

　　　　コールの王さま
　　　　　　　愉快なおかた
　　　ほんとに愉快なおひとがら
　　　　　　　たばこのパイプと
　　　おさけのお椀と
　　　　　　ヴァイオリン弾き3人　よびよせた

愉快なコール王

　美しいメロディで人気のある唄。バリエーションも多く、中には7連まで歌われているものもある。コール王については諸説あるが、「3世紀後半に実在したケルト族の王で、エセックス州のコルチェスター (Colchester) は、この王にちなんで名づけられた」と考えている人もいるようだ。ただしこの場合、イギリス

【語句】**soul**「人」。(参) an honest soul 正直者　a kind sole 親切な人　　**bowl**（文語）「（酒の）大杯」。

Old King Cole

でタバコのパイプが一般に普及したのは16世紀ごろなので、パイプの部分はあとからの追加と考えられる。いずれにせよ、「コール王」が誰であったか、本当のところはよくわからないのである。

この唄は、あちこちで引用されていて、たとえば、ジェイムズ・ジョイスの『フィネガンズ・ウェイク』(1939)では、

> Old Finncoole, he's a mellow old soul
> when he swills with his fuddlers free!
> フィンクールのおやじさん、めろめろ愉快なおっさんが、
> 飲んだくれらとさんざんただ飲み！（柳瀬尚紀訳）

なんと、コール王は酔いどれ親父に変えられている。また、ジョージ・オーウェルも、次のような替え唄を書いている。

> Old King Cole was a merry old soul,
> And a merry old soul was he,
> He called for a light
> in the middle of the night
> To go to the W.C.

このあと、「ろうそくが消え、コールの王様はトイレの穴に落ちてしまう」というオチまでついているのだから、傑作だ。一方、1990年7月9日の **Newsweek** には、こういう記事があった。

> **Merry old King Kohl** promised that all laid-off workers would be supported and retrained for new jobs.
> 陽気なコールの王様は、「解雇された労働者は、全員が生活扶助と再就職のための訓練を受けることになるだろう」と約束した。

この「陽気なコール王」とは、ドイツの Helmut Kohl 前首相のこと。彼は、その名前から、よく「コール王」にたとえられたようである。

ナット・キング・コール

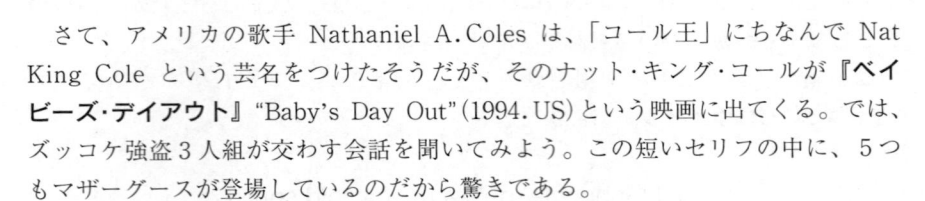

さて、アメリカの歌手 Nathaniel A.Coles は、「コール王」にちなんで Nat King Cole という芸名をつけたそうだが、そのナット・キング・コールが『ベイビーズ・デイアウト』"Baby's Day Out"(1994.US) という映画に出てくる。では、ズッコケ強盗３人組が交わす会話を聞いてみよう。この短いセリフの中に、５つもマザーグースが登場しているのだから驚きである。

NORBY ： Eddie, what else did Mary's little lamb do?
エディ、メリーさんの羊は他に何をしたっけ？

EDDIE ： Didn't he put Humpty Dumpty back together again?
ハンプティ・ダンプティをもとどおりにしたんじゃなかったかい？

VEEK ： That was **Nat King Cole.**
それはナット・キング・コール。

EDDIE ： **Nat King Cole** stuck his finger in the pie and yanked out the bird.
ナット・キング・コールは、パイの中に指をつっこんで鳥を取り出したやつだぜ。

彼らは、コール王とナット・キング・コールを混同し、他にも、いくつか覚え間違いをしている。「誰でも知っているはずのマザーグース」を間違えて言わせることによって、彼らがいかにドジであるかを描写しているのである。

なお、ここに登場している５つのマザーグースとは、「メリーさんの羊」、「ハンプティ・ダンプティ」、「６ペンスのうた」、「ジャック・ホーナー」、そして今回の「コールの王様」である。

『BABY'S OPERA』(ほるぷ出版刊) より

コールの王様のような人って？

　ところで、「コール王のような人」ってどんな人だろう。答は──「大柄で太った人」。絵本などでも、必ず、大柄で陽気そうな人物に描かれている。小柄で小太りだった「ドリトル先生」は、作中でハンプティ・ダンプティにたとえられていたが、もし、彼が大柄だったなら、「コール王」にたとえられていたかもしれない。
　一方、いつも「コール王」にたとえられている人物もいる。密室殺人で有名なディクスン・カーのミステリーに登場する名探偵、フェル博士である。なお、カーは、マザーグース愛好家だったらしく、そのミステリーに、数多くマザーグースを引用しているが、「フェル博士」という主人公の名前も、64ページ掲載の 'I do not like thee, Dr. Fell' というマザーグースからの引用なのであった。
　では、『帽子収集狂事件』（1933）の用例を見てみよう。

　It was like meeting Father Christmas or *Old King Cole*. Indeed, Dr. Fell had frequently impersonated *Old King Cole* at garden pageants.
　　その格好は、サンタクロースかコールの王様を見るようであった。実際、フェル博士は、園遊会でよくコールの王様を演じていた。

　サンタクロースもコール王も、どちらも大柄で太っていて、陽気そうな雰囲気。日本では、サンタクロースの風貌はよく知られているが、英語圏では、コール王は、サンタクロースと同じくらいよく知られているのである。そして、共通イメージがあるからこそ、「フェル博士はコール王のようだった」と述べるだけで「大柄で太っていて陽気な性格」を鮮やかに印象づけることが可能なのだ。

　コール王やハンプティ・ダンプティ、ボー・ピープなど、マザーグースの登場人物はいずれも個性豊か。マザーグースが頻繁に引用されるのは、表情豊かなキャラクターたちが人々に愛され、共有されているからなのである。

One, two, buckle my shoe

One, two, buckle my shoe,
  Three, four, knock at the door,
Five, six, pick up sticks,
  Seven, eight, lay them straight,
Nine, ten, a big fat hen,

  Eleven, twelve, dig and delve,
    Thirteen, fourteen, maids a-courting,
  Fifteen, sixteen, maids in the kitchen,
    Seventeen, eighteen, maids in waiting,
  Nineteen, twenty, my plate's empty.

『THE MOTHER GOOSE TREASURY』(HAMISH HAMILTON刊) より

1、2、靴をはこう
  3、4、ドアをたたこう
5、6、棒をひろおう
  7、8、まっすぐ置こう
9、10、太っためんどり

11、12、穴をほって
  13、14、むすめは恋愛中
15、16、むすめは台所に
  17、18、むすめはお給仕
19、20、わたしのお皿はからっぽ

【語句】 **buckle**「（靴の）留め金を止める」。 **delve**「掘る」。dig の古い表現

恐怖の数え唄

とてもよく知られている数え唄で、two-shoe, four-door, six-sticks というようにきれいに韻を踏んでいるので、口ずさみやすい。

小説や映画の中の用例も多く、たとえばアガサ・クリスティーも、この唄を題材にして『愛国殺人』 One, Two, Buckle My Shoe (1940) というミステリーを書いている。全10章のタイトルに、この数え唄の10行がそのまま用いられているのだ。ポワロが難事件を無事解決したあと、"Nineteen, twenty, my plate's empty." とつぶやくところが、いかにもマザーグース好きなクリスティーらしい終わり方であった。

また、ホラー映画『エルム街の悪夢』"Nightmare on Elm Street"(1984.US)に登場する数え唄も、この唄のパロディであった。以下は、少女たちが恐怖の数え唄を歌いながら縄跳びをする場面である。

One, two, Freddy's coming for you.
Three, four, better lock your door.
Five, six, grab your crucifix.
Seven, eight, gotta stay up late.
Nine, ten, never sleep again.

　　　1、2、フレディがやって来るぞ
　　　3、4、ドアにカギをかけろ
　　　5、6、十字架をつかめ
　　　7、8、遅くまでおきていろ
　　　9、10、寝てはいけないぞ

この不気味な縄跳び唄は、『エルム街の悪夢』のために創作されたようだ。英語圏の人なら誰でも知っている数え唄のパロディを用いることによって、悪夢の中に棲むフレディの恐ろしさを描いているのだ。この映画はシリーズものとなり、全7作が製作された。そのすべてにこの数え唄が挿入され、恐怖感を盛り上げるのに役立っていた。

マザー・テレサもインドでこの唄を…

　さて、もちろんこの唄は、英語学習にも使われている。『**グッドモーニング・バビロン！**』（1987. US）という映画では、アメリカへ渡ったイタリア人兄弟が、「英語がしゃべれないから仕事がないんだ」とばかりに大声で歌って、数の練習をしていた。

　また、マザー・テレサも、この数え唄を使って、インドの子供たちに英語を教えたようだ。そのようすは、彼女が亡くなった年に作られた伝記映画『**マザー・テレサ**』（1997. US）に、詳しく描かれている。1948年、ロレット修道院を出てスラム街で奉仕する決意をした38歳のテレサは、恵まれない子供たちのために、カルカッタの空き地で青空教室を開く。以下は、机も椅子もない教室で、テレサが地面に棒で数字やアルファベットを書く場面である。

MOTHER TERESA： *Lay them straight. Nine, ten, a big fat hen. Eleven, twelve, dig and delve. Thirteen, fourteen, maids a-courting. Fifteen, sixteen, maids in the kitchen. Seventeen, eighteen, maids in waiting.* L,M,N,O…
まっすぐ置いて。9、10、太っためんどり。11、12、穴を掘って。13、14、むすめは恋愛中。15、16、むすめは台所に。17、18、むすめはお給仕。L、M、N、O…。

MAN　　　　： Why's she here? European woman. What does she want?
なぜ、白人女がここに？ 何が目的なんだ？

WOMAN　　： She is teaching them to read.
字を教えてくれているのよ。

　子供たちに英語の数を教えようとしたとき、この数え唄が一番だと、彼女も考えたのであろう。土地も設備もない青空教室から出発したテレサであったが、その後、協力者が現れ、現在では、テレサの「神の愛の宣教者会」によって設立された学校は、インド国内だけで140校を超えている。

ハーンも息子にこの唄を教えた

　一方、ラフカディオ・ハーンも、自分の息子一雄に、この数え唄を教えている。5歳の息子のために、ハーンは古新聞にアルファベットを書いて教え、そのあとマザーグース絵本や昔話絵本を英語の教科書として用いたという。その古新聞教科書の最終ページに書かれた今回の数え唄は、初級英語から詩や物語への橋渡しの役割を果たしたといえよう。

　　1, 2 — Buckle my shoe.
　　3, 4 — Shut the door.
　　5, 6 — Pick up sticks.
　　7, 8 — Lay them straight.
　　9,10 — A good fat hen.
　　11,12 — Who will delve?
　　13,14 — Maids a-courting.
　　15,16 — Maids a-kissing.
　　17,18 — Maids a-waiting.
　　19,20 — My Stomach's empty.

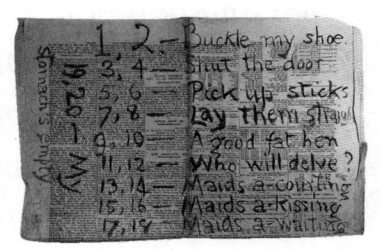

『The Japan Gazette』(Oct.12.1899)に書かれたハーン手書きの数え唄

　ハーンが息子のために記したこの数え唄は、冒頭に掲げたものと多少異なっている。しかし、もともと口承で伝えられてきたマザーグースにバリエーションが多いのは、当然なのである。

　この本では、基本的に、オーピー夫妻の『オックスフォード童謡辞典』の歌詞を紹介している。辞典編纂の際に、夫妻は「無数のバリエーションの中から仮の『標準』を選んだ」「口承の唄に 'correct' version はない」と語っている。近年になって、絵本やテレビの影響で詩句が定まった唄も増えたが、歌詞が何とおりもある唄も、いまだに決して少なくはないのである。

Oranges and lemons

Oranges and lemons,
 Say the bells of St. Clement's.
  You owe me five farthings,
   Say the bells of St. Martin's.
When will you pay me?
 Say the bells of Old Bailey.
  When I grow rich,
   Say the bells of Shoreditch.
When will that be?
 Say the bells of Stepney.
  I'm sure I don't know,
   Says the great bell at Bow.
Here comes a candle to light you to bed,
 Here comes a chopper to chop off your head.

『BABY'S OPERA』(ほるぷ出版刊) より

【語句】 farthing 「ファージング」。イギリスの小青銅貨。4分の1ペニー。1961年に廃止された。

Oranges and lemons

　　オレンジとレモン
　　　　聖クレメントの鐘がいう
　　　　　　5ファージング　かえしてよ
　　　　　　　　聖マーティンの鐘がいう
　　いつ　かえしてくれる
　　　　オールド・ベイリーの鐘がいう
　　　　　　おかねもちになったらね
　　　　　　　　ショアディッチの鐘がいう
　　それはいつのこと
　　　　ステプニーの鐘がいう
　　　　　　わかんないよ
　　　　　　　　ボウの鐘がいう
　　ベッドへつれていくロウソクがきたぞ
　　　　おまえの首を切りに首切り人がきたぞ

イギリスを代表する唄

　ロンドンの鐘づくしの唄で、特にイギリスで好んで歌われている。ここでは6つの鐘が登場する版をあげたが、さまざまな版があり、多いところでは14の鐘が歌い込まれたものもある。遊び方は、日本の「とうりゃんせ」とよく似ている。2人が両手を合わせてアーチを作り、他の子供たちがその下をくぐる。そして、最後の chop off your head のところでアーチを降ろし、子供を捕まえる。そのあと、オレンジ組とレモン組にわかれ、綱引きをして勝敗を決める、といった遊び方である。

　ちなみに、the great bell at Bow は、ロンドンのチープサイドにある St. Mary-le-Bow 教会の鐘のことで、この鐘の音が聞こえる場所で生まれた人のことをコックニー（生粋のロンドンっ子）と呼ぶ。

ロンドンには、「この唄に出てくる聖クレメント教会だ」と名乗っている教会が2つある。ロンドン橋近くの St.Clement 教会と、ストランドの St.Clement Danes 教会だ。ストランドの方では、オレンジとレモンを配る礼拝を催したり、日に4回も唄のメロディを鳴らしたりして宣伝に努めているので、ジョージ・オーウェルも、唄に出てくるのは Danes の方だと信じていたようだ。

　今回の唄は、長い間、ＢＢＣのインターバルシグナルにも使われていた。世界各国の放送局は、それぞれ、このシグナルに自国を代表するような曲を使っていて、たとえば、Voice of America では**「ヤンキー・ドゥードゥル」**（252ページ）、Radio Australia では**「ワルチング・マチルダ」**、Radio Korea では**「アリラン」**といったぐあいである。ＢＢＣで「オレンジとレモン」が用いられたのも、この唄がイギリスを代表する唄、という位置づけだからなのであろう。

不気味な最終連

　「オレンジとレモン」は明るいメロディの唄なのだが、最終連の「首切り人が首を切りに来る」という歌詞は恐ろしい。実際、過去には、処刑場へ囚人を連れて行く際に、たいまつをともし鐘を鳴らしたこともあったという。最終連の「ベッド」は、「断頭台」と解釈できるのである。この唄は、もちろん、ミステリーでも引用されていて、フレドリック・ブラウンの**『手斧が首を切りにきた』**（原題は *Here Comes a Candle*）は、唄をもとにストーリーが組み立てられていた。

　一方、映画でも、この唄の最終連が用いられていた。『12モンキーズ』のマデリーン・ストウと『ハリー・ポッターと賢者の石』でスネイプ先生を演じたアラン・リックマンの共演による、心理サスペンス**『クローゼット・ランド』**"Closet Land"（1991.US）だ。Ｍ・ストウを尋問するときに、リックマンは唄を不気味に口ずさみ、彼女に恐怖感を与えていた。ロンドン生まれのリックマンのことだから、おそらく、子供のころからこの唄に親しんでいたのだろう。

古き良き時代の象徴

　さて、オーウェルの『**1984年**』（1949）にも、今回の唄が何度も登場している。以下は、主人公ウィンストンが古道具商チャリントンに2階の部屋へ案内してもらう場面である。

Oranges and lemons

'What was that?' said Winston.

'Oh— ***"Oranges and lemons, say the bells of St.Clement's."*** That was a rhyme we had when I was a little boy. How it goes on I don't remember, but I do know it ended up, ***"Here comes a candle to light you to bed, Here comes a chopper to chop off your head."*** It was a kind of a dance. They held out their arms for you to pass under.'

「それはなんだい？」とウィンストンは尋ねた。

「『オレンジとレモン、と聖クレメントの鐘がいう』子供のころに歌った童謡です。途中の歌詞は忘れてしまいましたが、終わりのところは覚えています。『ベッドへ連れていくロウソクが来たぞ。おまえの首を切りに首切り人が来たぞ』一種の遊戯唄でした。両手を差し出した下をくぐって行くんです」

オーウェルが作り出した世界では、遊び方を説明しなければならないほど、「オレンジとレモン」の唄はすたれてしまっている。St. Clement Danes 教会は跡形もなく破壊され、オレンジやレモンを食べたことのある人すらほとんどいない、という設定である。そういった中で、この唄は、古き良き時代の象徴として位置づけられていた。

と同時に、唄の最後の2行は、全体主義の恐怖感を表すものとなっている。それは、この2行を合図に思想警察が部屋に踏み込んでくることからも、よくわかる。

映画や小説におけるマザーグースの引用意図は、「愛情」「からかい」「状況説明」など多様であるが、オーウェルの『1984年』では、「郷愁」と「恐怖感」の2通りの意図が隠されている。数あるマザーグースの中からオーウェルが「オレンジとレモン」を選んだのは、この唄が「イギリスを象徴する唄」であるからなのだ。

●詳しく知りたい人に●
川端康雄『オーウェルのマザー・グース』（平凡社）

萩尾望都はマザーグースがお好き

『ポーの一族』には、マザーグースがたくさん引用されています。このコラムでは、マザーグースをキーワードにして、『ポーの一族』を読み解いていきます。まずは、萩尾望都とマザーグースとの出会いから見てみましょう。

１冊の本がきっかけに

1972年１月。ちょうど、『ポー』シリーズの記念すべき第１作『すきとおった銀の髪』を描きあげたころ、萩尾は、ある本の広告を目にする。平野敬一著『マザー・グースの唄』(中公新書)である。

その本には、昔、萩尾がオルガンで覚えた「きらきら星」や、何かのことわざと思っていた「だれが殺したクック・ロビン」など、さまざまな唄が、解説とともに載っており、萩尾は、たちまちマザーグースに魅せられた。このあたりの経緯は、草思社『マザー・グースのうた　第４集』付録の「クック・ロビンは一体何をしでかしたんだ」というエッセイに、詳述されている。

ハンプティは元に戻らない

この年の12月に、マザーグースが、はじめて『ポー』シリーズに登場する。『メリーベルと銀のばら』の「ハンプティ・ダンプティ」だ。

エドガーは、妹メリーベルの愛するユーシスを救おうとして、逆に誤って殺してしまい、悲しみの中、妹に別れを告げに行く。死んでしまったユーシスは帰ってこない。ちょうど、割れた卵が元に戻らないように。この場面では、エドガーが、もう人間に戻ることができない自分自身をも、ハンプティになぞらえているようであった。

『鏡の国のアリス』でよく知られているハンプティの唄は、もとは「卵」を答

とするなぞなぞ唄であったが、この作品でも、「元に戻らないものの象徴」として
描かれている。

誰が殺したクック・ロビン

　翌年、1973年5月。萩尾は、マザーグースを軸にして構成した物語を発表する。傑作の誉れ高い『小鳥の巣』である。

　少年ロビン・カーを探して、西ドイツのギムナジウムに転校してきたエドガーとアラン。しかし、少年は死んでいた。

　2人は歌う。

　　　　　「だあれが殺した？クック・ロビン」
　　　　　「それはわたし」とスズメがいった
　　　　　「わたしの弓と矢羽で
　　　　　　わたしが殺した　クック・ロビンを」

『ポーの一族』(小学館文庫刊) より

萩尾の訳は、北原白秋の訳とほとんど同じだ。ただ、「駒鳥の雄」が「クック・ロビン」に変わっているだけである。たいていの本では、コック・ロビンとなっているのに、萩尾がなぜクック・ロビンに変えたのか、その理由はわからないが、ここでは、萩尾にならって、便宜上「クック・ロビン」と記すことにする。

　クック・ロビンの唄は、他の漫画にも登場している。由貴香織里の『少年の孵化する音』には、『誰がこまどり殺したの？』という物語が収録されている。
　そうそう、『パタリロ！』もある。ただし、この「だーれが殺したクックロビン」は、マザーグースの引用というよりも、萩尾の『小鳥の巣』のパロディだ。それは、「すばらしい。小鳥の巣以来の感激だ」というセリフからも見て取ることができる。
　なお、この漫画が1982年にテレビアニメ化されたときに、『クックロビン音頭』はテーマソングとなり、一躍有名になった。

『パタリロ！』(白泉社刊) より

萩尾望都、英国滞在

　さて、また、「萩尾とマザーグース」に話をもどそう。1973年後半、萩尾は『小鳥の巣』を描き終えたあと、約5カ月間、イギリス、ブライトンに短期留学している。書店に並ぶたくさんのマザーグース絵本を見て、マザーグースがいかに身近な存在であるかを知ったのも、このときだった。

　イギリス滞在中、萩尾は、ホームステイ先のミセスに、クック・ロビンの唄を何度も歌ってもらう。この唄は、どちらかというと、淡々と朗読されることが多く、イギリス人でも歌える人は少ないだろう。筆者は50本ほどテープを持っているが、歌われているのは、1本だけ。聖歌隊のコーラスのような美しい合唱で、意外と明るいメロディーである。
　日本のわらべ唄と違って、マザーグースは、1つの唄がさまざまなメロディで歌われている。アメリカとイギリスで、節が違うものも多い。エドガーたちが口ずさんだ唄は、いったいどのようなメロディであったのだろうか。
　さて、秋から冬にかけての英国滞在の感想を、萩尾はこう記している。

　「風景は遠くまで見わたせるのに、空気のヴェールがいく重にも淡い色をかけるので、実在感のないことったら。これでは吸血鬼が出ない方がおかしい」

　霧にけむる雑踏の中に、萩尾は幾度となく、エドガーやアランたちの姿を思い浮かべたことだろう。実際、真冬の12月でも、バラのつぼみを見かけたりしたそうで、ポーの村を探しに、ふらりと旅立ちたくなったのではないだろうか。

マザーグース・ブーム

　帰国後、1年たち、萩尾はマザーグースを積極的に取り入れ始める。時はまさに、1975年。谷川俊太郎訳の『マザー・グースのうた』全5巻が、草思社より出版され、マザーグース・ブームが起こった年である。

　3月発表の『ペニー・レイン』に「ライオンとユニコーン」
　6月発表の『ピカデリー7時』に「オレンジとレモン」
　7月発表の『はるかな国の花や小鳥』に「Aはアップルパイ」
　10月発表の『一週間』に「月曜日の子供」「雨、雨、行っちまえ」「ラバ・ダブ・ダブ」「ジョージィ・ポージィ」と、立て続けにマザーグースを引用している。

　谷川訳は、現代的で口ずさみやすく、堀内誠一の可愛らしい挿し絵と相まって、多くの読者を得た。マスコミでも取り上げられ、関連本も多く出たことによって、マザーグース認知度も、以前にくらべると、ぐっと高まった。これらを背景にして、『ポー』におけるマザーグースの引用も、より大胆に変化したようだ。

『一週間』の中に

　『一週間』は、わずか16ページの短編であるが、その短い中に、4編もの唄が登場する。これなどは、マザーグースを使いたいがために作り出した短編だと言ってもいいだろう。
　たとえば、「ラバ・ダブ・ダブ」の唄は、パロディになっていて、元唄の「桶の中の3人男」を「桶の中のアラン」に替えて歌っている。
　また、「ジョージィ・ポージィ」の唄だけ、日本語で書かれているが、その歌詞は、谷川訳をそのまま引用している。

　　　　「ジョージィ・ポージィ　プリンにパイ
　　　　　女の子には　キスしてポイ」

この唄をアランに歌わせることによって、彼の無邪気な薄情さをコミカルに伝えることに成功している。マザーグースだからこそ、あっけらかんとした雰囲気がうまく出ているのだ。

　この唄は、萩尾のお気に入りだったのだろう。『ポー』シリーズではないが、これに先立って、『マーマレードちゃん』（1972年）や『キャベツ畑の遺産相続人』（1973年）などに登場している。

残酷なまでに美しい

　マザーグースの中には、残酷なものがたくさんある。殺人をテーマにしたものが約20編、「人肉食い」を歌った唄まであるのだから、驚きだ。不気味で不可解な唄も多いので、ミステリーなどにも好んで用いられている。

　萩尾は書いている。「マザーグースはイギリスの歌。こわくておもしろくて、夢のつまったふしぎな色あいの、古い古いその寒い国の歌です」と。マザーグースは『ポーの一族』に似ている。残酷でありながらも、哀しいほどに美しい。何百年もひそやかに生きてきた一族には、絶えることなく歌い継がれてきたマザーグースこそふさわしい、そんな気がする。

『ポーの一族』（小学館文庫刊）より

Mother Goose
127

Pease porridge hot

Pease porridge hot,
 Pease porridge cold,
Pease porridge in the pot
 Nine days old.

Some like it hot,
 Some like it cold,
Some like it in the pot
 Nine days old.

あついまめのおかゆ
　　つめたいまめのおかゆ
おかゆ　おなべのなか
　9日間

あついのがすきなひと
　　つめたいのがすきなひと
9日間おなべのなかの
　　おかゆがすきなひと

『TOMMY THUMB'S SONG BOOK』（ほるぷ出版刊）より

「せっせっせ」に似た手合わせ唄

　「せっせっせ」と同じような手合わせ唄で、2人が向かい合って次のような動作をして遊ぶ。

> Pease で自分の両手をたたく
> porridge でお互いの右手を合わせる
> hot で自分の両手をたたく
> Pease でお互いの左手を合わせる
> porridge で自分の両手をたたく
> cold でお互いの両手を合わせる

　以下、この動作を繰り返し、スピードをだんだん速くして、どちらかが間違えるまで続ける。

　なお、Pease（えんどう豆）は pea の古い言い方で、もとは単数名詞であったのに、pease を複数と解釈し、現在の pea という単語ができあがった。こういった単語を逆成語（back-formation word）という。マザーグースは子供向けの童謡だから、語彙も易しいだろうと思われがちだが、このような古語や方言がかなり入っているので、注意が必要だ。

モンローの『お熱いのがお好き』は・・・

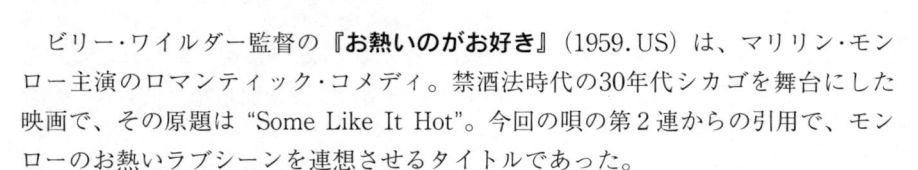

　ビリー・ワイルダー監督の『お熱いのがお好き』(1959. US) は、マリリン・モンロー主演のロマンティック・コメディ。禁酒法時代の30年代シカゴを舞台にした映画で、その原題は"Some Like It Hot"。今回の唄の第2連からの引用で、モンローのお熱いラブシーンを連想させるタイトルであった。

　この一節は、映画の中でも引用されている。殺人現場を目撃したジョー（トニー・カーチス）とジェリー（ジャック・レモン）は、追っ手の目をごまかすため、女装して女性バンドにもぐり込む。ジョーは可愛い金髪娘シュガー（モンロー）に一目惚れするが、女に化けているので求愛もできない。そこで、石油成金の御曹司に化け、マイアミビーチでシュガーに接近する。「バンドで演奏しているの」と言うシュガーに、ジョーが話しかける場面である。

JOE	:	Does that mean you play that very fast music, uh, jazz?
		すると君はとても速い音楽の…ジャズを演奏しているのかい？
SUGAR	:	Yeah, real hot.
		そう、ホットなジャズを。
JOE	:	Oh, well, I guess **some like it hot**. I personally prefer classical music.
		それは好き好きだろうが、ぼくは個人的にはクラシックのほうが好きだな。
SUGAR	:	Oh, I do, too.
		まあ、私もよ。

　シュガーが「ホットなジャズ」と言っているが、hot jazz は「強烈でテンポが速く即興的なジャズ」のこと。逆に cool jazz は、「理知的で落ちついた感じのジャズ」といった意味。

　映画公開時に、タイトルと同じ "Some Like It Hot" という曲がプロモーションソングとして作られ、モンローによって吹き込まれたが、映画の中では、そのインストルメンタル・バージョンしか出てこない。この映画の3年後、モンローは36歳でこの世を去るのであった。

手合わせ唄で身体を暖める冬の夜

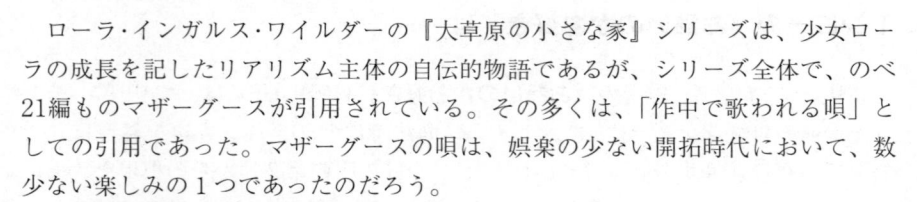

　ローラ・インガルス・ワイルダーの『大草原の小さな家』シリーズは、少女ローラの成長を記したリアリズム主体の自伝的物語であるが、シリーズ全体で、のべ21編ものマザーグースが引用されている。その多くは、「作中で歌われる唄」としての引用であった。マザーグースの唄は、娯楽の少ない開拓時代において、数少ない楽しみの1つであったのだろう。

　この『**大草原の小さな家**』(1935)は、6歳ごろのローラを描いた作品。ウィスコンシン州の森をあとにした一家は、カンザス州インディペンデンスまで、約900キロの道のりを何日もかけて幌馬車で移動する。そこは見渡す限りの大草原。そのとき父さんが建てた丸太小屋は、1977年に地元のボランティアによって復元され、昔の学校や郵便局とともに一般公開されている。

　さて、大草原にも冬が来て、子供たちは暖炉のそばで、あやとりやパッチワークをしたり 'Pat-a-cake' や 'Pease porridge hot' などの手合わせ唄をして遊ん

でいる。ちょうど私たちが冬に「おしくらまんじゅう」をするように、ローラたちも手合わせ唄で、楽しみながら身体を暖め合ったのだろう。では、その場面を読んでみよう。

　And they played **Bean Porridge Hot.** Facing each other, they clapped their hands together and against each other's hands, keeping time while they said,
　'**Bean porridge hot, Bean porridge cold, Bean porridge in the pot, Nine days old. Some like it hot, Some like it cold, Some like it in the pot, Nine days old. I like it hot, I like it cold, I like it in the pot, Nine days old.**'
　That was true. No supper was so good as the thick bean porridge, flavored with a small bit of salt pork, that Ma dipped on to the tin plates when Pa had come home cold and tired from his hunting. Laura liked it hot and she liked it cold, and it was always good as long as it lasted. But it never really lasted nine days. They ate it up before that.

　　そして、「熱い豆のおかゆ」をして遊んだ。向かい合って、まず自分の手を打ち合わせ、次に相手の手と打ち合わせるのであった。こう歌いながら――（唄一略）
　　これは本当だった。塩漬けの豚肉を少し入れて味をつけた濃い豆がゆほど、おいしい晩ごはんはなかった。父さんが疲れ切って凍えて狩りから帰ってくると、母さんが豆がゆをブリキの皿によそってくれた。ローラは、熱いのも冷たいのも好きだった。豆がゆは、残っている限りいつだっておいしかった。でも、9日間も残ってることなんて、実際なかった。その前にすっかり食べてしまったから。

　手合わせ唄として遊んだだけでなく、ローラたちは、実際に豆がゆを食べていたようだ。寒い冬に、身体を芯から暖めてくれる豆がゆは、みんなの大好物であった。なお、ローラが pease（エンドウ豆）ではなく、bean（インゲン豆、ソラ豆）で歌っているのは、彼女たちが食べた豆がゆが bean porridge だったからである。
　また、7歳ごろのローラを描いた『プラム・クリークの土手で』(1937) にも、この手合わせ唄が出てくる。吹雪の夜、ローラたちがストーブを囲んで 'Bean porridge hot' を始める場面だ。

'This will never do!' said Ma. 'Let's play **bean porridge hot!** Mary, you and Laura play it together, and, Carrie, you hold up your hands. We'll do it faster than Mary and Laura can!'

So they played **bean porridge hot,** faster and faster until they could not say the rhymes, for laughing.

「こんなことしてても仕方ないわね」と母さんが言った。「さあ、熱い豆のおかゆをしましょう！メアリー、おまえとローラが組になって。キャリー、手をあげてごらん。ローラとメアリーより速くやりましょうね」

そしてみんなで「あつい豆のおかゆ」をした。笑って歌えなくなるまで、どんどんスピードを速くして遊んだ。

激しい吹雪の夜なのに、父さんは町へ出かけてしまって帰ってこない。スピードを競ってみんなで手遊びをすると、自然に身体も暖まり、父さんのいない不安感も吹き飛んでしまうのであった。

家族の絆を描く

70年代半ばから80年代前半にかけて、ＴＶドラマ『大草原の小さな家』が放映された。大自然の中の温かい家庭を描いたこのドラマは、家族問題が深刻化するアメリカで大いに人気を博した。レーガン元大統領も「インガルス一家はアメリカの理想の家族だ」とたたえた。「強いアメリカ」の再生のためには、家族の絆が必要だと考えたからだろう。

日本でも、このＴＶドラマはＮＨＫで放映され大人気だったが、インガルスの本が翻訳されたのは、意外にも戦後すぐのこと。ワイルダーの作品は、日本の子供たちにアメリカの生活と民主主義を紹介する目的で、GHQ民間情報局によって1949年に初めて日本に紹介されたのだ。マッカーサーも、「この作品はアメリカの民主的な生活信条を描いているので、出版を奨励した」と述べている。

たしかに、開拓時代の日常生活を描いたこのシリーズは、アメリカの生活史そのもの。アメリカの多くの小学校で歴史の副教材として用いられたが、「西部開拓」の歴史はアメリカ先住民迫害の歴史でもあった。「ここはインディアンの国だと思っていたけど、インディアンは怒らないかしら」と尋ねるローラに、開拓者である父さんは答えることができない。作品には、「いいインディアンは死んだインディアンだけ」という差別的な言葉もでてくる。1993年ごろ、この作品の

Pease porridge hot

先住民観を問題にする論議が巻き起こり、副教材としての使用を一時的に禁止した小学校もあったという。

娯楽の少ない開拓時代には、唄を歌いマザーグースで遊ぶこと自体が娯楽であった。マザーグースは、日常生活の中で頻繁に口をついて出てくる唄であり、詩であるので、普段の生活をそのまま切り取って描写する際に、必然的に顔を出すことになるのだろう。

『THE MOTHER GOOSE TREASURY』
(HAMISH HAMILTON刊) より

Please to remember

Please to remember,
The Fifth of November,
Gunpowder treason and plot;
I see no reason
Why Gunpowder treason
Should ever be forgot.

どうか　覚えておいて
11月5日の
火薬陰謀事件
忘れていいわけはない
あの
火薬陰謀事件を

『マザーグースのカレンダー』(原書房刊) より

11月5日は何の日？

　11月5日はイギリスではガイ・フォークス・デー（Guy Fawkes Day）と呼ばれ、盛大に祝われている。当日は、花火を打ち上げ、たき火をたいて、大人も子供も遅くまで楽しむが、その由来はいったい何なのだろうか。
　話は400年以上も前にさかのぼる。1566年、エディンバラ城でジェイムズ王子が誕生するが、その母は「いじっぱりのメアリー」（96ページ参照）のモデルとも言われたスコットランド女王メアリー・スチュアート。メアリーはイングラン

ドへ亡命し、王子はわずか1歳でスコットランド王に即位する。1603年、イングランド女王エリザベスが亡くなり、ジェイムズはイングランド王も兼ねることになる。

1605年、新王ジェイムズのカトリック教徒弾圧に憤慨した一団が、国会開院式に出席する国王と議員たちを殺そうとして国会議事堂に爆薬を仕掛けた。しかし、この陰謀は密告によって事前に発覚し、実行寸前の11月5日未明、議事堂地下で36樽の爆薬と火付け役のガイ・フォークスが発見され、一味は全員逮捕された。そしてその翌年から、議会は11月5日を「神の救いを感謝する日」として休日とした。これがガイ・フォークス・デーの始まりである。以来、議会開会前に衛兵が地下室を調べてまわる儀式が現在まで行われている。

10月も末になると、子供たちは古着やワラで作ったガイ人形を小さな引き車に乗せ、"A penny for the Guy" と言いながら、花火を買うお金を集めてまわる。そして当日、たき火にガイ人形を投げ入れ、花火をして楽しむのである。

『マザーグースのカレンダー』（原書房刊）より

英国人にはピンとくるタイトルだけど…

この11月5日をそのままタイトルにした映画がある。"The 5th of November"（邦題『怒りの日』）だ。1976年製作のアメリカ映画だが、舞台はイギリス。主演は『夜の大捜査線』でアカデミー主演男優賞賞を取ったロッド・スタイガー。デモ鎮圧の英国兵の無差別銃撃で妻子を失ったIRA党員ヘネシー（R.スタイガー）は、復讐のため、エリザベス女王以下の政府要人を11月5日の国会開院式の日に議事堂もろとも爆破する計画を立てるが、スコットランドヤードに阻止される、

といった内容。エリザベス女王の実写フィルムが挿入され、イギリスで上映中止となったいわくつきの作品である。

イギリス人なら、このタイトルを見ただけで映画の内容を察することができるだろう。しかし日本では、邦題を『11月5日』とするわけにもいかず、ド・ゴール大統領の暗殺計画を扱った『ジャッカルの日』(1972)やケネディー暗殺秘話『ダラスの熱い日』(1973)などに便乗して『怒りの日』というタイトルに落ち着いたのではないだろうか。

また、P.L.トラバースの『とびらをあけるメアリー・ポピンズ』(1943)第1章のタイトルも、The Fifth of November。ガイ・フォークス・デーの花火と共に、流れ星のように空からメアリーが降ってきて、花火を打ち上げた子供たちは大喜びで彼女を歓迎するのであった。

初めてのガイ・フォークス・デー

ペルーから密航してきたクマをパディントン駅で見つけたブラウン夫妻。夫妻はクマを連れて帰り、パディントンと名づけることにする。やんちゃなパディントンの活躍を描いて大人気のシリーズ第2話『パディントンのクリスマス』(1959)の、第4章 'Paddington and the Bonfire'。初めてのガイ・フォークス・デーに驚くパディントンと一緒に、このお祭りを見物してみよう。

10月末のある日、買い物途中のパディントンは、店の様子がいつもとすっかり変わっていることに気づく。以前は、店の中はチョコレートやアメでいっぱいだったのに、代わりに、ぼろぼろの服を着た等身大のワラ人形が丸太の山の上に置いてあり、次のようなプラカードを手にしていた。

> REMEMBER, REMEMBER, THE FIFTH OF NOVEMBER,
> GUNPOWDER, TREASON AND PLOT.
> GET YOUR FIREWORKS HERE!

不思議に思ったパディントンが友だちのグルーバーさんに尋ねると、「それはガイ・フォークス・デーのことだよ」とわかりやすく教えてくれた。それでは、グ

Please to remember

ルーバーさんの説明を聞いてみよう。なお、この唄の出だしは、プラカードにあるように 'Remember, remember' となっていることの方が多いようだ。

"We only have fireworks once a year here," said Mr. Gruber. "On **November the Fifth.**" And then he went on to tell Paddington all about the plot to blow up the Houses of Parliament many years ago, and how its discovery at the last moment had been celebrated ever since by the burning of bonfires and letting off of fireworks.

「ここではね、花火は1年に1回しかやらないんだ。11月の5日にね」と、グルーバーさんが言いました。それから、グルーバーさんは、何年も前、議会を爆破しようという陰謀があったこと、それが直前に露見したこと、それ以来、この日は、たき火と花火でお祝いをするようになったことなどを、いろいろ話してくれました。(松岡亮子訳、以下同様)

グルーバーさんと別れたあと、店で花火を買ったパディントンは、乳母車を押す男の子に出会う。

The boy held out a cap containing several coppers and touched his hat respectfully. "Penny for the Guy, sir."
"Thank you very much," said Paddington, taking a penny out of the cap. "It's very kind of you."
"Oi!" said the boy as Paddington turned to go. "Oi! You're supposed to give me a penny — not take one yourself."

男の子は、銅貨がいくつか入った帽子をパディントンのほうへつき出して、うやうやしくおじぎをしながら、「だんな、ガイのためにどうぞ1ペニー」と言いました。
「これは、どうもおそれいります」とパディントンは、帽子の中から1ペニー取りながら言いました。「ご親切にありがとうございます」
「おい！」パディントンが立ち去ろうとすると、男の子は叫びました。「おいおい！ぼくに1ペニーくれるんじゃないか ── 取るんじゃないよ」

ガイ・フォークス・デーの習慣をよく知らなかったパディントンは、帽子から1ペニー取ってしまう。本当は1ペニーあげなければならないのに。「ガイに1ペニーやるのがいやだったら、自分でガイを作ったら？簡単だよ。古い背広とワラが少しあればいいんだから」と教えてもらったパディントンは、庭の落ち葉をか

Mother Goose
137

き集めて自分のガイ人形を作るのであった。
　そして、ガイ人形を引き回して集めたお金で、パディントンはたくさん花火を買い、待ちに待った11月5日の夜がやってくる。庭に椅子を出し、めいめいサンドイッチをほおばりながら、楽しい花火パーティーが始まる。花火のあと、たき火でガイ人形を燃やし、近所の人とガイ・フォークス・デーを楽しむパディントンであった。

『パディントンのクリスマス』（福音館刊）より

あの「ハリーポッター」にも…

　また、J.K.ローリングの大ベストセラー小説『**ハリー・ポッターと賢者の石**』(1997)にも、ガイ・フォークス・デーが顔を出している。以下は、物語の冒頭で、「イギリス中に流れ星が降り、昼間にフクロウが飛び交っていた」というニュースが流れる場面である。

> 'Instead of the rain I promised yesterday, they've had a downpour of shooting stars! Perhaps people have been celebrating Bonfire Night early — it's not until next week, folks!'
> 「昨日、私は雨の予報を出したのに、そのかわりに流れ星がどしゃぶりだったそうです。おそらく早めにガイ・フォークス・デーのたき火の夜を祝ったのでしょう。みなさん、お祭りの花火は来週ですよ！」

　ガイ・フォークス・デーの夜には、イギリス中で花火が打ち上げられるので、天気予報官のジムは、「流れ星はお祭りの花火だ」と考えたのであろう。
　そして、ハリーが入学するホグワーツ魔法魔術学校のダンブルドア校長のペットの名前がフォークス（Fawkes）であるが、このネーミングも、もちろんガイ・フォークスから。ガイ・フォークスが11月5日の夜に燃え上がるように、不死鳥

のフォークスも自ら炎となって燃え上がり、灰の中から雛となってよみがえるのであった。

「たき火」といえば…11月5日！

ルイス・キャロルの『不思議の国のアリス』(1865)は夏の戸外から物語が始まるが、『鏡の国のアリス』(1872)は冬の室内の描写から始まっている。対比を好むキャロルらしい手法である。では、暖炉のそばで毛糸玉を巻くアリスのおしゃべりを聞いてみよう。ただし、おしゃべりの相手は黒猫のキティである。

> "Do you know what tomorrow is, Kitty?" Alice began.（中略）"I was watching the boys getting in sticks for the bonfire—and it wants plenty of sticks, Kitty! Only it got so cold, and it snowed so, they had to leave off. Never mind, Kitty, we'll go and see the bonfire tomorrow."

「明日が何の日か知ってる？ねぇ、キティ」とアリスは始めました。（中略）「たき火にする枝を男の子たちが集めるのを見ていたの。キティ、ほんとにたくさん、木がいるのよ！でも寒くなったし、雪もひどくなったから、やめなきゃならなかったみたい。心配いらないわ、キティ。明日、たき火を見に行きましょう」

アリスの「明日たき火を見に行きましょう」の言葉から、この日がガイ・フォークス・デー前日の11月4日だったということがわかる。数学者キャロルが47年間を過ごしたオックスフォード大学のクライスト・チャーチ学寮中庭では、毎年11月5日に大きなたき火をたいて祝っていたので、学寮長を父に持ったアリスも、たき火を何度も見物したに違いない。

恐ろしい陰謀事件を起こそうとしたガイ・フォークスであったが、今ではお祭りの人形として、イギリスの人々に親しまれている。なお、guy（やつ）という語がガイ・フォークスに由来するということも、覚えておきたい。

Punch and Judy

Punch and Judy fought for a pie;
Punch gave Judy a knock in the eye.
Says Punch to Judy, Will you have any more?
Says Judy to Punch, My eye is sore.

　　　　パンチとジュディ　パイの取り合い
　　　　パンチはジュディの　目にいっぱつ
　　　パンチがジュディに　「もういっぱつ　いかが？」
　　　ジュディはパンチに　「目がいたいよぉ」

殴り合いの人形劇

　イギリスで人気の人形劇、パンチとその女房ジュディを歌った唄である。これは、夫婦が殴り合うという内容のドタバタ喜劇なのだが、パンチ氏の起源は「殴る」のパンチではなく、14世紀のイタリアの道化芝居「コメディア・デラルテ」であったという。この喜劇は、まずフランスに伝わり、のちにはイギリスだけでなく、スペイン、ドイツ、ハンガリー、ロシアなどにも広がった。その登場人物の Pulcinella が、イギリスに伝わったときに Punchinello と綴られ、縮めて Punch と呼ばれるようになったのである。
　さて、このパンチ氏は、かぎ鼻に大きな口、どんぐりまなこに真っ赤なほっぺ、そして、背中にはコブがあり、赤と黄色の道化衣装、というお決まりのいでたちで、人形劇の展開も大筋はいつも同じ。パンチが赤子を放り投げ、ジュディを殴り倒し、犬を殴り、警官を殴り、死刑執行人を逆に縛り首にし、最後には、悪魔（最近ではワニ）までやっつける、という荒唐無稽な筋なのである。
　実際、あまりにも残酷なので過去に何度か禁止騒ぎが起こっていて、たとえば

Punch and Judy

1947年には評議会が学校でこの人形劇の上演を禁止しようとしたし、1998年にはパンチとジュディ関係の書籍が公立図書館から引き上げらそうになった。しかし、こういった批判の声にもかかわらず、この殴り合いのドタバタ喜劇は相変わらずの大人気で、現在も夏の海辺やお祭りなどの人気アトラクションとなっている。

ディケンズも観た

　雑誌『パンチ』の創刊号（1841）の表紙には、19世紀のパンチ＆ジュディ上演の様子が描かれている。上演用の舞台は1人がやっと入れるぐらいの簡素なもの。その箱舞台で、棍棒を持ったパンチが妻のジュディを殴っている。舞台の前では、ボトラー（楽士兼集金係兼道具運搬係）が笛を吹き太鼓をたたき、大人も子供も楽しそうに劇を見物している。昔はこのように、人形遣いのパンチマンと楽士のボトラーの2人で巡業していたのだ。しかし、現在ではプロフェッサーと呼ばれる人形遣いが1人で上演することの方が一般的なようである。なお、この『パンチ』という雑誌タイトルは、パンチとジュディからの引用だと思われがちだが、実は、飲み物のパンチからの引用であったそうだ。

　さて、チャールズ・ディケンズの『骨董屋』は、『パンチ』の創刊号と同じ1841年に出版されているが、この中でも、パンチ芝居の2人組の旅の情景とそれを心待ちにする人々の様子が克明に描かれている。娯楽の少なかった当時、大人も子供も、パンチとジュディの巡回興行をとても楽しみにしていたのである。

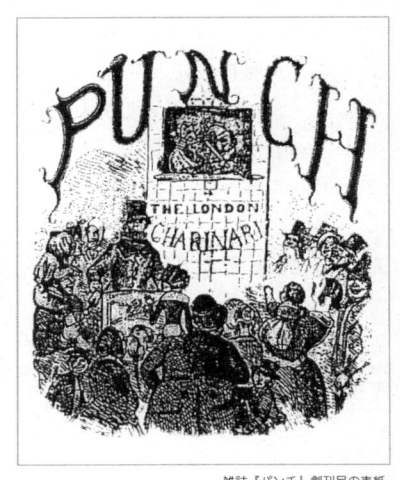

雑誌『パンチ』創刊号の表紙

ヘプバーンも観た

　一方、このパンチとジュディの人形劇は、映画にも顔を出している。オードリー・ヘプバーンとケイリー・グラント主演のミステリー・コメディ『シャレード』"Charade"(1963.US)で、この劇が効果的に用いられていた。
　殺された夫が残した25万ドルのために命を狙われる羽目になったレジーナ（ヘ

プバーン) は、謎の男ピーター (グラント) とパリのシャンゼリゼ公園で待ち合わせをする。以下は、人形劇を観ながら 2 人が会話する場面である。

REGINA ： The man and the woman are married.
2人は夫婦よ。

PETER ： Oh, I can see that. They're batting each other over the head. Who's that with the hat?
わかるよ。お互いに殴り合ってるから。帽子の男は誰だい？

REGINA ： That's the policeman. ***He wants to arrest Judy for killing Punch.***
警官よ。パンチ殺しの罪でジュディを逮捕しにきたの。

普通はパンチの妻ジュディが殴り殺されるのだが、この映画では、夫殺しの容疑者であるレジーナの立場を説明するかのように、パンチが妻に殴り殺されていた。そして、警官の人形が登場すれば、尾行の警官が画面に写し出されるというように、人形劇の筋と映画の場面がみごとにリンクし、緊張感を高めていた。

なお、ダルメシアン犬が大活躍するディズニーの『**102**』(2000.US) でも、イギリスの子供たちが公園で「パンチとジュディ」のショーを楽しむシーンを見ることができる。

パンチのような得意顔

ところで、as pleased as Punch (パンチのように大満足) という慣用句をご存じだろうか。もちろん、これはパンチとジュディの人形劇から生まれた表現で、たとえば、映画『**ハワーズ・エンド**』(1992.US) では、「今の生活をどう思う？」と尋ねられた夫が、妻に "As pleased as Punch." と答えていた。

また、アガサ・クリスティーの『**親指のうずき**』(1953) にも、この表現が顔を出していた。これは、トミーとタペンスという夫婦探偵が活躍するミステリー。以下は、タペンスの行方がわからなくなったので、夫のトミーが召使いのアルバートに尋ねる場面である。

"What was she feeling like? Pleased? Excited? Unhappy? Worried?"

Punch and Judy

Albert's response was immediate. **"Pleased as Punch—
Bursting with it."**
「タペンスの機嫌はどうだった？喜んでいた？勇み立っていた？不満そう？心配していた？」
アルバートの反応は速かった。「パンチのように張り切っておられました。はちきれんばかりに」

　周りの者をすべて殴り倒して「大満足、大満足」とはしゃぎまわるパンチの姿は、英語圏の人にはおなじみである。ただし、as pleased as Punch は一般に決まり文句として用いられているので、最近では英語圏でも、これがパンチとジュディの人形劇から生まれた表現であるということを知らない人も多いようだ。

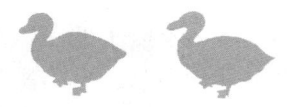

　『マイ・フェア・レディ』でオードリー・ヘプバーンが扮した娘イライザは、コベントガーデンの広場で花売りをしていた。現在、この広場を見渡せる場所にはPunch & Judy というパブがあるが、その看板には「1662年に、サミュエル・ピープスがここで人形劇を観た」と記されている。彼の日記の1662年5月12日という日付にちなんで、この日の前後の土日には、各地のパンチが広場に集まり、「パンチとジュディの誕生日」が毎年、盛大に祝われている。

『THE OXFORD NURSERY RHYME BOOK』
(OXFORD UNIVERSITY PRESS刊) より

Mother Goose
143

Red sky at night

Red sky at night,
Shepherd's delight;
Red sky in the morning,
Shepherd's warning.

夕焼けは
羊飼いのよろこび
朝焼けは
羊飼いのしんぱい

夕焼け小焼け、あした天気になあれ

　夕焼けがきれいだと翌日はよい天気。それを「羊飼いのよろこび」としたのは、羊の多いイギリスならではの表現だ。このようにマザーグースには、子守唄からナンセンスソング、そして先人の知恵を歌い込んだものまで、さまざまな唄が含まれているのだ。
　さて、この唄は、P.L.トラバースの『公園のメアリー・ポピンズ』(1952)にも顔を出している。

　"Look!" he said, pointing to the sunset. **"Red sky at night is the shepherd's delight!** My dears, we are all going to be so happy."
　「ごらん！」と夕日を指さして、ミスター・モウは言った。「夕焼けは羊飼いの喜び！さあ、これからはみんな幸せになるぞ」

　これは、30ページに続く場面。やっと悪妻と別れることができたミスター・モウは、この唄を用いて喜びを表現したのであった。

一方、『くまのプーさん』のA.A.ミルンも、息子にこの唄を教えたようだ。

"Red sky at night, shepherd's delight." Last night had been so lovely and clear, and there had been a red sky as the sun had gone down, flooding the courtyard and dining-room with golden light. How could it be so different today? "Rain before seven, fine before eleven." My father had taught me that.

「夕焼けは羊飼いの喜び」きのうの夕方は、とてもよく晴れていた。太陽が沈むとき、空は赤く、中庭と食堂は金色の光でいっぱいになった。なのに、今朝はどうしてこんなに違うんだろう。「7時前の雨、11時前には晴れる」おとうさんがぼくにこの唄を教えてくれた。

（『くまのプーさんと魔法の森』より）

これは、雨の日の朝、ミルンの息子クリストファーが、「なぜ唄どおりに晴れていないの？」と、がっかりした気持ちを綴ったものである。しかしそのあとで別のマザーグースを教えてもらい、「お昼には晴れるかもしれない」と考えなおすのであった。

なお、この"Rain before seven, fine before eleven."という諺唄は有名で、「初めは悪くてもやがて良くなる」という意味でも用いられるので、覚えておきたい。

『Winnie-the-Pooh』（講談社刊）より

トム・ハンクスを怖がらせたパロディ唄

さて、アメリカでは、「羊飼い」の代わりに「船員」、'Red sky in the morning'の代わりに'Red sky at morning'となっている次の版もよく知られいる。

>Red sky at night,
>Sailor take delight;
>Red sky at morning,
>Sailor take warning.

実際、インターネットでの検索結果はこちらの方が多いくらいで、たとえば、トム・ハンクス主演のコメディ『**メイフィールドの怪人たち**』"The Burbs"(1989. US)にも、この版のパロディが出てきていた。以下は、郊外の住宅地メイフィールドで、レイ（トム・ハンクス）が友人アートと、不気味な隣家の様子をうかがう場面である。

RAY ： Ah, it is a lovely night, isn't it?
ああ…いい夜だなぁ。

ART ： Yeah, green sky tonight. **Green sky at morning, neighbor take warning.**
うん、今晩は空が緑色だ。朝の空が緑だと隣人は警戒する。

RAY ： **Green sky at night?**
夜空が緑なら？

ART ： **Neighbor take flight.**
隣人は逃げ出す。

悪ふざけの好きなアートは、この唄を隣人への恐怖をかきたてる小道具として用いている。マザーグースの持つ神秘的な雰囲気が利用されている例である。

100年前、漱石も口ずさんだ

ところで、夏目漱石が国費留学生としてイギリスへ旅立ったのは、1900年9月のことであった。それから約2年間、彼は5つの下宿を転々としながら、ロンドンで暮らした。月に約150円の支給額のうち、下宿代50円、生活費50円、書籍代50円という割り振りで乏しい生活費を切りつめ、400冊以上もの洋書を買い込み文学研究に没頭したという。

1901年3月10日、漱石が3番目の下宿の主人ブレット氏と公園を散歩したとき、氏は漱石に今回の唄を歌って聞かせている。では、彼の日記に記された唄を読んでみよう。

Red sky at night
Is the shepherd's delight.
Red sky in the morning
Is the shepherd's warning.

Morning red and evening grey
Send the traveller on his way.
Morning grey and evening red
Send the rain on his head.

　　　　　　夕焼けは羊飼いの喜び
　　　　　　朝焼けは羊飼いの心配

　　　　　赤い朝と灰色の夕べは旅人を送り出す
　　　　　灰色の朝と赤い夕べは旅人を雨に濡らす

　ただし、あとの4行は、今回の唄とはまったく別の唄である。おまけに、漱石は覚え間違いをしたのだろうか。これでは、2つの唄の内容が矛盾している。あとの唄は正しくは、1行目が Evening red and morning grey、そして3行目が Evening grey and morning red となるべきなのである。

　さて、1903年1月に帰国した漱石は、のちに『文学論』の序文に「倫敦に住み暮らしたる2年は尤も不愉快の2年なり」と記している。実際、留学生活後半には、強度の神経衰弱に陥ったようである。しかし、その滞英経験は、『倫敦塔』をはじめ多くの作品にみごとに結実しているのである。

　この漱石の帰国によって、ラフカディオ・ハーンが同年3月末に東京帝大を解雇されている。突然の解職通告にハーンは激怒し、学生は留任運動を起こし、新聞も大学側の非を書きたてたというから、後任の漱石は、さぞかし、やりにくかったことだろう。

　漱石の講義を受けた学生は、のちにこう語っている。「我々英文科の学生は、前任の小泉八雲先生に心酔していたので、正直のところ初めは夏目先生を歓迎しませんでした。しかし、先生のシェイクスピア講義は絶品で、後には、1番の人気講師になられました」と。シェイクスピア研究家のクレイグ先生に学んだ漱石の講義は、おそらく、ハーンに負けず劣らず素晴らしいものだったに違いない。

Ring-a-ring o'roses

Ring-a-ring o'roses,
　　A pocket full of posies,
　　A-tishoo! A-tishoo!
　　　We all fall down.

ばらの花輪を　つくろうよ
　　　ポケットに　はなびらいっぱい
　はくしょん　はくしょん
　　　みんないっしょに　たおれよう

『THE MOTHER GOOSE TREASURY』
(HAMISH HAMILTON刊) より

ローラが遊んだ輪遊び唄

　子供たちが手をつないで輪になれば、自然とこの唄を口ずさんでしまうというぐらい、よく知られた遊び唄。輪になって唄に合わせてスキップしながらぐるぐる回り、「はくしょん」とクシャミをしたあとしゃがみこむ、という遊びかたをする。たとえば、ローラ・インガルス・ワイルダーの『プラム・クリークの土手で』(1937)にも、この唄が出てきている。以下は、7歳になったローラが、学校で友だちと遊ぶ場面である。

【語句】**Ring-a-ring o'** = A ring of「～の輪」。　　**posies**「小さな花束」。posy (=bouquet) の複数形。

The little girls always played ***ring-around-a-rosy,*** because Nellie Oleson said to. They got tired of it, but they always played it, till one day, before Nellie could say anything, Laura said, 'Let's play Uncle John!'

　小さな女の子たちは、いつも「ばらの花輪」で遊んだ。というのも、ネリー・オルソンがそうしようと言うからだった。みんなあきあきしていたけど、いつもそればかりして遊んでいた。ところが、ある日、ネリーが何も言わないうちに、ローラは言った。「『ジョンおじさん』をしましょう！」と。

　クラスを仕切っていたネリーのお気に入りの遊びが「ばらの花輪」だったので、みんなは仕方なく、この遊びばかりしていたようだ。だから、ローラが別の唄で遊ぼうと呼びかけても、わがままなネリーは「ばらの花輪」じゃないとだめ！と言って譲らなかったのである。

ぐるぐると堂々めぐり

　今回の唄の1行目は、イギリスでは 'Ring-a-ring o'roses' だが、アメリカでは 'Ring-around-the-rosy' と歌われている。たとえば、ディズニーアニメの『**101匹わんちゃん**』 "101 Dalmatians" (1961.US) でも、'ring-around-the-rosy' となっていた。以下は、逃げ出した子犬たちを部屋に追いつめ、捕まえようとする悪者のセリフである。

JASPER　　：Shut the door, Horace. We'll close in on 'em. I've had enough of this ***ring-around-the-rosy.***
　　　　ドアを閉めろ、ホリス。追いつめたぞ。「追いかけっこ」は、もうこりごりだ。

　ここでは、子犬たちを追い回す様子を 'ring-around-the-rosy' と言っているが、この表現は、「議論などが堂々めぐりをする」といった意味で使われることもあるので覚えておきたい。

唄に隠された悲惨な過去

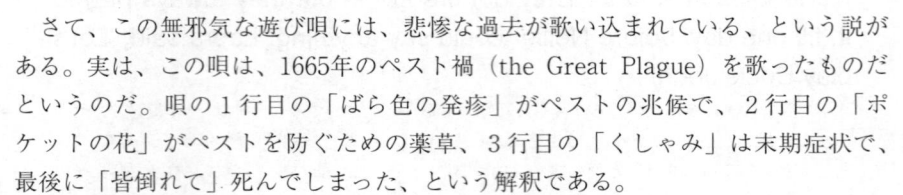

　さて、この無邪気な遊び唄には、悲惨な過去が歌い込まれている、という説がある。実は、この唄は、1665年のペスト禍 (the Great Plague) を歌ったものだというのだ。唄の1行目の「ばら色の発疹」がペストの兆候で、2行目の「ポケットの花」がペストを防ぐための薬草、3行目の「くしゃみ」は末期症状で、最後に「皆倒れて」死んでしまった、という解釈である。

　イギリス中部ダービーシャーのイームという小さな村では、このペスト罹災者を鎮魂する特別礼拝が、毎年とりおこなわれている。では、1981年9月14日付の *Time* にその模様が紹介されているので、読んでみよう。

　　　Gerald Phizackerley, an Anglican archdeacon, stood last week on rocky out crop, surrounded by the heath-clad hills and moors of the English Midlands, reciting a nursery rhyme:
　　　　Ring-a-ring o'roses,
　　　　A pocket full of posies,
　　　　Atishoo! Atishoo!
　　　　We all fall down.
　　There was no laughter from the congregation of 600 gathered around him. Some worshipers seemed close to tears, for this was a service to commemorate a rare act of heroism during the great plague that struck England more than 300 years ago. The rhyme's four bitter lines refer to the rosy mark on the chests of plague victims, the nosegays that people carried thinking to prevent infection, convulsive sneezing—and then death.

ペスト禍を歌い込んだ唄

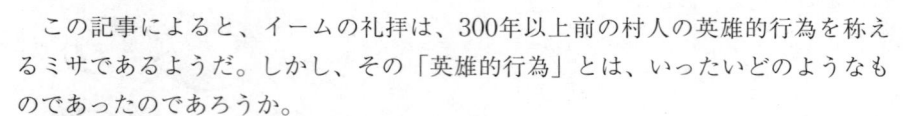

　この記事によると、イームの礼拝は、300年以上前の村人の英雄的行為を称えるミサであるようだ。しかし、その「英雄的行為」とは、いったいどのようなものであったのであろうか。

　まず、村とペストのかかわりを見てみよう。1665年、ロンドンから送られてきた布地によって、村にペストが広まった。なんと、わずか半年の間に77名が亡く

なったという。そんな中、28歳の若き教区牧師は、他の地域をペスト禍から守るため、村人に村にとどまるよう説得して回る。そして、彼の情熱と信仰に打たれた村人は、危険を承知で村にとどまることに同意したのである。

牧師は、ロンドンでのペストの大流行の一因は、混雑した礼拝式にあると考え、野外の窪地で礼拝を取り行った。また、村人たちに、消毒の指導もした。しかし、ついには、牧師の妻まで200人目の犠牲者となってしまう。その後、猛威をふるったペスト禍は、1666年、秋の深まりとともに、ようやく村から去ったが、結局、村人350人中259名もの人が命を落としたのであった。

一方、マザーグース研究家のオーピー夫妻は、**The Singing Game** (1985)の中で、「Ring-a-ring o'roses の唄の起源は『ペスト禍』ではなく『五月祭』だろう」と述べている。フランス、イタリア、ドイツ、スイスといったヨーロッパ各地に、ばらの花が出てくる輪遊び唄が伝わっているので、ring-a-ring o'roses は「ばら色の発疹」ではなく「五月祭で飾られたばらの花輪の名残」であろう、というのだ。

しかしながら、現在のイギリスでは、今回の唄は「ペスト禍を歌った唄」として広く知られていて、だからこそ、ペスト罹災者を鎮魂する特別礼拝の中で唄が司祭によって唱えられているのだ。死を覚悟で村から出なかった村人と牧師の英雄的行為をたたえ、現在も毎年、このような礼拝がとりおこなわれているのである。

イームのペスト禍については、インターネットでさまざまな情報を得ることができる。たとえば、Eyam Museum のサイトでは、ペスト禍の展示を見ることができる。また、地元の中学2年生がペスト禍を調べて発表しているサイトもある。ペストがどのようにして広がっていったかが、月ごとの死者の推移や現在の村の写真とともに掲載されており、わかりやすい。

トム・クルーズ主演の大ヒット映画『Ｍ：Ｉ－２』"Mission：Impossible 2"(2000.US)の冒頭で子供たちが歌っていたのも、この輪遊び唄であった。そのあとすぐに「飛行機が落ちること」(fall down) を、唄がみごとに暗示していたのであった。

Roses are red

Roses are red,
  Violets are blue.
Sugar is sweet,
  And so are you.

　　　　　ばらは　あかい
　　　　　　すみれは　あおい
　　　　　おさとうは　あまい
　　　　　　あなたも　すてき

キャンディに書かれた素敵な詩

　バレンタインデーにちなんだ愛の唄として有名だが、卒業のときに交換するサイン帳に、記念の言葉と共にこの唄を書き込んだりもするという。唄の3行目のsugar が、honey や gillyflower（ストック）になっている版もある。よく知られた詩なので、当然あちこちで引用されている。
　たとえば、ローラ・インガルス・ワイルダーの『**大きな森の小さな家**』(1932) では、幼いローラが初めて町に連れて行ってもらう場面に、この唄がそのまま出てくる。
　11キロの遠い道のりを馬車に揺られて、やっと町に着いたローラは、店に物があふれかえっているのを見て、大いに驚く。以下は、ローラが店の人にキャンディをもらう場面である。

Both pieces of candy were white, and flat and thin and heart-shaped. There was printing on them, in red letters. Ma read it for them. Mary's said: ***"Roses are red, Violets are blue, Sugar is sweet, And so are you."*** Laura's said only: "Sweets to the sweet."

　２人のキャンディは、どちらも白くて平べったく、薄いハート形だった。キャンディの上には、赤い文字でなにか書いてあって、母さんが読んでくれた。
　メアリーのには、こう書いてあった。「ばらは赤い。すみれは青い。お砂糖は甘く、あなたも素敵」。ローラのには、たったこれだけ--「素敵な子に甘いお菓子を」

　ローラは、優等生の姉メアリーに対して何かと劣等感を抱いてたらしく、このときも、姉のキャンディにすてきな詩が書いてあったので、ずいぶんうらやましく感じたようだ。
　また、「赤毛のアン」シリーズの第２作『**アンの青春**』(1909)でも、この唄がそのまま引用されている。グリーン・ゲイブルスに引き取られて来た双子の１人デイビーが、アンに抱き抱えられたときに唄を唱えて、「ねえちゃんも唄どおりに素敵だよ」と言っているのだ。

いじめっ子の替え唄にも

　一方、この唄の替え唄も多い。ローラの娘ローズの養子ロジャー・リー・マクブライドが書いたシリーズの続編『**大きな赤いリンゴの地**』(1995)は、ローラの１人娘ローズの少女時代を描いた作品で、ここにも唄のパロディが登場している。

　"Roses are red, violets are blue," Elmo Gaddy, the class bully, taunted Vernice. ***"Asfettidy stinks, and so do you."*** Then he laughed roughly. Vernice's face puckered up to cry.

　「ばらは赤い。すみれは青い」クラスのガキ大将のエルモ・ギャディが、ヴァーニスをからかった。「アスフェティディはくさい。おまえもくさい」と言って、大声で笑った。ヴァーニスの顔はひきつって、泣き出しそうになった。

　病気にかからないように、臭いの強いアスフェティディ（植物の樹脂）の袋を身につけていたヴァーニスを、いじめっ子のエルモが替え唄でからかう場面であった。

同様の「嫌がらせ」替え唄をもう1つ。スティーブン・キングが26歳のときに発表した第1作『**キャリー**』(1974)にも、落書きの文句として、この唄のパロディが出てくる。

> Graffiti scratched on a desk in Chamberlain Junior High School:
> チェンバレン中学のある机に刻まれた落書き:
>
> > Roses are red, violets are blue,
> > Sugar is sweet, but Carrie White eats shit.
> > ばらは赤い。すみれは青い。砂糖は甘い。
> > でも、キャリー・ホワイトはうんこを食べる。

この作品は、1976年にブライアン・デ・パルマ監督によって、シシー・スペイセクとジョン・トラボルタ主演で映画化された。ただし、映画の中には、この落書きは出てこない。

映画にも替え唄がいっぱい

シシー・スペイセクといえば、彼女が主演したラブロマンス『**すみれはブルー**』"Violets Are Blue"(1986.US)では、今回の唄がタイトルに使われていた。また、『**ミッドナイト・スキャンダル**』(1993.US)の原題は、"Roses are Dead"であった。他にも、さまざまなジャンルの映画で、主に替え唄として登場している。

たとえば、シャーリー・マクレーン、アン・バンクロフト、ミハイル・バリシニコフ主演の『**愛と喝采の日々**』"The Turning Point"(1977.US)では…。

> Divorce is a bummer. Violets are blue.
> Tchaikovsky is great, and so are you.
> 離婚は苦く、すみれは青い。
> チャイコフスキーは偉大で、君もすばらしい。

離婚

経験者のジョーは、唄にさりげなく自分の気持ちを託して、シャーリー・マクレーン扮するディー・ディーに愛を告白している。チャイコフスキーがでてくるところが、音楽家らしい替え唄であった。

アリッサ・ミラノの『言いだせなくて』"Little Sister"(1991.US)では、恋をした純情な少年が、図書館でこんなメッセージをカードに記している。

> Roses are red. Violets are blue.
> Oh, do I have a surprise for you!
> ばらは赤い。すみれは青い。
> あなたに驚きの事実を！

アル・パチーノの『シー・オブ・ラブ』"Sea of Love"(1989.US)のおとり捜査で作った詩は、トンデモナイ唄だったが、ちゃんと韻をふんでいた。

> Roses are red. Violets are blue.
> I got one yea long and it's all for you.
> ばらは赤い。すみれは青い。
> 俺のモノはホントにでかくて、おまえのものさ。

また、韻をふんでいない替え唄もいくつかある。『おつむてんてんクリニック』"What About Bob?"(1991.US)では、ビル・マーレー演じる患者が、大勢の精神科医を相手に、こんなジョークをとばしている。

> Roses are red. Violets are blue.
> I'm a schizophrenic and so am I.
> ばらは赤い。すみれは青い。
> そして僕は精神分裂症。

schizophrenic といえば、『麗しのサブリナ』にオードリー・ヘプバーンを起用したビリー・ワイルダーが、「彼女は schizophrenia というややこしい単語を綴れるんだ」と言ったことが思い出される。
schizophrenia は、アメリカ人にとっても、難しい単語なのだろう。 そして、オードリーといえば、ミュージカル映画『パリの恋人』 "Funny Face" (1957. US) がある。

> Roses are red. Violets are blue.
> The dress is got to be shown.
> ばらは赤い。すみれは青い。
> ドレスは見せなきゃ。

フレッド・アステアが、オードリーの元へ行こうとするシーンで軽快に歌われた唄で、作詞作曲はガーシュインであった。

映画や小説を見る限り、この唄の替え唄は、バレンタインデーだけでなく、さまざまな場面で引用されているようだ。バレンタインといえば、日本では、もっぱら女の子がチョコを贈る日となっているが、欧米では、この唄にちなんで、男の子が女の子に赤いバラを贈ったり、家族や同性の友達同士でカードを交換したりすることなども、ぜひ知っておきたい。

マザーグースの授業

　昨年、国際教養科3年生の選択科目『課題研究』で、授業のはじめの時間を使ってマザーグースを勉強しました。テキストの『マザー・グース童謡集』(北星堂)を毎時間2、3編ずつ読み、各学期に2回ほど、映画やCMにでてくる場面をビデオで確認しました。ただ、受験が近づいてきた2学期後半からは、マザーグースはたまにしかできませんでした。
　いろんな課題にも挑戦しました。たとえば1学期には、全員がマザーグースを暗唱しました。1人平均2編暗唱しましたが、中には、21編暗唱した生徒もいました。Pat-a-cakeの手遊びを実演しながら歌ってくれたペアもありました。
　夏休みの宿題は、好きなマザーグースを訳しイラストを描くこと。2学期には、そのイラストを製本し、世界で1冊しかない絵本を製作しました。また、3学期には、替え唄パロディを作りました。
　それでは、生徒の感想をいくつかご紹介しましょう。

生徒の感想

- マザーグースって不思議でかわいらしくて、すごい好きです。マザーグースに出会い、楽しさを知り、また英語圏の文化も学べた気がしました。

- こんなにもマザーグースが周りにあふれているのかと驚いた。今でも、いつのまにか、一度覚えた「ピーター・パイパー」を口ずさんだりしている。

- 自分が習ったことが、テレビや映画に出たりするとうれしかったです。かわいい絵本を見せてくれてありがとうございました。

- マザーグースに出会って、進路が変わりました。文学に興味を持つようになって、これから遊ぶためではなく、まだまだ学びたいから大学へ行きたい、と強く思うようになりました。

- 先生がいっぱい持ってたマザーグース・グッズも、おもしろかったです。

Sing a song of sixpence

Sing a song of sixpence,
A pocket full of rye;
Four and twenty blackbirds,
Baked in a pie.

When the pie was opened,
The birds began to sing;
Was not that a dainty dish,
To set before the king?

The king was in his counting-house,
Counting out his money;
The queen was in the parlour,
Eating bread and honey.

The maid was in the garden,
Hanging out the clothes,
There came a little blackbird,
And snapped off her nose.

【語句】**a song of sixpence**「6ペンスの唄」。ここでは「なんてことはない唄」といった意味だろう。
dainty dish「おいしい料理」。

Sing a song of sixpence

うたおう　6ペンスのうた
　　　袋いっぱいのライ麦
くろつぐみ　24羽
　　　パイの中で　やかれた

　　　　　　　　パイを　あけたら
　　　　　　　　　　とりがうたいだす
　　　　　　　　なんてすてきな　お料理
　　　　　　　　　　王様に

王様　かねぐら
　　　おかねの　かんじょう
女王　おへやで
　　　パンに　はちみつ

　　　　　　　　女中は　お庭で
　　　　　　　　　　洗濯物　干していた
　　　　　　　　そこへ　ことりがおりてきて
　　　　　　　　　　女中の鼻を　もぎとった

『THE SONG OF SIXPENCE PICTURE BOOK』〈ほるぷ出版刊〉より

パイに入っているものといえば？

　焼かれたパイの中から24羽のクロツグミが飛び出して歌いだすなんて、これまたいかにもマザーグースらしい唄。奇想天外な歌詞が好まれ、児童文学でも数多く引用されている。たとえば、L.F.ボームのオズ・シリーズ第13作『**オズの魔法くらべ**』(1919)でドロシーがオズマ姫に贈ったケーキは、この唄をヒントにしていた。

　　"A cake doesn't seem like much of a present," Dorothy asserted. "Make it a surprise cake," suggested the Sorceress. "Don't you remember **the four and twenty blackbirds that were baked in a pie?** Well, you need not use live blackbirds in your cake."
　「お誕生日にケーキなんてつまらないわ」とドロシー。「びっくりケーキにするんですよ」と魔女は教えました。「パイに焼き込められた24羽のクロツグミのことを覚えてない？なにも生きているクロツグミをケーキに入れなさいっていうわけじゃないんですよ」

　この魔女のアドバイスを参考にして、ドロシーは12匹の小猿が飛び出すケーキをオズマ姫にプレゼントするのであった。
　また、P.L.トラバースの『**とびらをあけるメアリー・ポピンズ**』(1943)には、Cole という名の王様が自分の宮廷を自慢する場面があるが、そこにもクロツグミパイの話が出てくる。

　　My court is composed of the Very Best People. Jack-the-Giant-Killer digs my garden. My flocks are tended by no less a person than Bo-Peep. **And all my pies contain Four-and-Twenty Blackbirds.**
　わしの宮廷は最高級の人物でできている。巨人退治のジャックが庭園を耕し、家畜番はボー・ピープ。そして、パイにはすべて24羽のクロツグミが入っておるのじゃ。

　この短い中に3つのマザーグースが引用されていることに気づかれただろうか。「コール王」、「ボー・ピープちゃん」、そしてクロツグミ入りのパイが今回の唄からの引用である。このくだりも、元唄を知らなかったら楽しめない場面であろう。

チキンパイよりオイシイ！

　さて、ローラ・インガルス・ワイルダーの『大草原の小さな町』(1941) 第9章のタイトルは、Blackbirds である。8月のある日、せっかく実ったトウモロコシ畑にムクドリ (blackbirds) の大群がやってくるという話で、何百羽ものムクドリに向かって父さんは鉄砲を撃つが、黒い雲のように群がる鳥はトウモロコシを食べつくしてしまう。トウモロコシを売ったお金で盲目のメアリーを大学へ行かせたいと願っていた父さんたちは、さぞがっかりしたことだろう。以下は、撃ち落としたムクドリを使って母さんがパイを焼く場面である。

> **She set it before Pa and he looked at it amazed. "Chicken pie!"**
> **"Sing a song of sixpence—"** said Ma.
> 母さんがそれを父さんの前におくと、父さんは目を丸くした。「チキンパイだ！」「6ペンスのうたを歌いましょう」と母さんが言った。

　このあと、ローラたちは、声をそろえて唄の続きを歌う。12羽のムクドリを入れて焼き上げたパイは、いつものチキンパイよりもずっとおいしかったそうだ。
　ただし、アメリカとイギリスでは blackbird は別の鳥を指すので注意が必要。アメリカの blackbird といえばムクドリのような鳥で、キーキーときしむような鳴き声しかださない。
　一方、イギリスの blackbird はクロツグミ、クロウタドリと呼ばれ、その名のとおり美しい声で鳴く。イギリスのどこにでもいる鳥で、『ピーターラビットのおはなし』でも、その姿を見ることができる。マクレガーさんがピーターの上着をかかしにして追い払ったのが、このクロツグミであった。また、アメリカのルーズベルト大統領がイギリスを訪れ、その鳴き声を初めて聞いたとき、「この鳥のさえずりこそ最上だ」ともらしたという逸話も伝わっている。

「黒い鳥」が指すものは？

　Blackbird は美しい声でさえずる鳥なのに、黒い羽根が暗いイメージを喚起するのか、推理小説でもときどき引用されている。アガサ・クリスティーは、この唄をよほど気に入っていたのだろう。***Sing a Song of Sixpence*** (1934)、***Four and Twenty Blackbirds*** (1950)、***A Pocket Full of Rye*** (1953) の3作品でこの唄を引用している。3作目は、1985年に『ポケットにライ麦を』"A Pocketful of Rye" のタイトルでテレビ映画化されており、ビデオもレンタル可能。唄をなぞるようにして連続殺人事件がおきるのだが、この唄が随所で恐怖感を高めていた。

　一方、この唄の第4連の3行目をタイトルにした映画が、『闇に抱かれて』"Down Came a Blackbird" (1995. US/CA)。『ジュラシック・パーク』のローラ・ダーンが製作総指揮と主演を兼ねた社会派サスペンスで、中米で拷問を受け、恋人を殺された女性ジャーナリストの心の葛藤を描いている。共演は、本作が遺作となったラウル・ジュリア。

　タイトルの "Down Came a Blackbird" は「突然何者かに襲われた」ということ、そしてそれに続く pecked off her nose は「大事なものを奪われた」ことを表している。つまり、blackbird は「拷問を加えた秘密警察」、nose は「拷問によって失われた彼女の尊厳・恋人」を指している。もしマザーグースを知らなければ、この映画のタイトルは理解不可能。「黒い鳥なんてどこに出てくるの？」と頭を悩ませることになるだろう。

　その昔、生きた鳥をパイに入れて焼く調理法があったとか、24羽は24時間を表すとか、ヘンリー八世を歌った唄だとか、いろいろ推測されているが、この唄の由来はわからない。わけがわからないからこそ、マザーグースは不思議でおもしろいといえよう。

Sing a song of sixpence

『THE SONG OF SIXPENCE PICTURE BOOK』（ほるぷ出版刊）より

Mother Goose
163

Solomon Grundy

Solomon Grundy,
Born on a Monday,
Christened on Tuesday,
Married on Wednesday,
Took ill on Thursday,
Worse on Friday,
Died on Saturday,
Buried on Sunday.
This is the end
Of Solomon Grundy.

『THE MOTHER GOOSE TREASURY』
(HAMISH HAMILTON刊) より

ソロモン・グランディ
月曜日に　生まれた
火曜日に　洗礼うけて
水曜日に　結婚した
木曜日に　病気になって
金曜日に　重くなった
土曜日に　死んで
日曜日に　埋められた
これで　　おしまい
ソロモン・グランディ

Solomon Grundy

たった7日間の人生

　Solomon Grundy は架空の名前だが、Solomon は起元前10世紀のイスラエルの賢明な王、Grundy は18世紀末の喜劇に登場した口やかましい人物を連想させる。つまり、Solomon で「人間の賢さ」、Grundy で世間体を気にする「人間の愚かさ」を象徴していると考えられる。

　アーサー・ラッカムの本のように Born on Monday となっているものもあるが、ほとんどの版は Born on a Monday となっている。なぜ2行目だけ'a'がつくのだろうか。これは、全体のリズムを合わせるためだと考えられる。この歌の1行の音節を数えてみると、Worse on Friday を除いて、すべて5音節で、そのリズムは強弱弱強弱。音節の数とリズムを合わせるため Monday の前に'a'を入れたと、説明づけることができる。詩的効果を高めるための韻律・文法上の逸脱を poetic license（詩的許容）というが、これもその一種であろう。

金曜に出会って日曜に結婚

　『マトリックス』のキアヌ・リーブス主演の『雲の中で散歩』"A Walk in the Clouds"(1995. US) は、ブドウ園での幻想的なシーンが美しいラブドラマ。その映画の冒頭。太平洋戦争が終わり、帰還兵を満載した船がサンフランシスコの港に着く。港にはたくさんの出迎えの人たち。ポール（キアヌ・リーブス）と仲間の兵士は、船を下りながら故郷に帰って来た喜び一杯で会話する。

SOLDIER　: When's the last time you saw her?
　　　　　　最後に奥さんに会ったのはいつ？
PAUL　　: Our wedding day. Four years ago.
　　　　　　結婚式の日さ。4年前だよ。
SOLDIER　: Let me guess. **Met her on Friday, married her on Sunday, shipped out on Monday.**
　　　　　　当ててみようか。金曜日に出会って、日曜日に結婚、月曜日に出征だろ。

　出征前に急いで結婚した兵士は多かったのだろう。Solomon Grundy の唄をもじったセリフである。しかし、4年前の結婚式に会ったきりの妻は出迎えに来ておらず、家に帰り着いたポールは、冷めきった妻に出会うのであった。

曜日ごとに割り当てた仕事

　また、ローラ・インガルス・ワイルダーの『**大きな森の小さな家**』(1935)の中にも、同じような引用が見られる。以下は、ウィスコンシン州の大きな森で暮らすインガルス一家の日常生活を描いた場面。

> 　　Ma began the work that belonged to that day. Each day had its own proper work. Ma used to say: ***"Wash on Monday, Iron on Tuesday, Mend on Wednesday, Churn on Thursday, Clean on Friday, Bake on Saturday, Rest on Sunday."***
> 　　母さんはその日の仕事に取りかかった。毎日その日に割り当てた仕事があって、いつも母さんはこう言っていた。「月曜日は洗濯、火曜日はアイロン、水曜日は繕いもの、木曜日はバター作り、金曜日はお掃除、土曜日はパン焼き、日曜日は休息」

　泉の水や雨水を桶にくみ、1枚1枚手で洗って干し、翌日また1日がかりでアイロンをかける。バター、パン、ハム、ソーセージといった食料品から石鹸や靴、ろうそくまで、すべてが手製であった。母さんが服を縫い、父さんは丸太小屋まで作ったのだから、衣食住すべてを自分たちでまかなったことになる。
　このように、電気も水道もない開拓時代の家事はどれも1日仕事だったので、曜日ごとに割り振らなければならなかった。ちなみに、1週間の中では、ローラはバター作りとパン焼きの日が1番好きだったという。

パロディの作りやすい唄

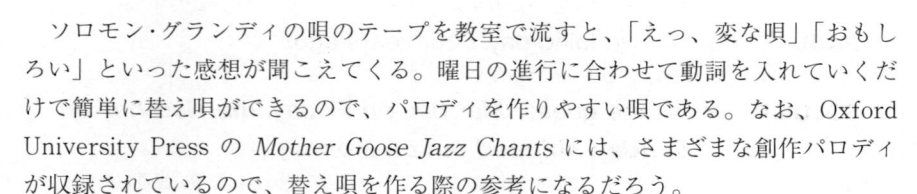

　ソロモン・グランディの唄のテープを教室で流すと、「えっ、変な唄」「おもしろい」といった感想が聞こえてくる。曜日の進行に合わせて動詞を入れていくだけで簡単に替え唄ができるので、パロディを作りやすい唄である。なお、Oxford University Press の *Mother Goose Jazz Chants* には、さまざまな創作パロディが収録されているので、替え唄を作る際の参考になるだろう。
　この唄のパロディは、アメリカやイギリスでも数多く作られていて、たとえば、ジュリアン・シモンズのミステリー『**月曜日には絞首刑**』*The End of Solomon Grundy* (1964)では、こう歌われている。

Solomon Grundy
Strangled her Monday.
Arrested on Tuesday.
Tried on a Wednesday.
Acquitted on Thursday.
Shot her Friday.
Arrested on Saturday.
Ate his dinner Sunday.
Hanged on a Monday.
That was the end
Of Solomon Grundy.

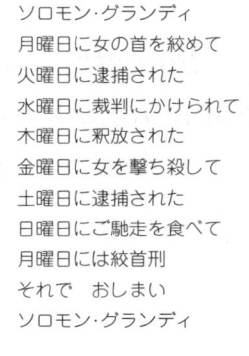

ソロモン・グランディ
月曜日に女の首を絞めて
火曜日に逮捕された
水曜日に裁判にかけられて
木曜日に釈放された
金曜日に女を撃ち殺して
土曜日に逮捕された
日曜日にご馳走を食べて
月曜日には絞首刑
それで　おしまい
ソロモン・グランディ

『THE END OF SOLOMON GRUNDY』表紙

　ソロモン・グランディという名の男が主人公で、この唄に沿ってミステリーが進行する、という筋であった。

　7日間に圧縮されたソロモン・グランディの人生は、何か滑稽でもあるが、と同時に、人の一生のはかなさをも感じさせる。曜日の機械的な進行が、脚韻効果と相まって、刻々と進む人生を暗示している。単純な言葉の繰り返しの中に、生きていくことの滑稽さと哀しさが浮かび上がってくる、そんな唄である。

Something old, Something new

Something old, something new,
Something borrowed, something blue,
And a sixpence in her shoe.

古いものに　新しいもの
借りたものに　青いもの
花嫁のくつには　6ペンス銀貨

故ダイアナ妃も身につけた

　「6月の結婚は幸運」という欧米の言い伝えは、「ジューン・ブライド」というフレーズとともに、我が国でもよく知られている。これは、6月が古代ローマの結婚の女神 Juno にちなむことに由来している。そして、結婚式に花嫁が身につけるものに関する言い伝えを歌ったのが今回の唄である。
　この唄に出てくる品物それぞれに意味があり、「古いもの」は「過去」、「新しいもの」は「未来」、「借りたもの」は「福を借りる」、そして「青いもの」は「誠実」、「靴の中の6ペンス」は「富」を表している。ちなみに、故ダイアナ妃は、「古い」レースと「新しい」シルクのドレスを身にまとい、スペンサー家に伝わるティアラを「借り」、腰に「青い」リボンをつけたという。
　「古いもの」は、昔は靴やベールであったが、現代では、さまざまなものが用いられている。また、「青いもの」も、昔はリボンで、それを男性客がはぎ取ったというが、現代では「青いガーター（靴下止め）」が主流。なお、「花嫁のガー

ターを手にした男性が次の花婿」という言い伝えがあるので、ガーター・トスも、欧米ではブーケ・トス同様、かなりおこなわれている。

　また、1971年に6ペンス硬貨が廃止されたため、最近では、6ペンスのかわりに靴に1ペニーを入れたり、「靴の中の硬貨」そのものを省略したりすることも多いようだ。

結婚式の必需品

　今回の唄は、映画の中での用例も多い。たとえば、『バード・オン・ワイヤー』"Bird on a Wire"(1990.US)は、メル・ギブソンとゴールディ・ホーン共演のサスペンス映画だが、そのエンディングで、リック（ギブソン）はマリアンヌ（ホーン）にこう言っている。

> **RICK** : You've heard that expression. ***Something old, something new, something borrowed and something...***
> あの言い伝えを聞いたことがあるだろ。古いものに新しいもの。借りたものに…。
>
> **MARIANNE** : ***Blue!***
> 青いもの！

　ここでは、この言い伝えを口にすることが、プロポーズの代わりになっているのだ。

　また、スリラー・コメディの『毒薬と老嬢』"Arsenic and Old Lace"(1944.US)でも、市役所で結婚を申請する場面で、ケーリー・グラントがこの唄をつぶやいていた。

結婚祝いのカード

友人が用意することも

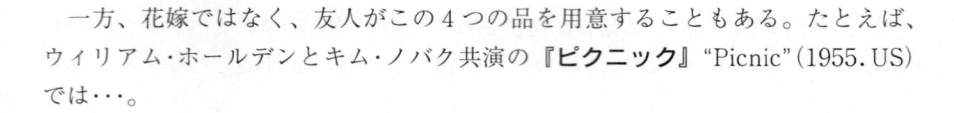

　一方、花嫁ではなく、友人がこの4つの品を用意することもある。たとえば、ウィリアム・ホールデンとキム・ノバク共演の『**ピクニック**』"Picnic"(1955. US)では…。

IRMA	:	You've gotta wear **something old**.
		何か古いものを身に付けなきゃ。
ROSEMARY	:	Nylons.
		ストッキング。
CHRISTINA	:	**Something new?**
		何か新しいものは？
ROSEMARY	:	My new handbag.
		新しいハンドバッグが。
CHRISTINA	:	**Something borrowed?**
		借りたものは？
ROSEMARY	:	Oh, thank you.
		ありがとう。
IRMA	:	Oh! I don't see **anything blue**.
		あら、青いものがないじゃない。

　これは、ピクニックの翌日、マッジ（ノバク）の家に下宿しているローズマリーの婚約を友人のイルマとクリスティーナが祝う場面である。急に結婚が決まったローズマリーを心配して、友人2人が急いで4つの品を用意しているのだ。
　また、シャーロット・アームストロングの小説『**サムシング・ブルー**』*Something Blue* (1962)にも、主人公の結婚に際して、友人が4つの品を用意する場面がある。おばさんに譲ってもらったブローチが「古いもの」、貸してもらった新しいハンカチが「新しいもの、借りたもの」、そして「青いもの」が事件解決のキーワードとなる、という筋書きのミステリーであった。

クリントンの用意したものも…

　よく知られている唄なので、新聞や雑誌でも、もちろん引用されている。たとえば、*Time* (Jan. 4, 1993)によると、クリントン元大統領も、この唄にならっ

たという。ただし、これは、ヒラリー夫人と結婚したときのことではなく、クリントン政権が発足したときの話である。

その記事によると、彼が任命した閣僚は、前政権からの引き続きの人（Some Old）と、まったく新しく任命した人（Some New）、そしてニクソンやカーター政権時代から借りてきた人（Some Borrowed）であったらしい。マザーグースを用いたタイトルで、記事の内容を、端的かつユーモアたっぷりに表しているのだ。

> **THE U.S.**
> ## Some Old, Some New, Some Borrowed . . .
> **Clinton strains to finish building a Cabinet that "looks like America"**
>
> AS HE ROUNDED OUT HIS CABINET ON THE DAY BEFORE Christmas, Bill Clinton proved how hard it is to please all of the people all of the time. First he ran afoul of women's organizations, which complained that females were underrepresented in his Cabinet. The criticism—coming just as he named African-American Hazel O'Leary, 55, to be Energy Secretary—provoked an angry response from the President-elect, who accused women's groups of "playing quota games and math games." Clinton had barely finished fending off the feminists when some environmentalists inveighed against O'Leary, a utility executive Clinton had met only days earlier. A day

Time（Jan.4.1993）より

インターネット上のブライダル関係のサイトには、よくこの唄が載っている。「花嫁の必需品」（A Must For Every Bride!!!）というコピーとともに「本物の6ペンス硬貨」を通販しているところもある。これらのサイトでは、唄の意味を解説し、幸せな花嫁になるために、4つ（または5つ）の品を身につけましょうと説いている。インターネット時代の今日でも、古い言い伝えが信じられ、語り継がれているのである。

ビートルズとマザーグース

　ジョン・レノン、ポール・マッカートニー、リンゴ・スター、ジョージ・ハリスンの4人が結成した「ビートルズ」。1962年に"Love Me Do"でレコードデビューしてから1970年に解散するまでのわずか7年半の間に、彼らは多くの歌を残しました。ビートルズの歌の中には、多くのマザーグースが引用されています。このコラムでは、マザーグースをキーワードにして、ビートルズを読み解いていきます。

1964年　マザーグース引用以前

　この年に発表された歌の中で、マザーグースが引用されているのは2曲。とは言っても、「ダイヤモンドの指輪を買ってあげる」というフレーズはあまりにも一般的で、マザーグースを意図的に引用したと断定することは難しい。
　一方、この年には、ジョンの最初の本『イン・ヒズ・オウン・ライト』(邦題『絵本ジョン・レノンセンス』) が出版されている。ジョンのマザーグース的ナンセンスと言葉遊びの才能は、歌詞としてではなく、まず文学作品として世に出たようだ。いずれにせよ、この時期は「マザーグース引用以前」と位置づけることができる。

Can't Buy Me Love 　(1964年1月 rec.)
　　　　　　　　　　ポール・マッカートニー作詞　無意識引用

　予約の段階でミリオンセラーを記録した初めての作品で、「予約販売数の最も多かったレコード」としてギネスブックに認定されている。アメリカだけで210万枚の予約があったという。なお、can't は、イギリス英語では [kɑːnt] と発音されるが、アメリカでのセールスを意識して [kæːnt] と歌われている。
　この歌の 'I'll buy you a diamond ring' の部分が、次のマザーグースからの引用と言えるかもしれない。

Hush, little baby, don't say a word,
Papa's gonna buy you a mockingbird.
If that mockingbird won't sing,
Papa's gonna buy you a diamond ring.
If that diamond ring turns brass,
Papa's gonna buy you a looking glass.
If that looking glass gets broke,
Papa's gonna buy you a billy goat.

　　　　　静かに赤ちゃん　しゃべらないで
　　　　　パパがものまねどりを買ってやろう
　　　　　ものまねどりが歌わなかったら
　　　　　パパがダイヤの指輪を買ってやろう
　　　　　ダイヤの指輪がしんちゅうになったら
　　　　　パパが鏡を買ってやろう
　　　　　もし鏡がわれたなら
　　　　　パパが雄やぎを買ってやろう

　なお、同様のフレーズ（He buys her diamond rings）は、"I Feel Fine"（1964年10月 rec.）でも引用されていた。

1965年　マザーグース的雰囲気

　この年に、"Ticket To Ride"、"Help!"、"Yesterday" などが大ヒットし、世界のスーパーアイドルとなったビートルズは、10月にエリザベス女王からＭＢＥ勲章を授けられた。そして、この年になって初めて、マザーグース的雰囲気を持った歌が登場した。

> **Nowhere Man** （1965年10月 rec.）
> 　　　ジョン・レノン作詞　マザーグース的雰囲気引用
>
> He's a real Nowhere Man,
> Sitting in his Nowhere Land,
> Making all his Nowhere plans for nobody.

　ジョンは、落ち込んでどうしようもない状態になった（getting nowhere）ときに、この歌を書きあげたという。どうしようもない男が、どこでもない場所に坐り、どうしようもない人のために、どうしようもない計画を立てている。そういった内容の "Nowhere Man" は、どこかマザーグース的雰囲気をかもし出している。

1966年　ビートルズ転換期

　この年の6月末から7月にかけてビートルズは日本で公演し、翌8月にはアメリカで公演しているが、コンサート・ツアーでのライブ活動はこれが最後となり、その後はすべてスタジオ録音となる。ジョンは「ビートルズの存在理由はただひとつ。音楽を作ることであって、サーカスの見せ物になることではなかった」と語っている。
　また、この年の11月に、ジョンはオノ・ヨーコと運命的な出会いをはたしている。なお、この年には、マザーグースを引用した曲は1曲も発表されていない。

1967年　マザーグース元年

　マザーグースがちりばめられた歌 "I Am The Walrus" が書かれた年。1967年の夏は「サマー・オブ・ラブ」と呼ばれ、愛と平和を求める「フラワー・パワー」をスローガンに、若者たちはサイケデリック・カラーのファッションで身を飾った。ビートルズにおいてサイケデリック・ミュージックがマザーグースとクロスオーバーした年であったいえよう。

Lucy In The Sky With Diamonds（1967年3月 rec.）

ジョン・レノン作詞　意図的引用

Picture yourself on a train in a station,
With plasticine porters with looking glass ties,
Suddenly someone is there at the turnstile,
The girl with kaleidoscope eyes.
Lucy in the sky with diamonds.

　4歳間近のジョンの息子ジュリアン・レノンが、ダイヤモンドを持って空に浮かんでいるルーシー・オドネルの絵を描いた。その絵からタイトルを、そして「不思議の国のアリス」から幻想的な雰囲気をもらったという作品。'Lucy in the sky with diamonds' のフレーズが238ページの「きらきら星」の中の 'Like a diamond in the sky'. を連想させる。ジュリアンが絵を描いているときに、このマザーグースが頭の中に浮かんだのかもしれない。

　歌の頭文字がＬＳＤなので、ドラッグが連想され、ＢＢＣはこの歌を放送禁止にしたが、「ドラッグとは無関係」とジョンは否定している。なお、1974年にエチオピア東部で発見されたヒト科の女性の化石が Lucy と名付けられたのは、発見者のキャンプでこの歌がかかっていたからだそうだ。

All Together Now（1967年5月 rec.）

ポール・マッカートニー作詞　意図的引用

One, two, three, four, Can I have a little more,
Five, six, seven, eight, nine, ten, I love you.
A, B, C, D, Can I bring my friend to tea,
E, F, G, H, I, J, I love you.
Sail the ship, Chop the tree, Skip the rope, Look at me.
All together now, All together now,

All together now, All together now,
Black, white, green, red, Can I take my friend to bed,
Pink, brown, yellow, orange, and blue, I love you.

　数字、アルファベット、色を並べた子供向けの数え唄のようだが、Can I take my friend to bed? というフレーズを入れて、くすっと笑わせる。

One, two, three, four, Can I have a little more,
Five, six, seven, eight, nine, ten, I love you
の部分が、マザーグースの数え唄からの引用。

　数字を列挙したマザーグースでは、
One, two, three, four, five,
　　　　Once I caught a fish alive
がよく知られているが、次のマザーグースの方がこの歌に似ているようだ。

One, two, three, four,　　　　1、2、3、4
Mary at the cottage door,　　メリーは　家のドアのところで
five, six, seven, eight,　　　　5、6、7、8
Eating cherries off a plate.　　お皿のさくらんぼを　食べている

I Am The Walrus　（1967年9月 rec.）
　　　　　　ジョン・レノン作詞　意図的引用

　「ぼくが彼で、君が彼で、君はぼく」という最初の出だしからして、マザーグース的である。母校のクオーリーバンク高校生から、「国語の授業でビートルズの歌詞を分析しています」というファンレターをもらって、母校の国語教師を混

乱させてやろうと考えて、ジョンがわざと難解にしたという。

　また、数々の造語が入っているところはルイス・キャロル的である。実際、キャロルの『不思議の国のアリス』と『鏡の国のアリス』は、幼い頃からジョンのお気に入りの本であったらしい。7歳の時、ジョンは、この『アリス』の登場人物すべての絵を描いている。

　なお、この歌のタイトルにもなっているセイウチは、『鏡の国のアリス』に出てくるセイウチからの引用で、この歌を収録した『マジカル・ミステリー・ツアー』のレコードジャケットで、ジョンはセイウチの格好をしている。

● **See how they run**
このフレーズが、222ページの「3匹の盲目ねずみ」からの引用。'Three blind mice' は輪唱歌であるが、"I Am The Walrus" も3つの音をたくみに行き来したメロディとなっている。

● **Like pigs from a gun**
　　　See how they fly
　この1節は、『鏡の国のアリス』の「セイウチと大工」の詩の第11連からの引用であるらしい。

『MAGICAL MYSTERY TOUR』ジャケット（東芝EMI株式会社）より

Mother Goose
177

'The time has come,' the Walrus said,
'To talk of many things:
Of shoes–and ships–and sealing-wax–
Of cabbages–and kings–
And why the sea is boiling hot–
And whether pigs have wings.'

「今こそ　そのとき」セイウチは言った
「いろんなことを語るとき
靴や―船や―封蝋や―
キャベツや―王様や―
なぜ海が煮えたぎるか―
ぶたに翼があるかどうか」

『鏡の国のアリス』の「セイウチと大工」第11連

その一方で、この1節は、'Dickery, dickery, dare' というマザーグースにもよく似ている。

Dickery, dickery, dare,
The pig flew up in the air;
The man in brown soon brought him down,
Dickery, dickery, dare.

ディカリ　ディカリ　デア
ぶたが　空を飛んだ
茶色の服の男が　すぐ引きずり落とした
ディカリ　ディカリ　デア

● **eggman**

『鏡の国のアリス』に出てくるハンプティ・ダンプティからの引用だが、

eggman はジョンの造語である。"I Am The Walrus" を収録した映画『マジカル・ミステリー・ツアー』では、ジョンは頭に白い物をかぶり eggman に扮していた。

● ***Pretty little policeman in a row***

　このフレーズが96ページの「いじっぱりのメアリー」の１節 pretty maids all in a row. からの引用。p の音できれいに頭韻を踏んでいる。

● ***Like Lucy in the Sky***

　この１節は、もちろんビートルズ自身の歌 "Lucy in the Sky with Diamonds" からの引用で、元唄は「きらきら星」である。

● ***Yellow matter custard***
　　Dripping from a dead dog's eye

　この１節は、リバプールに伝わる次の戯れ唄からの引用らしい。

Yellow matter custard, Green slop pie
All mixed together with a dead dog's eye

　　　　黄色いカスタード
　　　　緑のぐちゃぐちゃなパイ
　　　　死んだ犬の目といっしょにまぜた

● ***If the sun don't come, you get a tan***
　　From standing in the English rain

　この１節は、『鏡の国のアリス』の「セイウチと大工」の詩の第１連にインスピレーションを受けたものと考えられる。

　The sun was shining on the sea,
　Shining with all his might:
　He did his very best to make

The billows smooth and bright–
And this was odd, because it was
The middle of the night.

お日さまきらきら海の上
めいっぱい光ってた
波をつやつや輝かせようと
めいっぱい光ってた
それにしても奇妙
だって真夜中だったから

『鏡の国のアリス』の「セイウチと大工」第1連

　なおマザーグースにも、「真夏に氷の上でスケートしていた」「冷たいお粥でやけどした」というように、矛盾した内容を歌いあげたものが数多くある。

The Fool on the Hill （1967年9月 rec.）
ポール・マッカートニー作詞　マザーグース的脚韻引用

　牧歌的な雰囲気の作品で、「世界が回るのをじっと見つめている男」は地動説を唱えたガリレオ・ガリレイを連想させる歌である。

● *Day after day, alone on a hill,*
  The man with the foolish grin is keeping perfectly still

　hill と still で韻を踏んでいるところが、次のマザーグースによく似ている。

There was an old woman
Lived under a hill,
And if she's not gone
She lives there still.

おばあさんがいた
丘のふもとに　住んでいた
もしも　どこかへ　行っていなかったら
今でもそこに　住んでいる

1968年　マザーグース豊穣の年

　2月、ビートルズはインドへ瞑想に出かけ、この旅を機にビートルズは精神性を重視したシンプルな音作りへと作風を変化させている。ジョンはこの旅を「いい息抜きになった。体重も落ちて、大人になった」と評している。この年には、マザーグースをモチーフとした歌が5曲も発表されている。

> Lady Madonna （1968年2月 rec.）
> 　　　　　　　　ポール・マッカートニー作詞　意図的引用

　赤ん坊に乳を飲ませるアフリカ人女性の写真にヒントを得て作った作品で、ポールは、プレスリーの物まねで歌っている。

● *Lady Madonna, children at your feet*
　　Wonder how you manage to make ends meet

　「子供が多く家計が苦しい」という一節から、206ページの「靴に住んでたおばあさん」の唄が連想される。

● *Monday's child has learned to tie his bootlace*

　脚韻の踏み方も、100ページの「月曜の子供」の1行目の 'Monday's child is fair of face' と同じである。日曜から金曜までの曜日が歌い込まれている。なお、ポールは歌を作ったときには、土曜日が抜けていることに気づいておらず、のちになって「さすがのレディ・マドンナも土曜日はパーティーなんだ」と言い訳している。

● *See how they run*

　この1節は、ジョンの "I Am The Walrus" でも用いられていた「3匹の盲目ねずみ」からの引用。

Cry Baby Cry （1968年7月 rec.）
ジョン・レノン作詞　意図的引用

1968年春のインド修行中に書かれた作品である。

● *Cry, baby, cry, make your mother sigh*

これは、'Cry, baby, cry, make your mother buy' というCMの宣伝文句からの引用で、このCMの元ネタは次のマザーグース。

> *Cry baby cry,*
> *Put your finger in your eye.*
> *And tell your mother it wasn't I*

　　　泣け　泣け　赤ちゃん
　　　おめめに　指を　つっこんで
　　　「私のせいじゃない」って母さんに言って

● *The Queen was in the parlour*
　The king was in the garden 他

158ページの「6ペンスのうた」からの引用。「王が女王の朝食を作る」というくだりはエリザベス女王のパロディだろう。ただし、エリザベス女王の夫エジンバラ公は King ではなく Duke なので、あからさまな王室批判とはなっていない。

Good night （1968年7月 rec.）
ジョン・レノン作詞　意図的引用

> Now it's time to say good night
> *Good night sleep tight.*
> Now the sun turns out his light
> *Good night sleep tight.*

ジョンが5歳の息子ジュリアンのために書いた作品。リンゴ・スターが歌っている。この7月の末には、ポールがジュリアンのために "Hey Jude" を書いている。なお、翌8月には、ジョンと妻シンシアの離婚訴訟が始まっている。

　Good night, sleep tight の1節は、寝るときに親がちょっとふざけて子供に言う次の唄からの引用。

Good night, sleep tight　　　　　　おやすみ　ぐっすり
　　Don't let the bedbugs bite.　　虫になんか　かまれないように

> Dear Prudence　（1968年8月 rec.）
> 　　　　　ジョン・レノン作詞　意図的引用
>
> Dear Prudence, won't you **come out to play**.
> Dear Prudence, greet the brand new **day**.
> The sun is up, the sky is **blue**.
> It's beautiful **and so are you**.

　プルーデンスとは、フランク・シナトラの妻でミア・ファローの妹のプルーデンス・ファローのこと。1968年2月にインドへ瞑想修行に行ったとき、プルーデンスは、修行に熱中しすぎて3週間も閉じこもったままであった。それでジョンは、プルーデンスを誘う歌を作ったという。

● *Dear Prudence, won't you come out to play*
　　Dear Prudence, greet the brand new day
play-day で韻を踏んでいるところも、次のマザーグースと同じである。

> *Boys and girls come out to play,*
> *The moon doth shine as bright as day.*

Leave your supper and leave your sleep,
And join your playfellows in the street.

男の子に女の子　遊びにでておいで
月が　明るくて　ひるまみたいだよ
ごはんはおいて　寝るのもやめて
とおりで　なかまと　あつまろう

● *The sun is up, the sky is blue.*
　　It's beautiful and so are you.

　blue-you で韻を踏んでいるところや、最後に and so are you で終わっているところが、152ページの「ばらは赤い」の唄と同じである。

> Glass Onion　（1968年9月 rec.）
> 　　　　　ジョン・レノン作詞　マザーグース的脚韻引用

過去のビートルズナンバーを5曲も盛りこんだ作品。

● *I told you about the fool on the hill*
　　I tell you, man, he's living there still

　hill と still で韻を踏んでいるところは、"The Fool On The Hill" 同様、次のマザーグースによく似ている。

There was an old woman
Lived under a hill,
And if she's not gone
She lives there still.

おばあさんがいた
丘のふもとに　住んでいた
もしも　どこかへ　行っていなかったら
今でもそこに　住んでいる

1969年　ビートルズの終焉

　3月に、ポールがリンダと、ジョンがオノ・ヨーコと結婚するが、夏にはビートルズは活動を停止し、翌年4月に解散宣言をすることになる。

　この年に、ポールはマザーグースを丸ごと引用した2曲を発表している。どちらも幼年時代を懐かしく想起させるマザーグースであるので、この2曲には彼の幼年回帰願望が隠されているのではないかと考えられる。

　なおポールは、1月のゲットバック・セッションでも58ページのマザーグースの子守唄 'Rock-a-bye, baby' を歌っている。

You Never Give Me Your Money　（1969年5月 rec.）
ポール・マッカートニー作詞　意図的引用

　歌の前半は、アップル・レコードのでたらめな財政状況を歌ったもの。この翌年、ポールはアップルを訴えている。

- ***One, two, three, four, five, six, seven,***
   　All good children go to heaven

歌の最後に出てくるこの1節が、次のマザーグースからの引用。

One, two, three, four, five, six, seven,
All good children go to heaven,
Some fly east,
Some fly west,
Some fly over the cuckoo's nest.

　1、2、3、4、5、6、7
　よい子はみんな天国へ
　東へとんでいく子
　西へとんでいく子
　カッコーの巣をこえてとんでいく子

> **Golden Slumbers** （1969年7月 rec.）
>
> ポール・マッカートニー作詞　意図的引用
>
> Golden Slumbers fill your eyes
> Smiles awake you when you rise
> Sleep, pretty darling, do not cry
> And I will sing a lullaby

　これはビートルズが自らの手でレコーディングした最後のナンバーで、「黄金の眠り」というタイトルとおり、この歌でビートルズとしての活動は眠りにつくことになる。

　上記のフレーズは、次のマザーグースをほぼそのまま引用したものである。作者がはっきりしているマザーグースで、17世紀始めにイギリスの劇作家、トーマス・デッカー（Thomas Dekker 1570-1632）が書いたものである。

> *Golden Slumbers kiss your eyes,*
> *Smiles awake you when you rise,*
> *Sleep, pretty wanton; do not cry,*
> *And I will sing a lullaby:*
> *Rock them, rock them, lullbay.*

> 黄金の眠りが　おまえのまぶたに　キスする
> 朝には　ほほえみが　起こしてくれる
> おやすみ　いたずらっ子　泣かないで
> 子守唄を　歌ってあげよう
> ねんねんおころり　ねんねんよ

　昔、ポールが父親の家に遊びに行ったとき、腹違いの妹ルースの絵本で偶然この唄を見つけて、ピアノを弾きながらメロディをつけてこの曲を完成させたという。後にポールは「ぼくらは1番ビッグな盗作者だった」と語っている。

ビートルズは現代のマザーグース

　ビートルズがマザーグースを引用した14曲のうち、ジョン・レノン作詞が8曲、ポール・マッカートニー作詞が6曲。その中で、マザーグースを意図的に引用したと思われるものは、ジョンが4曲、ポールが4曲の計8曲である。

　それ以外の6曲は、マザーグースに似た脚韻を踏んでいたり、マザーグース的雰囲気を借用したり、特に何も意識せずに引用したものであった。

　ビートルズは、そのバンド名からして言葉遊び。「クリケッツ」（こおろぎとクリケットをかけた命名）というバンドにヒントを得て、beat と beetle をかけて Beatles となったというが、こういった言葉遊びは、まさにマザーグースに通じるものがある。

　また、ビートルズは1962年から1965年にかけて、ＢＢＣラジオに58回出演しているが、その中には Pop Go The Beatles という、ビートルズ主演番組もあった。これは、マザーグースの 'Pop goes the weasel' をもじったタイトルで、ビートルズは番組中でこのマザーグースをアレンジしたテーマ曲 "Pop Go The Beatles" を何度も演奏していた。いかにもマザーグース好きのビートルズらしい番組タイトルではないか。

　彼らは、マザーグースを引用し、実験的に言葉を操り、新しい意味と解釈を盛り込んで曲作りをしたアバンギャルド（前衛作家）であった。常識の世界を軽やかに超越したビートルズは、現代のマザーグースであったといえよう。

『THE BEATLES』ジャケット（東芝EMI株式会社）より

The first day of Christmas

The first day of Christmas,
My true love sent to me,
A partridge in a pear tree.

The second day of Christmas,
My true love sent to me
Two turtle doves, and
A partridge in a pear tree.

クリスマスの1日目
あのひとから　プレゼント
梨の木にヤマウズラ1羽

クリスマスの2日目
あのひとから　プレゼント
キジバト2羽と
梨の木にヤマウズラ1羽

【語句】**partridge**「ヤマウズラ、シャコ」。　**turtle doves**「キジバト」。夫婦仲が良いことで有名。**colly**（英方言）「すすなどで汚れた」。coal（石炭）から派生した語。

The first day of Christmas

The twelfth day of Christmas,
My true love sent to me
Twelve lords a-leaping,
Eleven ladies dancing,
Ten pipers piping,
Nine drummers drumming,
Eight maids a-milking,
Seven swans a-swimming,
Six geese a-laying,
Five golden rings,
Four colly birds,
Three French hens,
Two turtle doves, and
A partridge in a pear tree.

クリスマスの12日目
あのひとから　プレゼント
とびはねている貴族12人と
おどっている女の人11人と
笛吹き10人と
太鼓たたき9人と
乳をしぼっているおとめ8人と
泳いでいる白鳥7羽と
卵を抱いているガチョウ6羽と
金の輪5つと
まっくろな小鳥4羽と
フランスのメンドリ3羽と
キジバト2羽と
梨の木にヤマウズラ1羽

Mother Goose

12種類の贈り物の意味は？

　1日ごとに贈り物が増える楽しさが魅力のクリスマスソング。前日までの贈り物をすべて繰り返す「積み重ね唄」なので、最終連は14行もある。贈り物の多くは、pipers piping、drummers drumming というように頭韻を踏んでいるので、覚えやすい。

　唄に出てくる贈り物を全部買ったら、いったいいくらになるだろうか。アメリカのPNC銀行は、これを計算して、年ごとに発表している。毎年、クリスマスが近づいてくると、去年よりも総額で何ドル上がったかが話題になるのも、この唄がそれだけ愛されているからであろう。ちなみに、2001年の合計金額は1万6千ドル弱。15ドルのヤマウズラが、一番安かったそうだ。

　この唄の由来ははっきりしないが、「12種類の贈り物には隠された意味がある」と唱えている人もいる。16世紀、宗教改革下のイギリスで、カトリック信仰を公に表すことができなくなった際に、神（My true love）からの贈り物を暗に歌った唄、ということらしい。

　この説によると、「梨の木のヤマウズラ」が十字架に架けられたキリストで、「キジバト2羽」が旧約聖書と新約聖書を指しているそうだ。しかしながら、一方で、「これはフランス起源の唄で、12の贈り物は1年の各月に関連している」と唱える人もいて、この唄の由来は、依然謎のままなのである。

「クリスマスの12日」っていつ？

　さて、「クリスマスの12日」とは、いったいいつからいつまでなのであろうか。その答は、アイザック・アシモフの短編ミステリー『**クリスマスの13日**』*The Thirteenth Day of Christmas*（1981）に載っている（このタイトルも、唄のパロディ）。

> **Some kids didn't know why *Christmas had twelve days,*** but I explained that on the twelfth day after Christmas, which was January sixth, the Three Wise Men arrived with gifts for the Christ child.
>
> 　中にはどうしてクリスマスが12日あるのか知らない子がいたので、ぼくはこう教えてやった。クリスマスから数えて12日目の1月6日は、東方の三博士が贈り物を持って、生まれたばかりのキリストを訪ねた日だと。

　つまり、「クリスマスの12日」とは、12月25日から1月6日までの12日間を指すのだ。これは、「クリスマス前約4週間」の Advent と混同しやすいので、注意が必要。日本では、クリスマスが終わるとすぐにツリーをしまうが、欧米などで年明けまで飾ってあるのは、クリスマスが12日間も続くからなのである。

　1月6日は、キリストが来訪した三博士の前に初めて神性を顕した日であり、Epiphany（公現日または顕現日）と呼ばれる。昔は、その前夜の Twelfth Night（十二夜）に Twelfth Cake を食べ、この唄を歌ったり、喜劇を演じて楽しんだという。なお、シェイクスピアの『十二夜』も、宮廷でのこういった饗宴の余興用に書かれたものだと言われている。

『THE OXFORD NURSERY RHYME BOOK』
(OXFORD UNIVERSITY PRESS刊) より

パロディの12日

　今回の唄は、パロディも多い。たとえば、マリアン・バブソンの**『クリスマスの12死』**　The Twelve Deaths of Christmas（1979）は、12日間に1人ずつ殺される、というミステリー。タイトルも唄のもじりだが、作中でも day を death にした替え唄が不気味に歌われていた。

　絵本では、**『オーストラリアのクリスマスの12日』**というものまである。出てくる贈り物は、もちろん、カンガルーやウォンバット、エミュといったオーストラリア固有の動物たちである。

　この唄がどれだけ人気があるかは、インターネットで検索してみれば、すぐわかる。数あるマザーグースの中でも、ネット上のパロディの多さでは一番。「プレスリーの12日」「マイクロソフトの12日」をはじめ、ＳＦ版、ＰＣ版など、20種類以上もの替え唄を即座に見つけることができる。12日間の贈り物を入れていくだけで簡単に替え唄ができるところが、人気の秘密なのだろう。

最後に「梨の木にヤマウズラ」

　この唄の最終行の 'a partridge in a pear tree' は、思わぬところに出てくることがある。たとえば、マコーレー・カルキン少年が一躍有名になった**『ホーム・アローン』**（1990.US）では、カルキン少年の姉が、車に乗った人を数えるときに、こう言っている。

Five boys, six girls, four parents, two drivers and a partridge in a pear tree.

　　男の子が5人、女の子が6人、親が4人、運転手が2人、そして梨の木にヤマウズラ。

The first day of Christmas

また、『ダイハード3』(1995.US)では、起爆装置を解除しながら、刑事がこうつぶやいている。

Six booby traps, four dead ends, and a partridge in a pear tree.
仕掛けが6つ、行き止まりが4つ、そして梨の木にヤマウズラ。

一方、サンドラ・スコペトーネのミステリー『狂気の愛』(1991)では、刑事がニューヨークの事件統計を読み上げるときに、こう付け加えている。

Twenty-four drug abuses, three muggings, two suicides, and a partridge in a pear tree.
麻薬乱用24件、ひったくり3件、自殺2件、そして梨の木にヤマウズラ。

いずれも、数を列挙したあとに「梨の木にヤマウズラ」と言っているのだが、もし、この唄を知らなければ、「なぜここにヤマウズラが？」と悩むことになるだろう。

この唄には、とても美しいメロディがついている。ぜひ、テープやCDを聞いていただきたい。おすすめは、ミッキーやドナルドがにぎやかに歌う**「ディズニー・ファミリークリスマス」**（18曲収録 2548円）だ。唄の後半で、Five golden rings を Five onion rings に替えて歌ったりする、とても楽しいCDである。

『THE OXFORD NURSERY RHYME BOOK』
(OXFORD UNIVERSITY PRESS刊) より

The man in the moon

The man in the moon
Came down too soon,
And asked his way to Norwich;
He went by the south,
And burnt his mouth
With supping cold plum porridge.

月のなかの男
早く降りすぎて
ノリッジへの道を聞く
南まわりで行って
口にやけど
冷たい　ほしぶどうがゆ　食べたから

冷たいおかゆでヤケド？

　moon と soon、Norwich と porridge、south と mouth できれいに韻を踏んでおり、口ずさみやすい唄である。冷たいおかゆでやけどなんて、いかにもマザーグースらしいナンセンス。日本のわらべうたにも「夜明けの晩」や「うしろの正

【語句】 too soon「あまりにも早く」。月へ追放された男がまだその刑期もすませていないのに降りてきたから「早すぎた」のだろう。　　**Norwich** [nɔ́ridʒ] イギリス、ノーフォーク州の州都。最終行の Porridge と韻を踏む。　　**sup**「少しずつ食べる、飲む」。北英・スコットランドの方言。　　**plum porridge**「干しぶどう入りのおかゆ、ポタージュ」。

The man in the moon

面」など、矛盾した表現が出てくるが、マザーグースには、このようなナンセンスが数多くみられる。

　「背中に薪を背負った男が月に住んでいる」という俗信は、ヨーロッパ各地に古くからあった。旧約聖書の民数記第15章によると、安息日に薪を集めているところをモーゼに見つかって罰として月へ追放されたのが、月の男だという。イタリアのダンテが14世紀初頭に書いた『神曲』にも、「月の男はイバラを背負ったカインである」という記述がみられる。月の男のいでたちは、手にランタンを持ち、犬を連れ、背中に薪を背負うというものが一般的である。

『THE MAN IN THE MOON』（ほるぷ出版刊）より

シェイクスピアの「月の男」

　シェイクスピアも月の男を2作品で引用している。まずは彼の初期喜劇の傑作『**真夏の夜の夢**』から。これは、3組の恋人に妖精たちがかかわる物語。その終盤、第5幕第1場で、公爵の結婚式の余興に、職人たちが素人芝居を上演する。その中の1人が演じたのが、「月の光」の役であった。

> **MOONSHINE**: All that I have to say is, to tell you that the lantern is the moon; I, **the man in the moon**; this thorn-bush, my thorn-bush: and this dog, my dog.
> 　私が申し上げておかねばなりませんのは、つまり、このランタンがお月さまで、私は月の男で、この薪が私の薪で、この犬が私の犬というわけでございます。

　また、シェイクスピアの最後の作品『**テンペスト**』にも、月の男が出てくる。魔法使いプロスペロの奴隷キャリバンが、「難破船から流れ着いたステファノが天からやってきた」と勘違いする場面である。（第2幕第2場）

CALIBAN	: Hast thou not dropp'd from heaven? あなたは天から落ちてきたのかい？
STEPHANO	: Out o'the moon, I do assure thee: I was **the man i'the moon** where time was. そうだ、月からさ。俺は昔は月の男だったのさ。
CALIBAN	: I have seen thee in her and I do adore thee: My mistress show'd me thee and thy dog and thy bush. あなたが月の中にいるのを見たことがあるよ。だから拝むんだ。お嬢様があなたと犬と薪を俺に見せてくれたんだ。

　酒に酔ったステファノは「自分は月の男だ」とホラを吹いたのだが、奴隷のキャリバンはそれを信じてしまった。薪を背負い、犬を連れた月の男のモチーフは、どうもシェイクスピアのお気に入りだったようだ。

『THE MAN IN THE MOON』（ほるぷ出版刊）より

ドリトル先生、月の男に会う

　第一次世界大戦中、負傷した軍馬がろくに手当もされず銃殺されていくのを見たヒュー・ロフティングは、国に残した息子たちに絵手紙を書いて送った。それは、動物語を理解し、動物を治す医者の物語。平和と動物を愛するドリトル先生は、戦場から生まれた。
　その第9作『ドリトル先生月から帰る』(1933)は、先生が月の巨人に会う話。大昔、月ができたとき、地球から吹き飛ばされてやって来たのが、この巨人である。

> 　　People on the earth, you know, have always spoken of **the Man in the Moon**, but I hope that when my book is written ―and read― they will come to speak of **the Gentleman in the Moon**.
> 　地球の人々は、「月の男」のことをいつも話している。しかし、私が本を書いて ――みんながそれを読めば― 「月の紳士」のことを話すようになるだろう。

　一人で月に住み、とても寂しいにもかかわらず、先生を地球に帰す決心をした月の男をたたえ、「月の紳士」と呼ぶドリトル先生であった。

月の男はポピンズの伯父だった！？

　P.L.トラバースの『公園のメアリー・ポピンズ』(1952)の中で「月の男は私の伯父です」と言うポピンズだが、『メアリー・ポピンズとお隣さん』(1988)に、その伯父が詳述されている。月には、傘やハンドバッグや本など、地上の忘れ物や落とし物が集まっていた。トラバース流解釈では、月の男の仕事は忘れ物の番。「地上でかなわなかった願いごとは月に秘蔵される」という伝承があるが、ポピンズの世界では「地上の忘れ物が月に秘蔵されている」ということのようだ。

　月の中にウサギを見る日本人と、「月の男」を見る英語圏の人々。それぞれの文化背景の違いによって、同じ月にまったく別のものを見ていることになる。一つの唄にも奥深い歴史が隠れている。その起源は旧約聖書にまでさかのぼれるのだから、マザーグースの背景は不思議でおもしろい。

The Queen of Hearts

The Queen of Hearts
She made some tarts,
All on a summer's day;
The Knave of Hearts
He stole the tarts,
And took them clean away.

        The King of Hearts
        Called for the tarts,
        And beat the knave full sore;
        The Knave of Hearts
        Brought back the tarts,
        And vowed he'd steal no more.

ハートの女王
タルト　つくった
ある　夏の日
ハートの　ジャック
タルト　ぬすんで
そっくり　もってった

【語句】tart「タルト」。果物などを入れたパイのこと。イギリスでは果物をパイ生地で包むが、アメリカでは果物はパイの上にのっている。なお、イギリスで pie といえば、中味は肉などのことが多い。
Knave「（トランプの）ジャック」。古い言い方で、「悪党」という意味もある。

The Queen of Hearts

ハートの　王さま
タルト　かえせと
ジャックを　ぶった
ハートの　ジャック
タルト　かえした
もう　とりませんって

『OUR OLD FAVORITES』（ほるぷ出版刊より）

ジャックの有罪は最初から決まっていた

　1782年に **The European Magazine** という雑誌で発表された唄。最初は、ハート一家だけでなく、スペード、キング、ダイヤ一家の物語も展開されていた。しかし、ルイス・キャロルの**『不思議の国のアリス』**（1865）で第1連がそのまま引用され、よく知られるようになり、今ではハート一家のタルト騒動のみが唄われるようになった。

　その『不思議の国のアリス』の中で、白うさぎは、唄の第1連を告訴状として読み上げるが、「首をはねろ！」が口癖のハートの女王は、陪審員たちが評決を出す前に、すでに有罪を決めていた。この唄を知るものにとっては、理由なんか関係なしに、ジャックは有罪でなければならなかったのだろう。

　テニエルは、この裁判の場面をみごとに描いている。かつらをかぶった王が判事で、右端のアヒルとカエルが石版にメモを取る陪審員。中央のテーブルには、盗まれたタルトが置かれ、手前で腕組みをして立っているのが、鎖につながれた被告のジャック。女王ににらみつけられても、なぜか自信たっぷりの表情だ。トランプの薄さを出すため、ジャックの上着はわざと直線的に描かれている。物語冒頭に登場した白うさぎは、ハート模様の服を着て告訴状を読み上げている。また、カツラをかぶり法衣をまとった弁護士の鳥は、手前のインコ（lory）がアリスの姉の Lorina で、奥の鷲（eaglet）が妹の Edith と、ここにも言葉遊びが隠されている。

「イジワルな女王」はキャロルの創作

映画の中にもハートの女王が出てくる。以下は、ジーン・ハックマンが正義派弁護士ウォードに扮した法廷ドラマ『訴訟』"Class Action"（1991. US）の答弁である。

> WARD : We, like many Alices have plunged through it directly into Wonderland. Behold, **the Queen of Hearts**, Caragan Chemical, the company that spewed its bio into the river for seventeen years.
> 我々はアリスのように不思議の国に迷い込んだ。見て下さい。「ハートの女王」のキャラガン・ケミカル社は、過去17年間、廃棄物を河川にたれ流した。

法廷をアリスの迷い込んだ不思議の国になぞらえたあと、悪徳企業を「ハートの女王」にたとえている。しかし、この「意地悪な女王」というイメージは、キャロルが作り出したもの。伝承童謡のキャラクターに新しい性格を付け加え、イメージを豊かに膨らませるというのは、ハンプティの場合同様、キャロル独特の手法であった。なお、トランプ占いでは、ハートの女王が「誠実な愛情」、スペードの女王が「意地悪」を表すらしい。テニエルが描いたハートの女王のドレス模様が、スペードの女王のものとなっているのは、意図的なものであろう。

『不思議の国のアリス』（東京図書刊）より

タルトを盗んだ牧師さんは誰？

さて、アリスの次はアン。『赤毛のアン』が1908年に発表されたとき、当時73歳だったマーク・トゥエインは、「アンはアリス以来の愉快で愛すべき存在」という賛辞をモンゴメリーに書き送った。『アリス』同様、『アン』シリーズにも、シェイクスピアをはじめ数多くの作品からの引用が見られる。では、13歳の誕生日を迎えたアンのおしゃべりを聞いてみよう。

Mrs. Lynde says she once heard a minister confess that when he was a boy **he stole a strawberry tart** out of his aunt's pantry and she never had any respect for that minister again. Now, I wouldn't have felt that way. I'd have thought that it was real noble of him to confess it.

「子供のとき、伯母の台所の戸棚からイチゴのタルトを盗んだ」とある牧師が告白したのを聞き、それからその牧師を尊敬できなくなった、とリンドさんは言うの。でも私はそうは思わないわ。告白した牧師さんは本当に立派だと思うの。

「タルトを盗んだ」の部分が、マザーグースからの引用。モンゴメリーは、この作品を出した3年後に牧師ユーアンと結婚することになるが、タルトをつまみ食いした牧師とは、ひょっとしたら当時婚約者だったユーアンのことなのかもしれない。

ダイアナ妃は「ハートの女王」

イギリスのダイアナ元皇太子妃が亡くなったのも、「ある夏の日」であった。1997年9月6日にとり行われた葬儀の模様を伝える記事（CNN）に、この唄が引用されていた。

With a special song, a brother's anguish, and pomp and circumstance befitting a princess, Britain bade a solemn farewell to its ***"queen of hearts"*** Saturday as millions watched worldwide.

彼女に捧げる歌が歌われ、弟スペンサー伯の深い悲しみの中、皇太子妃にふさわしい荘厳な儀式が土曜日にとりおこなわれた。イギリス国民は「ハートの女王」に厳かに別れを告げ、世界中で何百万もの人が葬儀を見守った。

この記事では、夏に亡くなったダイアナ元妃をタルト（命）を盗まれたハートの女王に見立てている。「ハートの女王」は、もちろんキャロル創作の「意地悪な女王」ではなく、慈善活動に熱心であった愛情深い妃、世界中の人々の心に残る妃、といった意味合いなのである。

There was a crooked man

There was a crooked man,
    and he walked a crooked mile.
He found a crooked sixpence
    against a crooked stile.
He bought a crooked cat,
    which caught a crooked mouse.
And they all lived together
    in a little crooked house.

  まがった男が　まがった１マイルを歩いて
  まがった６ペンスを　まがった踏み段で見つけて
  まがった猫を買い　猫はまがったねずみを捕まえ
  まがった小さなおうちで　一緒に暮らしました

まがった男って？

　不気味な雰囲気を持つ唄で、crooked [krúkid] という言葉が７回も繰り返されている。crooked man の訳も、「ひねくれおとこ」（谷川俊太郎）、「背骨まがり」

【語句】**against**「〜に寄りかかった」。　　**stile**「踏み越し段」。牧場の柵に設ける踏み板で、人間だけが越せて家畜は通れないようになっている。

（北原白秋）、「つむじまがり」（竹久夢二）、「いびつな男」（寺山修司）、「まがまが男」（和田誠）、「クネッタ男」（石坂浩二）などさまざまであるが、「外見だけでなく性格も曲がった」と解釈した訳が多いようだ。

　もちろん、かのアガサ・クリスティーも、この唄を引用している。『ねじれた家』 Crooked House (1949)は、ねじれた家でねじれた根性の老人が殺される…という内容であった。ホームズ・シリーズにも、『背の曲がった男』 The Crooked Man という作品があるが、この唄を意識して付けたタイトルかどうかは、不明である。

　オーストラリアのゴールドコーストには、その名も、Crooked House という名物レストランがある。「ラクダ、バッファロー、ワニ、カンガルーの肉の取り合わせ」がおすすめ料理だ。また、ディズニーランドのトゥーンタウンにも、crooked house らしき家がある。柱も屋根も煙突も、すべてがねじ曲がった「グーフィーのはずむ家」である。

『MOTHER GOOSE The Old Nursery Rhymes』（ほるぷ出版刊）より

「まがった6ペンス」は必ず誰かに拾われる

　ビアトリクス・ポターの『2ひきのわるいねずみのおはなし』(1904)にも、「曲がった6ペンス」が出てくる。人形の家にもぐり込んだ2匹のいたずらねずみが、家の中をめちゃくちゃにする…といった内容なのだが、さすがは、ポター。最後には、ちゃんといたずらのあがないをさせ、2匹を悪者のままで物語を終わらせてはいない。

> 　They were not so very very naughty after all, because Tom Thumb paid for everything he broke. **He found a crooked sixpence** under the hearthrug.
> 　とはいっても、2匹がとても悪かったというわけではないんです。なぜなら、トム・サムは、自分が壊したものを全部、お金で返したからなんです。トムは暖炉前の敷物の下で、曲がった6ペンス硬貨を見つけました。

　その後、2匹のねずみは、拾った6ペンスを人形の家のクリスマスの靴下に忍ばせるのだが、この「曲がった6ペンス」のくだりが、今回の唄からの引用であった。
　ピーターラビット・シリーズを訳した石井桃子氏は、「曲がった6ペンスが、必ずだれかに拾われるのは、なぜなのだろう」と疑問に思い、ポター研究家のリンダー氏に、「なぜ『6ペンス』で、なぜ『曲がって』いるのでしょう？」と尋ねている。そのときのリンダー氏の答は、もちろんこのマザーグース。英語圏の人にとって、crooked と sixpence は、切っても切れない仲なのである。
　ちなみに、この物語の人形の家は、ポターの編集者ノーマン・ウォーンが姪にプレゼントした家をモデルにしている。この作品が出版された翌年、ポターは、ノーマンから手紙でプロポーズされ、両親の大反対にもかかわらず、その申し出を受ける。しかし、婚約から1カ月もたたないうちに、ノーマンは白血病で急死してしまうのであった。

唄で「ひねくれた自分」を表現

　この唄は、映画にも顔を出している。まず、タイトルに使われている例を紹介しよう。『**ねじれた道**』"Walk a Crooked Mile"（1948. US）は、秘密情報部員が、アメリカの原子力の秘密をソ連側に漏らそうとするスパイを探しまわる、という内容。'walk a crooked mile' には「悪の道を歩む」といった意味もあるので、スパイのことを指しているのかもしれない。また、「苦労してスパイを探し回る」という意味も掛けているのだろう。

　次に、映画の中での引用を2つ。『**続・ある愛の詩**』"Oliver's Story"（1978. US）では、ライアン・オニール扮するオリバーが、アーサー・ラッカムのマザーグース絵本の「まがった男」のページをそのまま読み上げている。そのとき、画面には、203ページに掲載したラッカムのイラストが大きく映し出される。恋人を亡くして悶々とするオリバーは、自分を「まがった男」に重ね合わせているかのようであった。

　一方、『**Oh！ ベルーシ絶体絶命**』"Continental Divide"（1981. US）でも、背中を痛めた新聞記者に扮したベルーシが、背中を曲げ、杖をついてよろよろ歩きながら、この唄をつぶやいている。唄の途中、'He bought a crooked cat' のくだりで、山猫が小屋に入って来たのも、唄どおりであった。

　英語圏では、一部を除いて、マザーグースは歌われるより、唱えられることのほうが多いが、今回の唄も、どちらの映画の中でも、節をつけずに口ずさまれていた。しかし、crooked の解釈は、両者で異なっている。『Oh! ベルーシ絶体絶命』では、単に「背中が曲がった」自分の姿からの連想であったが、『続・ある愛の詩』では、唄を使って「ひねくれた」自分の内面をうまく表現していた。

There was an old woman who lived in a shoe

There was an old woman who lived in a shoe,
She had so many children she didn't know what to do;
She gave them some broth without any bread;
She whipped them all soundly and put them to bed.

お靴にすんでた　おばあさん
子供　多くて　てんてこまい
パンをやらずに　スープだけ
むちでうっては　ベッドにいれた

靴の中に住んでいたのは誰？

　靴に住んでいたのは、いったいどんなおばあさんだったのだろう。おばあさんがものすごく小さかったのか、それとも、靴がよほど大きかったのか…。
　アメリカでは、児童公園や遊園地などで、よく大きな靴の滑り台を目にする。たとえば、ロサンゼルスのユニバーサル・スタジオには靴の家の遊具があって、おおぜいの子供たちが楽しそうに遊んでいた。これなどは、「人間が入れるほど大きな靴だった」という解釈であろう。

【語句】broth「(肉や魚肉の)薄いスープ」。　whip「むち打つ」。(参) whipping cream ホイップ・クリーム　soundly「こっぴどく」。(参) a sound beating したたかに殴ること

一方、ビアトリクス・ポターは「靴の中には、ネズミのおばあさんが住んでいた」と考えたようだ。では、『アプリイ・ダプリイのわらべうた』(1917)を読んでみよう。

You know the old woman who lived in a shoe? And had so many children she didn't know what to do? I think if she lived in a little shoe-house—That little old woman was surely a mouse!
お靴に住んでたおばあさんのお話しってる？子供が多くてどうしたらいいかわからなかったんだよ。小さなお靴に住んでいたんだから、きっと、おばあさんはネズミだったんだ。

「小さな靴に住んでいたのだから、おばあさんはネズミだったに違いない」とは、いかにも小動物好きのポターらしい解釈だ。実際、ネズミは唄のおばあさんのように子だくさん。ポターの靴の絵にも、9匹のかわいい小ネズミが描かれていたのである。

ポピンズもマザーグースがお好き

一方、P.L.トラバースの『とびらをあけるメアリー・ポピンズ』(1943)第7章「末永く幸せに」にも、この唄が出てくる。この章のストーリーは、大晦日の12時の鐘が鳴るとき、古い年と新しい年のあいだに隙間ができ、その隙間で永遠の敵同士が許しあうというもの。「ライオンとユニコーン」「ハートの女王とジャック」「マフェットちゃんとクモ」「3匹の盲目ネズミとおかみさん」といった唄の中で対立している者同士も、この日は隙間で仲良くダンスしていた。そして、靴のおばあさんも、今夜だけはいつもと違って、子供たちに優しく接していたようだ。

She was pulling along an enormous Shoe, full of laughing boys and girls. "Oh, so nicely!" cried the Old Woman gaily. "I haven't used my whip once!"
おばあさんは、とても大きな靴を引っぱっていた。その靴は、笑っている男の子や女の子でいっぱいだった。「ええ、とてもいい子にしているよ！」とおばあさんが陽気に叫んだ。「だからむちを1度も使っていないのさ！」

トラバースがこの作品を書いたのは、第2次世界大戦さなかの1943年。大戦の

終結を強く願っていたからこそ、あえて「永遠の敵同士の和解」というテーマを選んだのではなかろうか。

「マザーグース殺人事件」

さて、ミステリーでも、もちろんこの唄が引用されている。まずは「童謡殺人もの」の本家、ヴァン・ダインの**『僧正殺人事件』**(1929)を見てみよう。これは江戸川乱歩が絶賛した作品で、彼のお気に入りミステリーの第3位となっている。乱歩はこの作品の魅力を、「童謡と殺人の組み合わせによる凄惨なるユーモア」と、みごとに言い当てている。ヴァン・ダインは、最初この作品を *Mother Goose Murder Case* というタイトルで発表するつもりだった。しかし、出版社が「子供向けの本と誤解されたら困る」とクレームをつけたため、現在のタイトルになったという。

さて、まず第1章で、胸に矢を突き立てられたロビン氏の死体が弓道場で発見される。これが第1の殺人。「誰が殺したコック・ロビン」そのままの事件である。その後、第2の殺人事件が「小さな男」、第3が「ハンプティ・ダンプティ」、第4が「ジャックが建てた家」、そして誘拐事件が「マフェットお嬢ちゃん」と、それぞれの唄の歌詞をなぞるようにして事件が起きる。

これ以外にも、「ジャック・ホーナー」「ジャック・スプラット」そして、今回の「靴に住むおばあさん」など、作品全体の中で計9つのマザーグースが引用されている。無邪気で、残酷で、どこか謎めいたところのあるマザーグースが、ミステリーの不気味さと恐怖感を高めているのだ。

確かにこれは、『マザーグース殺人事件』ともいうべき作品だ。英米でマザーグースを扱ったミステ

『OUR OLD FAVORITES』（ほるぷ出版刊）より

リーが盛んに書かれたのは、1920年代から50年代にかけてであったが、童謡の歌詞に見立てた犯罪が起きるという「童謡殺人」は『僧正殺人事件』が最初であった。そして、この作品以降、マザーグースはミステリーの中で本格的に引用されるようになったのである。

靴会社のおばあさん社長

　一方、エラリイ・クイーンも、この唄をモチーフにしてミステリーを書いている。『**靴に棲む老婆**』 There Was An Old Woman (1943) である。これは、靴会社の社長宅を舞台としたミステリーで、靴工場のストライキを皮肉った漫画には、次のような文句が添えられていた。

> **"There Was an Old Woman Who Lived in a Shoe, She Had So Many Children** She Couldn't Pay Her Workers a Living Wage.*"*
> 「お靴に住んでたおばあさん、子供が多すぎ、職工に給金を払えなかった」

　この靴会社の社長は70歳のおばあさん。子供が6人いたところも、まさに唄どおりであった。
　先ほどの『僧正殺人事件』同様、このミステリーでもたくさんのマザーグースが引用されていて、「小さな男」「そして誰もいなくなった」「コック・ロビン」「6ペンスのうた」「ハンプティ・ダンプティ」などの唄が顔を出していた。
　また、各章の見出しまでマザーグースからの引用となっていて、たとえば、第24章の 'The Queen was in the parlor' は、「6ペンスのうた」の女王とクイーン探偵とをかけたうまいタイトルであった。

　英語圏では、靴には「豊饒」のイメージがあって、靴に住むおばあさんが子だくさんなのも、ここからきている。だから、新婚旅行に出かける車の後ろに靴をぶらさげたりしたのも、子孫繁栄を願ってのことらしい。ただし現在では、靴ではなく空き缶をぶらさげることのほうが多いようだ。

Thirty days hath September

Thirty days hath September,
April, June, and November;
All the rest have thirty-one,
Excepting February alone,
And that has twenty-eight days clear
And twenty-nine in each leap year.

30日あるのは9月と
　　4月　6月と11月
のこりの月は　みんな31日
　　2月だけはべつ
ふつうは　28日で
　　うるう年には　29日

『OUR OLD FAVORITES』
〈ほるぷ出版刊〉より

ニシムク　サムライ

英語圏の子供たちは、1ヶ月の日数を覚えるときに、この唄を唱える。これは、とてもよく知られている暗記唄（mnemonic rhyme）なのだが、日本の「ニシム

【語句】**hath**　hasの古い言い方。現在は、主に詩の中で使われる。　　**Thirty days hath September** =September has thirty days　　**clear**「まったくの」。(参) a clear month まる1ヶ月　　**leap year**「うるう年」。(参) the leap-year day 2月29日

Mother Goose
210

ク、サムライ」に比べると、かなり長い感じがする。

　さて、暗記法といえば、五大湖（Huron, Ontario, Michigan, Erie, Superior）の名前を覚えるときに、頭文字の 'HOMES' をキーワードにして覚えたりするのも、記憶術（mnemonics）の一種であろう。イギリスの王室の順序を No plan like yours to study history wisely を使って覚える子供もいる。それぞれの単語の頭文字が、イギリス王室（Norman, Plantagenet, Lancaster, York, Tudor, Stuart, Hanover, Windsor）の頭文字と一致している、というわけだ。

　他にも、コロンブスの西インド諸島到着（1492年）を
　　　　　Columbus sailed the ocean blue,
　　　　　In fourteen hundred and ninety-two,
ロンドン大火（1666年）を
　　　　　In sixteen hundred and sixty-six,
　　　　　London burnt like rotten sticks.
というように、韻を使って覚えたりするが、「イヨッ！クニ見えたぞ、コロンブス」といった日本式語呂合わせの方が、ずっと短い。1つの数字を何通りにも読むことが可能な日本語の方が、どうも語呂合わせには向いているようだ。

暗記唄で言い訳

　今回の暗記唄は、ディズニー映画『**不思議の国のアリス**』"Alice in Wonderland"（1951. US）でも引用されている。それでは、いかれ帽子屋と3月うさぎのティーパーティーの場面を見てみよう。

HATTER ： This is an un-birthday party.
これはなんでもない日のパーティーなんだよ。

ALICE ： Un-birthday? Why, I'm sorry, but I don't quite understand.
なんでもない日？　ごめんなさい、よくわからないわ。

MARCH HARE ： It's very simple. Now, ***thirty days hath Sep...*** No. Well, an un-birthday if you have a birthday then you...
とっても簡単さ。9月は30日…いやつまり、なんでもない日は誕生日でない日だから…。

3月うさぎは暗記唄を使って「なんでもない日」を説明しようとしている。もちろん、この唄では説明不可能なので、すぐやめてしまっているが。なお、原作ではこの唄は引用されていない。

一方、わんぱく少年の冒険を描いたコメディ『**ちびっこギャング**』"The Little Rascals"(1994. US)にも、この唄がでてくる。気弱な少年アルファルファが、いじめっ子ブッチに声をかける場面である。

ALFALFA : Hiya, Butch.
やあ、ブッチ。
BUTCH : Shut up! When's the last time we beat you up?
だまれ。この前、おまえをなぐったのはいつだっけ。
ALFALFA : Let's see. Today's the 10th. **Thirty days hath September, April, June, and November.** It's not a leap year. Y...Yesterday.
えっと…。今日は10日。30日あるのは9月と4月と6月と11月。今年はうるう年じゃないから…昨日だ。

アルファルファは、時間稼ぎにこの唄を唱えているのだが、結局、ブッチになぐられてしまうのであった。

ラフカディオ・ハーンふたたび

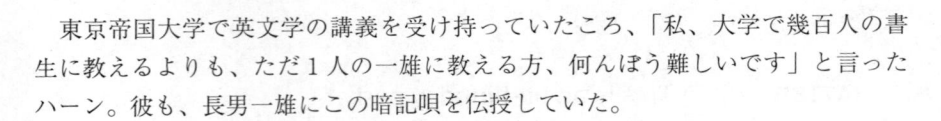

東京帝国大学で英文学の講義を受け持っていたころ、「私、大学で幾百人の書生に教えるよりも、ただ1人の一雄に教える方、何んぼう難しいです」と言ったハーン。彼も、長男一雄にこの暗記唄を伝授していた。

There are twelve months in a year. There are four weeks in a month. There is a poem about the days of the months. You must learn that poem by heart. This is the poem:
Thirty days hath September,
April, June, and November,
All the rest have thirty-one –
February twenty-eight alone.

Thirty days hath September

　1年には12ヶ月、1ヶ月には4週間あります。1ヶ月に何日あるかについて述べた詩があります。この詩を暗記しなさい。
　　　30日あるのは9月と4月、6月と11月
　　　のこりの月は、みんな31日で、2月だけ28日

　ハーンが教えた暗記唄は、うるう年を省いたバージョンで、こちらの方が短くて覚えやすそうだ。ハーンは長男一雄が5歳になったころから、筆で新聞紙にアルファベットを1つずつ書いて覚えさせた。どれほど忙しくても、出勤前に必ず1時間、毎日かかさず教えたらしい。使った古新聞は、そのほとんどが *The Japan Gazette*。当時の邦字新聞は紙質が悪かったため、この新聞を選んだらしい。

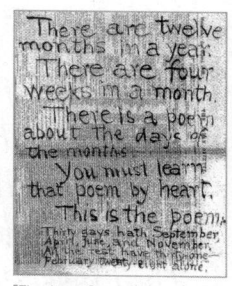

『The Japan Gazette』(Aug. 2, 1899)に書かれたハーン手書きの暗記唄

　ハーンが息子のために古新聞に書いた手製の教科書は、半年で袋戸棚いっぱいになった。それは新聞の日付にして124日分、紙面にしておよそ200ページにも及んだ。明治31年の夏に鵠沼へ行ったときにも、この新聞の束を鞄にいっぱい詰め込んで持って行ったというが、さぞかし重かったことだろう。

　この古新聞を利用した英語練習帳は、松江にある小泉八雲記念館で常設展示されており、ハーン来日100年を記念して、1990年に『小泉八雲父子英語練習帳』として出版された。ハーンが100年前にどういう順序で英語を教えたかが手に取るようにわかり、興味深い。

　ハーンは息子に英語を教えるとき、とても厳しく接した。誤った発音をしたり、忘れている箇所が多かったりすると、「何んぽう駄目の子供！」と怒鳴り、平手でほおを2、3発たたいた。一雄はのちに、「私は出来の悪かった時の方が多く、泣かずに無事勉強時間を了えることはまずようやく1割強くらいのところでしたろう」（『父「八雲」を憶う』）と語っている。

　このように、ハーンは英語を教え続け、一雄が11歳になる2ヶ月前に54歳で亡くなった。自分の命がそれほど長くないと知っていたのだろうか、息子に「速く学ぶ下され、時待つないです。パパの命待つないです」とよく語ったという。明治23年、40歳のときに来日してから、わずか14年間だったが、ハーンは日本を愛し、マザーグースを使って、自分の子供に英語を教えたのであった。

Mother Goose
213

This is the house that Jack built

This is the farmer sowing his corn,
That kept the cock that crowed in the morn,
That waked the priest all shaven and shorn,
That married the man all tattered and torn,
That kissed the maiden all forlorn,
That milked the cow with the crumpled horn,
That tossed the dog,
That worried the cat,
That killed the rat,
That ate the malt
That lay in the house that Jack built.

これはジャックが建てた家に
　　　置かれたモルトを
食べたネズミを
　　　殺した猫を
いじめた犬を
　　　突き上げた角曲がり牛の
乳をしぼったひとりぼっちの乙女に
　　　キスしたボロをまとった男を
結婚させたつるつる頭の牧師に
　　　朝のときを告げて起こした雄鶏を
飼う麦まきのお百姓さん

This is the house that Jack built

どんどん増えていく積み重ね唄

　積み重ね唄の中でも、もっとも有名な唄である。
第1連は This is the house that Jack built. の1行だけなのだが、
第2連：This is the malt
　　　　That lay in the house that Jack built.
第3連：This is the rat,
　　　　That ate the malt
　　　　That lay in the house that Jack built.
というようにどんどん増えていき、最終連では11行にもなっている。間違えないように言うだけでも大変だが、語尾がきれいに韻を踏んでいてリズムがいいので、意外と口ずさみやすい。

　もちろん引用も多く、たとえば、エド・マクベインは『ジャックが建てた家』 *The House That Jack Built*（1988）というミステリーを書いているし、かのアガサ・クリスティーも、記念すべきデビュー作『スタイルズ荘の怪事件』（1920）でこの唄を引用している。また、『大草原の小さな家』シリーズ第3話の『プラム・クリークの土手で』で、かあさんがローラに教えてくれたのも、この唄だった。どんどん積み重なっていく長い唄は、猛吹雪の日の暇つぶしにぴったりなのであった。

「ベーブ・ルースが建てた家」

　一方、新聞などの見出しにも 'The House That Someone Built' というフレーズがときどき出てくるが、もちろん、これも唄のもじりである。たとえば、*Time*（April 26, 1993）の 'The House Jacques Built' は、ジャック頭取とその銀行の関係を如実に言い当てていたし、*Daily Yomiuri*（April 17, 1986）の 'The House That Jill Built' は、女性建築家の紹介記事にぴったりの小見出しであった。

　また、*USA Today*（July 13, 1990）には、次のような記事があった。

> People make pilgrimages exclusively to see **"The House that Ruth Built."**

　「ベーブ・ルースが建てた家」を見るために、人々はぞろぞろと出かけて行く。

この「ルースが建てた家」とは、ニューヨークのブロンクスにあるヤンキースタジアムのこと。1923年4月18日のスタジアム初試合で、ルースがホームランを打ったときに、野球評論家のフレッド・リーブが 'The House That Ruth Built' と形容したのが、そのはじまりである。実際、ルースのホームランを見物に来る人でいつも満員だったヤンキースタジアムは、文字通り、「ルースが建てた家」なのであった。

People In The Spotlight
Masako Hayashi (1)
The House That Jill Built
By Tsuneko Ogawa

In Edogawa-ku, Tokyo, where you see rows of factories, there stands the house Jill built. Jill, in this case, is architect Masako Hayashi.

The concrete walls surrounding the house blend into the neighboring structures so easily that you almost pass the house by. Yet, the moment you step into the gates, you come across an unexpected kind of space.

The ceiling is high and vast, one which you can stare

THE ARCHITECT oversees her ideas becoming reality.

『Daily Yomiuri』（Apr.17.1986）より

長すぎて全部思い出せない

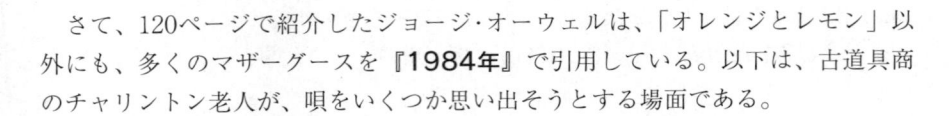

　さて、120ページで紹介したジョージ・オーウェルは、「オレンジとレモン」以外にも、多くのマザーグースを『1984年』で引用している。以下は、古道具商のチャリントン老人が、唄をいくつか思い出そうとする場面である。

> He had dragged out from the corners of his memory some more fragments of forgotten rhymes. There was one about four-and-

twenty blackbirds, and another about **a cow with a crumpled horn,** and another about the death of poor Cock Robin.
<small>彼は記憶の片隅から、忘れられた唄の断片をさらにいくつか引き出してきた。「24羽のクロツグミ」や「角曲がり牛」や「哀れなコマドリの死」といった童謡の1節であった。</small>

ここに出てくるマザーグースは3つ。順に「6ペンスのうた」、今回の「ジャックが建てた家」、そして「誰が殺したコック・ロビン」である。いずれもかなり長い唄なので、老人は一部しか思い出せなかったようだ。

ディケンズもマザーグースがお好き

また、チャールズ・ディケンズの『荒涼館』(1852-3)でも、この唄が引用されていた。以下は、第61章で、スキムポールが子供を警察に引き渡した言い訳を述べる場面である。

The boy being in bed, a man arrives —like the house that Jack built. Here is the man who demands the boy who is received into the house and put to bed in a state that I strongly object to.
<small>子供が寝ているあいだに、1人の男がやってくる―ちょうど「ジャックが建てた家」の唄のようさ。僕のひどく気に入らぬ状態で荒涼館に入れられ寝かせられた子供を、引き渡せという男だ。</small>

ここでは、「積み重ね唄のように文が重なっている」という意味で引用されているが、もし今回の唄を知らなかったら、「なぜここで突然ジャックが出てくるのか？」と悩むことになるだろう。

ディケンズは『デイヴィッド・コパーフィールド』『二都物語』『大いなる遺産』などの作品の中で、数多くのマザーグースを引用している。今回用例を紹介した『荒涼館』だけでも10編、全作品でのべ100編近くも引用しているということだ。ディケンズやオーウェルを理解しようとするとき、マザーグースの知識は不可欠なのである。

This little pig went to market

This little pig went to market,
   This little pig stayed at home,
This little pig had roast beef,
   This little pig had none,
And this little pig cried, Wee-wee-wee-wee-wee,
   I can't find my way home.

　　　このこぶた　いちば
　　　　　このこぶた　おうち
　　　このこぶた　ローストビーフたべた
　　　　　このこぶた　なんにもたべなかった
　　　このこぶた　なきました　ウィーウィー
　　　　　「おうちへのみち　わすれちゃったよぉ」

『MOTHER GOOSE The Old Nursery Rhymes』（ほるぷ出版刊）より

Mother Goose
218

5本の指をこぶたに見立てた遊び唄

　非常に人気のある足指遊び唄で、親指から順につまみながら小指までいき、最後の行で足の裏をくすぐる、という遊び方をする。生まれてわずか数ヶ月の赤ちゃんの指をくすぐりながら歌ったりする。この唄は、子守唄とならんで赤ちゃんが最初に聞くマザーグースのうちの1つなのである。なお、アメリカでは、pigは piggy、2行目の stayed at home は stayed home と歌われ、最終行も 'All the way home' となっていることの方が多いようだ。

　この遊び唄が、スティーブン・セガールの『沈黙の戦艦』"Under Siege"（1992. US）に顔を出している。元秘密戦闘要員の料理人がテロリスト相手に大暴れするアクション映画で、セガールに対する悪役ウィリアムを、93年の『逃亡者』でアカデミー助演男優賞を受賞したトミー・リー・ジョーンズが好演している。

　太平洋航海中の戦艦ミズーリ号がテロリストによって乗っ取られ、セガール扮する料理人が捨て身の戦いを挑む。映画の後半、テロリストのウィリアムは追いつめられてやけくそになり、ついに核弾頭を積んだトマホークミサイル発射のスイッチを入れる。

WILLIAM : *This little piggy went to market. This little piggy stayed home. And this little piggy... oh, mama. Oh, mama! Wee-wee-wee-wee-wee! All the way home.* Happy trails!
このこぶたは市場へ行きました。このこぶたはお家に残りました。このこぶたは…いいぞ。いいぞ。お家へ帰るあいだずっとウィーウィーと泣きました。よい旅をどうぞ！

　スイッチを順に入れていくときに、指を順につまんでいくこの唄を連想したのだろう。アメリカ本土（home）を目指して飛んで行くのは、可愛いこぶたではなく核ミサイルなのであった。

ポターはマザーグースがお好き

　『ピーター・ラビット』シリーズは両手におさまるほどの小さな本。イギリス湖水地方の美しい景色を背景にして、動物たちの物語が生き生きと語られている。ビアトリクス・ポターのデッサンは正確で写実的であり、動物たちが服を着て歩いていたらこういう様子になるに違いない、と思わせるものがある。

　ポターはマザーグースを数多く引用している。たとえば、『りすのナトキンのおはなし』(1903)には、ハンプティ・ダンプティをはじめ合計9編のなぞなぞ唄が登場している。マザーグースを集めた『アプリイ・ダプリイのわらべ唄』(1917)と『セシリ・パセリのわらべ唄』(1922)も出している。また、『グロースターの仕たて屋』(1903)や『のねずみチュウチュウおくさんのおはなし』(1910)などでも数多くの引用があるのだ。

　さて、シリーズでブタを主人公にした物語は、『こぶたのピグリン・ブランドのおはなし』(1913)と『こぶたのロビンソンのおはなし』(1930)の2編。そのどちらにも、今回の唄が出てくる。ブタが主人公の物語にブタを歌ったマザーグースが顔を出すのは、当然と言ってよいだろう。では、その『こぶたのピグリン・ブランドのおはなし』を読んでみよう。ピグリンと弟アレクサンサーが、市へ行く途中に声をそろえて歌うのがこの唄である。

　　He danced about and pinched his brother, singing
　　　"**This little pig went to market,**
　　　This little pig stayed at home,
　　　This little pig had a bit of meat—
　　Let's see what they have given us for dinner, Pigling?"
　　アレクサンダーは、おどりまわりながら　ピグリンをつねって　うたいました。
　　　「このぶた　市へ　いきました
　　　このぶた　いえで　おるすばん
　　　このぶた　にくを　たべました—
　　ねえ　にいちゃん、べんとうに　なにがはいってるか　見てみようよ」（まさきるりこ訳）

　このあと、道に迷ったピグリンはお百姓さんに捕まり、ピグ・ウィグという雌の子ブタに出会う。そして2匹は一緒に「丘の向こうはるかかなた」へ逃げて行く。ちなみに、この Pig-wig と Over the hills and far away も、それぞれ別の

マザーグースからの引用である。(232ページ参照)

　ところで、ポーターの他の作品では、冒険のあと主人公たちはたいてい、元の家、元の世界へと帰って行くが、この作品だけは「丘の向こうはるかかなた」へ行ってしまい元の世界へ帰ってこない。それは何故であろうか？

　この本は、ポーターが47歳で弁護士のヒーリス氏と結婚した直後に出版された。つまり「丘の向こうはるかかなた」の世界は、それまでの絵本創作の世界ではなく、結婚後に専念した牧羊業の世界を表していると考えられる。両親は結婚に反対していたが、ポーターはその反対を押し切って結婚にふみきる。ピグリンと恋人が「丘の向こうはるかかなた」へ旅立つ姿に、ポーターとヒーリス氏が重なって見えるような気がする。「はるかかなた」の世界は、ポーターにとっては、両親から自立した世界の象徴でもあったようだ。

遺言でナショナル・トラストに寄付

　16歳のとき、初めて湖水地方を訪れたポーターは、その美しさに魅せられ、39歳でヒルトップ農場を購入。その後、結婚を機会にロンドンの屋敷を売り払い、湖水地方に移り住み、羊の飼育に情熱を注いだ。ポーターの父はナショナル・トラストの終身会員第1号であったが、ポーターも絵本の収益で次々と湖水地方の土地を買い、ナショナル・トラストに寄付した。

　ポーターは、1943年に77歳で亡くなるが、その遺言で4300エーカー（野球場1600個分に相当）の土地をナショナル・トラストに寄付した。今から100年も前に描かれた『ピーター・ラビット』の絵本と同じ景色を今も見ることができるのは、ポーターの自然保護に対する強い意志のおかげなのである。現在では、ナショナル・トラストは湖水地方の3分の1以上の土地を保有しており、民間では英国最大の土地所有者となっている。

　マザーグースは、さまざまなところで引用されている。アクション映画での引用、そしてポーターの絵本での引用。引用のされ方に違いはあるが、マザーグースは英語圏の人々の生活に深く関わっているのである。

Three blind mice

Three blind mice, see how they run!
They all run after the farmer's wife,
Who cut off their tails with a carving knife,
Did you ever see such a thing in your life,
As three blind mice?

3匹の盲目ネズミ　走りっぷりをみろよ
農家のおかみさんを　おっかけた
おかみさん　肉切り包丁で　しっぽ切り落とした
こんなこと　みたこと　あるかい
3匹の盲目ネズミ

『BABY'S OPERA』（ほるぷ出版刊）より

ローラも歌った輪唱唄

　この唄は輪唱唄として有名で、小学校の音楽の時間には、必ずといっていいほど歌われている。明るく楽しいメロディで親しまれているのだが、歌われている内容は、けっこう残酷。盲目ネズミに追いかけられたおかみさんが、お返しにしっぽを切り落とす、というのだから。

　しかし、このようにかなり残酷な内容であるにもかかわらず、子供たちには大人気のようで、『大草原の小さな家』シリーズでも、何度か歌われている。では、『この楽しき日々』(1943)で、ローラたちが学校で輪唱する場面を読んでみよう。

> Then they sang rounds. **'Three blind mice, see how they run...'** The basses chased the tenors that chased the altos that chased the sopranos around and around until they were all lost and exhausted from laughing. It was such fun!
>
> それから、輪唱をした。「3匹の盲目ネズミ、走りっぷりをごらん…」バスがテノールを追いかけ、テノールがアルトを追いかけ、アルトがソプラノを追いかけ、ぐるぐる、ぐるぐる、みんなが笑い出して息をきらし、歌えなくなるまで続けて、本当に楽しかった。

　ローラは、幼いころから家族でこの唄を何度も輪唱していたので、クラスの誰よりも、長く歌い続けることができたらしい。

　また、名作映画『我が道を行く』"Going My Way"(1944.US)でも、ビング・クロスビー扮するオマリー神父が、不良少年を集めて作った聖歌隊にこの唄を輪唱させていた。子供なら誰でもこの唄を知っている、ということなのであろう。

ジョン・レノンセンス

　ビートルズも、ローラと同じように、この唄をかなり気に入っていたようだ。その証拠に、**「レディ・マドンナ」**(*Lady Madonna*)と**「僕はセイウチ」**(*I Am The Walrus*)の2曲で、今回の唄を引用している(181,176ページ参照)。

　ビートルズ(Beatles)という名前からして beat と beetles をかけた言葉遊びであるが、レノンの作詩した歌にも、ナンセンスな言葉遊びが多用されている。たとえば、さきほど紹介した「僕はセイウチ」には、今回の唄以外にも「ハンプ

ティ・ダンプティ」や「きらきら星」などが引用されている。だから、もしマザーグースを知らなければ、この歌を理解するのはとても難しいに違いない。

マザーグースは恐怖の小道具

さて、アガサ・クリスティーの『3匹の盲ネズミ』*Three blind mice*（1950）は、戦時中に里親に虐待された3姉弟の復讐を描いた話である。それでは、第1の殺人現場に残されたメッセージを読んでみよう。

> On it was written, This is the first. Below was a childish drawing of three mice and a bar of music. Kane whistled the tune softly. **'Three Blind Mice, See how they run―'**
> 紙切れには、「これが1匹目」と書いてあった。その下には、3匹のネズミを描いた子供っぽい絵と楽譜の1節が書かれていた。ケインは、そのメロディをそっと口笛で吹いてみた。「3匹の盲目ネズミ、走りっぷりをごらん」

犯人のメッセージは「3匹の盲目のネズミ」。犯人は、まるでネズミをいたぶる猫のように、1人、また1人と殺していくのだが、この唄を口笛やピアノで何度も繰り返すことによって、恐怖感を高めていた。

また、この唄を印象的に用いた映画といえば、『ドクター・ノオ』"Dr. No"（1962. US）であろう。ご存知ジェームズ・ボンドが活躍する007シリーズ第1弾で、当初『**007は殺しの番号**』というタイトルで公開された映画である。その冒頭、3人の盲目の乞食が杖をついて1列になって歩くときに、この唄が流れていた。ただし、3人は目が見えないふりをしているだけで、支局長を殺

『MOTHER GOOSE The Old Nursery Rhymes』
（ほるぷ出版刊）より

害したあとは、ちゃんと車を運転して逃げて行くのであった。

　他の映画では、目の不自由な人が危険にさらされる場面で、この唄が引用されていた。たとえば、マデリーン・ストウ主演の**『瞳が忘れない　ブリンク』**(1994.US)では、角膜移植で視力を取り戻した女性を殺人犯が付け狙うときに、この唄の口ずさんでいた。一方、ミッキー・ローク主演の**『死にゆく者への祈り』**(1987.UK)では、悪者が盲目の少女を追い回すときに、この唄を歌っていた。

　いずれの映画も、どこか残酷なところのあるこのマザーグースを用いて、恐怖感を高めることに成功していた。

「本当は恐ろしいマザーグース」

　マザーグースには、残酷で恐ろしい唄が数多く含まれている。中には、「お母さんが私を殺し、お父さんが私を食べている」という唄まであるのだから、驚きである。そのため、「残酷な唄を子供に与えてもいいのだろうか」という疑問の声も、過去、幾度となくあがっている。識者の中には、「マザーグースは粗野で下品で有害であるので、子供には読ますべきではない」と主張した人もいるぐらいである。

　このような見地から残酷な内容を子供向けに書き変えた選集は、現在にいたるまで数多く出版されている。たとえば、**『大人のための新しいわらべうた』**(1952)や**『マザーグースの新しい冒険』**(1993)では、今回の唄の Three blind mice は Three kind mice に、肉切り包丁で切るのは「しっぽ」ではなくネズミの大好物の「チーズ」に変えられている。しかしながら、残酷性を排除した唄は、大人の意に反して、子供にはあまり人気がないようである。

　品よく書き直された唄は、マザーグース本来のいきいきした魅力を失ってしまい、心を解放する役目を果たすことはできない。何世紀にもわたって伝承されてきたマザーグースは、昔話同様、小手先の改変を拒否しているのだ。

Tinker, Tailor, Soldier, Sailor

Tinker, Tailor,
    Soldier, Sailor,
Rich man, Poor man,
    Beggarman, Thief.

いかけや　したてや
　　へいたい　ふなのり
かねもち　びんぼう
　　こじき　どろぼう

Tinker,　　　Soldier,　　　Rich man,　　Beggar man,
　　Tailor,　　　Sailor,　　　Poor man,　　　　Thief.

『THE OXFORD NURSERY RHYME BOOK』
(OXFORD UNIVERSITY PRESS刊) より

Tinker, Tailor, Soldier, Sailor

イギリス版とアメリカ版

　子供たちがサクランボのタネやボタンを数えて占いをするときに唱える唄。男の子なら将来の自分の職業を、女の子なら結婚相手の職業を占うことになる。ただし、Tinker で始まる唄は、イギリスで主に歌われており、アメリカでは、

> Rich man, Poor man,
> 　　Beggarman, Thief,
> Doctor, Lawyer,
> 　　Merchant, Chief.

のほうが一般的。アメリカ版には、医者や弁護士といった現代的な職業が歌い込まれているようだ。
　そして、この唄を唱えて将来の結婚相手を占ったあと、
This year, next year, sometime, never.　（結婚の時期）
Gold, silver, copper, brass.　（結婚指輪の種類）
Big house, little house, pig sty, barn.　（将来の家）
などの言葉を続けて、いろいろ占ったりもするという。
　さて、今回の唄は、小説のタイトルにもなっていて、たとえば、英国作家ジョン・ル・カレの『ティンカー・テイラー・ソルジャー・スパイ』 Tinker, tailor, soldier, spy (1974)は、当然イギリス版からの引用。英国秘密諜報部にひそむソ連の二重スパイを探す、という内容で、スパイを疑われた5人の情報官の暗号名は、それぞれ、「鋳掛け屋」「仕立屋」「兵隊」「貧乏」「乞食」であった。
　また、アーウィン・ショーのベストセラー小説『富めるもの貧しきもの』 Rich Man, Poor Man (1970)も、この唄からの引用である。この小説は、米国ABCでテレビシリーズ化され、大いに人気を博した。日本でも、1979年にNHKで『リッチマン・プアマン』というタイトルで放映されたので、ご記憶の方も多いかもしれない。なお、『富めるもの貧しきもの』の続編は『乞うもの盗むもの』 Beggarman, Thief (1977)であったが、これは、今回の占い唄を知っている人にとっては、しごく当然なタイトルであろう。

大きくなったら何になる？

　この占い唄は、もちろん、タイトルだけでなく、小説の中でも引用されている。では、エラリー・クイーンの**『ダブル・ダブル』**(1950)を読んでみよう。

　ある日、犯罪研究家のエラリー・クイーンのもとに匿名の手紙が届いた。町で、「金持ち」と「貧乏人」が相次いで亡くなり、「乞食」が失踪したというのだ。その後、「泥棒」が殺され、この4つの死を関連づけて、クイーンは唄を口ずさむ。

> Here the fellow comes along and works out a child's jingle, a counting game of the young, a fortune-telling abracadabra.
> 'What are you going to be when you grow up, Junior? Tell your beads—I mean your buttons.' And Junior puts his chubby little finger on his shiny little buttons, and he pipes, **'Rich man, poor man, beggar-man, thief...'**
>
> 子供の語呂合わせ、子供の数え唄、将来を占うまじない唄を持ち出すんだから。「ぼうや、大きくなったら何になる？ビーズを、いや、ボタンを数えて当ててごらん」すると、ぼうやは、かわいい指をぴかぴかの小さなボタンにあてて歌う。『金持ち、貧乏、乞食、泥棒…』

　このミステリーは、いわゆる「童謡殺人もの」の1つであり、このあと、唄どおりに医者や弁護士が殺害されるのであった。なお、エラリー・クイーンは、マンフレッド・リーとフレデリック・ダネイという2人のいとこ同士の米国人作家の共同ペンネームであるが、と同時に、彼らの作品の登場人物の名前でもある。

クリストファー・ロビンの替え唄

　さて、『くまのプーさん』を書いたA.A.ミルンも、子供にこの占い唄を歌ってやったようだ。彼が子供向けに著した詩集**『いまわたしたちは6歳』**(1927)に、今回のマザーグースをもじった'Cherry Stones'という詩がある。イギリス人のミルンは、当然、イギリス版の占い唄をもじっている。

> *Tinker, Tailor, Soldier, Sailor,*
> *Rich man, Poor man, Ploughboy, Thief—*
> *And what about a Cowboy, Policeman, Jailer,*
> *Engine-driver, or Pirate Chief?*

Tinker, Tailor, Soldier, Sailor

> 鋳掛け屋、仕立屋、兵隊、船乗り。
> 金持ち、貧乏、農夫、泥棒。
> こんなのはどうだろう?カウボーイ、警官、看守
> 機関車の運転士、それとも、海賊の親分。

　詩は、このあと、まだまだ続いていて、手品師、ロケット製作者なども出てくる。カウボーイや海賊、運転士など、いろんな職業がでてくるところが、いかにも子供らしい発想の詩だ。なお、Cherry Stones という題がついているのは、サクランボのタネを数えながら占うことが多いからである。

スヌーピーも歌った?

　一方、スヌーピーやチャーリー・ブラウンが活躍する『ピーナッツ』の漫画では、当然のことながら、アメリカ版の唄が歌われていた。以下に紹介するのは、ルーシーが唄を口ずさみながら上手に縄跳びをする、という4コマ漫画である。
　まず、1コマ目で Rich man, poor man、2コマ目で Beggarman, thief、3コマ目で Doctor, lawyer と歌う。ここまではマザーグースどおりなのだが、4コマ目の職業は Lab technician, hair stylist, account executive, dental assistant と、急に現代的になっている。これではリズムも押韻もあったものではないが、そこがまた、ルーシーらしくておもしろい。このように、今回の唄は、タネやボタンを数えて占うだけでなく、縄跳び唄としても親しまれているようだ。

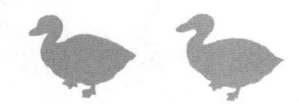

　マザーグースは、『ピーナッツ』の漫画の中に何度も顔を出している。スヌーピーを生み出したシュルツ氏は2000年2月12日に77歳で亡くなったが、スヌーピー、チャーリー・ブラウン、ルーシーといったキャラクターたちは、マザーグースと同様、これからも子供たちに長く愛され続けることだろう。

Tom, he was a piper's son

Tom, he was a piper's son,
　　He learnt to play when he was young,
And all the tune that he could play
　　Was, 'Over the hills and far away';
Over the hills and a great way off,
　　The wind shall blow my top-knot off.

トムは　笛吹きのむすこ
　　　小さいころ　笛をならった
でも　吹ける曲は　ただひとつ
　　　「丘を越えて　かなたへ」
丘を越えて　はるばると
　　　風が　わたしのリボンを吹き飛ばす

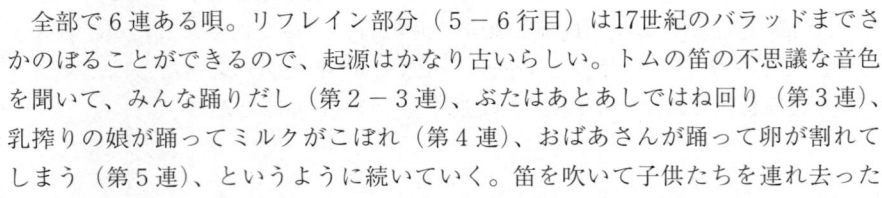

『THE OXFORD NURSERY RHYME BOOK』
(OXFORD UNIVERSITY PRESS刊) より

丘を越えて　かなたへ

　全部で6連ある唄。リフレイン部分（5－6行目）は17世紀のバラッドまでさかのぼることができるので、起源はかなり古いらしい。トムの笛の不思議な音色を聞いて、みんな踊りだし（第2－3連）、ぶたはあとあしではね回り（第3連）、乳搾りの娘が踊ってミルクがこぼれ（第4連）、おばあさんが踊って卵が割れてしまう（第5連）、というように続いていく。笛を吹いて子供たちを連れ去ったドイツ民話『ハーメルンの笛吹き』を連想させる唄であるが、こういった魔笛伝説は、アイルランドをはじめ、ヨーロッパ各地にみられるようだ。
　この唄の4行目の 'Over the hills and far away' は、頻出フレーズなので、ぜ

ひ覚えておきたい。たとえば、イギリスの桂冠詩人テニスンは、**The Day-Dream** (1842)で、このフレーズを引用しているし、『指輪物語』のトールキンも、**The Book of Lost Tales** (1984)で、'Over the Hills and Far Away'という詩を書いている。また、ロックグループのレッド・ツェッペリンも、同名の曲を書いている。

一方、小説では、マーク・トゥエインの『トム・ソーヤーの冒険』(1876)に、このフレーズが出てきている。以下は、トムが学校から駆け出してくる場面である。

Then Tom marched out of the house and *over the hills and far away,* to return to school no more that day.
トムは校舎を出て、丘の向こうへ行ってしまい、その日はもう、学校へは戻らなかった。

「トム」が主人公の物語だから「トム」が出てくるマザーグースの一節を意図的に引用した、というわけではないだろうが、トムは「丘を越えてかなたへ」行ってしまう。ここでは、あまりにもさらりと引用されているので、マザーグースを知っている人でも、この一節が唄からの引用だとは、気がつかないかもしれない。

テレタビーズでも

お次は、テレビ番組から。イギリス BBC の幼児向け番組「テレタビーズ」には、数多くのマザーグースが登場しているが、冒頭のナレーション、

***Over the hills and far away,* Teletubbies come to play.**
丘の向こうのそのまた向こう、テレタビーズのいるところ

が今回の唄からの引用。away と play で韻を踏んでいて、幼い子供たちが喜んで口にしそうなフレーズである。

この番組は、簡単に説明すれば、「紫、緑、黄、赤色の４人のテレタビーズが無邪気に遊ぶ」という内容なのだが、彼らの住むタビーランドが Over the hills and far away にあるというのは、いかにもマザーグースの国イギリスらしい設定ではないか。

「丘のむこう」の世界へ逃亡

　220ページで、ビアトリクス・ポターの『こぶたのピグリン・ブランドのおはなし』(1913)を紹介したが、今回の唄も、この物語の中で重要な位置を占めている。では、ピグリンと弟ぶたが歌う唄を聞いてみよう。

> "Tom, Tom, the piper's son,
> stole a pig and away he ran!
> But **all the tune that he could play
> was 'Over the hills and far away'!**"
>
> 「トム、トム、笛吹きのむすこ。ぶたを盗んで逃げちゃった。吹ける曲はただひとつ『丘を越えてかなたへ』」

　ピグリンたちが歌った唄は、実は、2つのマザーグースが合体したもの。最初の2行が、

> Tom, Tom, the piper's son,
> Stole a pig and away he ran;
> The pig was eat
> And Tom was beat,
> And Tom went howling down the street.

という別のマザーグースからの引用で、あとの2行が今回の唄からの引用なのであった。

　今回の唄の出だしを上記の唄と混同したものは多いが、ポターのように2行目まで混同したものは、珍しい。マザーグース好きのポターが、唄を間違えて覚えていたとは、私にはどうしても信じられない。ひょっとすると、「ぶたを盗む」というモチーフを物語の中で使うために、ポターは、2つの唄を意図的に合体させたのではないだろうか。

　現に、ポターは、物語の後半で、今回の唄の2番を、多少語句は違うが、ほぼ完全に引用している。この唄の2番まで知っているポターが、よく知られている1番の歌詞を間違えて覚えているはずがない、というのが上記の説の根拠である。

　実際、物語の中盤では、ポターが創作した唄の前半どおりに、笛吹きの息子ト

ム（Peter Thomas Piperson）がピグリンを捕らえ、物語の後半では、創作唄の後半どおりに、ピグリンとその恋人が「丘を越えてかなたへ」逃げて行っている。

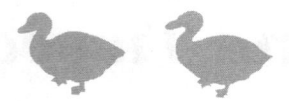

　マザーグースには、ただ朗読するだけの唄も多いのだが、今回の唄には、とても美しいメロディがついているので、ぜひテープやCDなどを聞いていただきたい。北星堂の**『マザー・グース童謡集』**（980円）付属のカセット（Caedmon 2580円）は、表情豊かな歌や朗読が収録されており、おすすめである（書店で注文可）。また、ビデオでは、ＴＤＫコアの**『マザーグースがやってきた』**（各巻5500円、全5巻）が、よくできている。

『MOTHER GOOSE'S NURSERY RHYMES』（ほるぷ出版刊）より

Tweedledum and Tweedledee

Tweedledum and Tweedledee
Agreed to have a battle,
For Tweedledum said Tweedledee
Had spoiled his nice new rattle.
Just then flew by a monstrous crow,
As big as a tar-barrel,
Which frightened both the heroes so,
They quite forgot their quarrel.

トゥイードゥルダムと　トゥイードゥルディー
喧嘩することにした
トゥイードゥルダムが　言うには
「ディーが　まっさらのガラガラこわしちゃった」
ちょうど　飛んできたのは
タールの樽くらい　おっきなからす
いさましい2人も　びっくりぎょうてん
喧嘩なんか　すっかり忘れちゃった

詩とマザーグース、どっちが先？

　この唄の起源は、少なくとも18世紀前期にまでさかのぼる。英国詩人バイアラムが音楽家同士の対立を tweedle というバイオリンの音色を使って表した詩が、唄の元となっているらしい。その6行詩のうち、最後の2行を紹介する。

**Strange all this difference should be
Twixt tweedle-dum and tweedle-dee.**

　　　　　あら不思議　トゥイードゥルダムと
　　　　　トゥイードゥルディーが　そんなにちがうとは

　一方で、古くからあったマザーグースを元にこの詩を作ったという可能性も考えられるが、本当のところはわからない。

鏡の国のダムとディー

　「ダムとディーって、『アリス』に出てくる双子じゃなかったかしら？」こう思われる方も多いだろう。しかし実は、この双子も、キャロルお得意の「マザーグースからの引用」であった。「ハンプティ・ダンプティ」や「ハートの女王」の唄と同じように、ここでも、ルイス・キャロルは唄をまるごと、物語に取り入れているのだ。
　では、『鏡の国のアリス』(1872)の第4章を見てみよう。アリスは、鏡像のようにそっくりな双子に森の中で出会う。唄の詩句どおり、2人はガラガラをめぐって喧嘩を始める。なんとか喧嘩をやめさせようと取りなすアリスに、ダムは「ぼくたちは戦わなきゃならないんだ」と答える。まるで、唄の内容どおり戦わなければ気がすまないとでもいうように。

　　"And all about a ***rattle!***" said Alice still hoping to make them a little ashamed of fighting for such a trifle.
　　"I shouldn't have minded it so much," ***said Tweedledum,*** "***if it hadn't been a new one.***"
　　"I wish ***the monstrous crow*** would come!" thought Alice.

「ガラガラひとつでねえ！」そんなつまらないものをめぐって戦うなんて恥ずかしいとちょっとは思わないかしらと期待して、アリスは言ってみました。
「もしあれが新品でなかったらこれほど気にしなかったさ」とトゥイードゥルダムが答えました。
「大きなカラスが飛んできたらいいのに」とアリスは思いました。

すると、本当に突然大カラスが現れ、ダムは 'It's the crow!' と、驚きの声をあげる。アリスもダムも、不定冠詞ではなく定冠詞つきで the crow と言っていることに、注目していただきたい。カラスに出会うことは、双子にとって避けられない運命だったのだ。

鏡の国に迷い込んだ幼い読者は、アリスと一緒にハラハラしながらも、最後に双子が大カラスを見て逃げ出すのを確認して、「ああ、やっぱりマザーグースとおんなじだわ」と安心するのであろう。

『THROUGH THE LOOKING CLASS』（YOHAN PUBLICATIONS, INC.刊）より

二隻の船もソックリ

ところで、ダムとディーは、人名ではなく、物の名前に引用されて、そっくりなことを表すこともある。トム・ハンクスと、メグ・ライアン主演のコメディ『ジョー満月の島へ行く』"Joe versus the Volcano"(1990.US) では、以下のように、船の名前として引用されていた。

「あと半年の命」と診断されたジョー（トム・ハンクス）に、億万長者サミュエルは、「もし火山に飛び込んでくれるなら、20日間豪遊させてやろう」と持ちかける。この交換条件をのんだジョーは、サミュエルの娘パトリシア（メグ・ライアン）の船に乗って南の島へと向かう。

PATRICIA : He's got two of them. This is **the Tweedledee and the Tweeduldum**, too.

パパが2隻とも持っていたの。これがトゥイードゥルディ1号で、もう1隻がトゥイードゥルダム号。

JOE : Wow, it sounds everything okay.
わあ、万事オーケーって感じだな。

船の名前は Tweedledum 号と Tweedledee 号。このネーミングからわかるように、2隻はそっくりの船。また、メグ・ライアンが1人2役で演じた2人の娘も、当然、双子のようにそっくりであった。

姿かたちが似ていなくても…

一方、姿かたちが似ていなくても、ダムとディーを連想する場合がある。刑事コロンボシリーズの傑作『別れのワイン』がその1例。コロンボがカシーニ氏のアリバイ調査をする場面を読んでみよう。

He went on, "Were you always with Mr. Carsini?" Stein nodded. "Yes," he said. "He never left the room?" "No," said Falcon. It was, reflected Columbo, as he glanced from one to the other, rather like interrogating **Tweedledum and Tweedledee.**

コロンボは続けて尋ねた。「あなたはカシーニ氏とずっと一緒でしたか？」スタインはうなずいて、「はい」と答えた。「氏は部屋を出ませんでしたか？」ファルコンも「はい」と答えた。まるで、トゥイードゥルダムとトゥイードゥルディーを尋問しているみたいだと、2人を見つめながら、コロンボは思った。

やせたスタイン氏と小太りのファルコン氏とでは、体格は正反対だったのだが、2人の似たり寄ったりの答えを聞いて、コロンボはダムとディーを連想している。このように、姿かたちが似ていなくても、答え方や意見が似ていれば、用いられることがあるので、注意が必要である。

『鏡の国のアリス』で引用されて、有名になったダムとディー。そのイメージは「似たものどうし」だが、2人がすぐに喧嘩を始めるところから、「喧嘩早い人」というイメージがあることも、覚えておきたい。

Twinkle, twinkle, little star

Twinkle, twinkle, little star,
　　How I wonder what you are!
Up above the world so high,
　　Like a diamond in the sky.

　　　きらきらひかる　ちいさなほしよ
　　　　　あなたは　いったいなあに
　　　おそらたかくで　かがやく
　　　　　　ダイヤモンドみたい

フランス生まれのメロディ

　イギリスの女流詩人ジェイン・テイラーが、「星」と題して1806年に『子供部屋のための詩集』に発表した唄である。この唄は、日本でも「きらきら星」として

Mother Goose
238

親しまれているが、そのメロディがフランス起源であるということは、あまり知られていないようだ。

実は、1770年ごろにフランスで流行した'Ah, vous dirai-je, maman'というシャンソンのメロディが、「ドドソソララソ」で始まるおなじみの唄「きらきら星」の原型なのである。まず、このシャンソンを元にして、フランスを訪れたモーツァルトが1780年ごろ変奏曲を書き、その変奏曲が、いつの間にか「きらきら星」のメロディに取り入れられたというのだ。一方、「ＡＢＣのうた」も同じメロディだが、こちらの方は、モーツァルトの変奏曲以降ドイツで歌われた'Das ABC'がそのままイギリスに渡ったものと考えられる。

なお、この唄は、「きらきら」というタイトルで、1892年（明治25年）に『幼稚園唱歌』に邦訳が掲載されているが、藤野教授によると、これが日本で最初に紹介されたマザーグースのうちの１つであるらしい。

きらきらひかるコウモリさん

さて、ルイス・キャロルの『不思議の国のアリス』(1865)では、いかれ帽子屋(The Mad Hatter)が、お茶会の場面で、この唄のパロディを歌っている。

"And I had to sing. *'Twinkle, twinkle little bat! How I wonder what you're at!'* You know the song, perhaps?"
"I've heard something like it," said Alice.
"It goes on, you know," the Hatter
continued, "in this way—*'Up above the world you fly, Like a tea-tray in the sky. Twinkle, twinkle—'"*

「そして、私は『きらきらひかるコウモリさん、おまえはいったい何をしているの』を歌うことになってたんです。この歌、知ってるでしょう？」

「そんな感じの歌、聞いたことあるわ」とアリスは言った。「こう続くんです。『この世をはなれて高く舞う。お空高く、お盆のように。きらきら…』」と帽子屋は続けた。

この替え唄の中の「コウモリ」は、キャロルの同僚の数学者バーソロミュー・プライス教授のあだ名であったという。この教授の講義は難解であったので、学生には、唄のように「この世をはなれて高く舞っている」ように感じられるときもあったらしい。

『ALICE'S ADVENTURES IN WONDERLAND』
(講談社出版刊) より

クリスティーは覚え間違いをしていた？

　アガサ・クリスティーも、2作品でこの唄を引用している。まず、『**ヘラクレスの冒険**』(1947)を読んでみよう。ポワロは、高いところが苦手だったのだろうか。高度1万フィートの山頂のホテルで、冷や汗をかきながら、唄の一節をつぶやいている。

>　He was conscious of his own rapidly beating heart. The lines of a nursery rhyme ran idiotically through his mind. ***"Up above the world so high, like a tea-tray in the sky."***
>　ポワロは、心臓の鼓動が速くなっていることに気づいていた。突拍子もなく、童謡の一節の「お空高く、お盆のように」が心に浮かんだ。

　お次は、『**無実はさいなむ**』(1958)から。病気のために足が不自由になってしまったフィリップが、自分のパイロット時代を「空高く」と表現する場面である。

>　"And you were a pilot, too, weren't you？ You flew." ***"Up above the world so high, like a tea-tray in the sky,"*** agreed Philip.
>　「それに、あなたもパイロットだったのでしょう？飛んでらしたのね」「お空高く、お盆のように」とフィリップはうなずいた。

ただ、2作品とも、like a diamond ではなく like a tea-tray としていることから考えると、どうもクリスティーは、マザーグースとキャロルの替え唄を混同して覚えていたようである。

映画の中にもパロディが…

『永遠に美しく』"Death Becomes Her"(1992.US)は、ブルース・ウィリス、メリル・ストリープ、ゴールディ・ホーン主演のブラック・コメディであったが、その中にも、この唄のパロディが顔を出していた。

MADELINE : ***Wrinkled, wrinkled, little star, hope they never see the scars.***
シワシワひかる、小さな星よ。傷あとを見られませんように。

これは、落ち目の女優マデリーン（M.ストリープ）が楽屋で鏡に向かう場面。彼女は何回も美容整形を受けていたので、その傷あとを化粧で隠しながら、「トゥインクル」を「リンクル」に替えたパロディをつぶやいた、というわけである。

もう1つ、人気コミックの実写版『スポーン』"Spawn The Movie"(1997.US)にも、替え唄が出てきていた。以下は、悪者クラウンが、正義の味方スポーンを鉄柵につるす場面。「スター」を「スポーン」に替えた、うまいパロディである。

CLOWN : I could kill you like that. ***Twinkle, twinkle, little Spawn.***
おまえを殺すことだってできた。トゥインクル、トゥインクル、リトルスポーン。

キャロルに始まり、クリスティー、そして映画など、実にさまざまなジャンルで、「きらきら星」の替え唄が作られている。有名な唄には、それだけ多くのパロディが作られる、ということなのであろう。

Up and down the City Road

Up and down the City Road,
In and out the Eagle,
That's the way the money goes,
Pop goes the weasel!

シティどおりを　いったりきたり
イーグル亭を　でたりはいったり
こうして　お金が　でてゆく
ポン！と　イタチがとびだした

ポンとイタチが飛び出した

　明るいメロディのついた楽しい唄で、その旋律は、昔のテレビ番組『ロンパールーム』のテーマでおなじみ。もちろん、映画でもよく引用されていて、たとえば、ディズニー映画の『トイ・ストーリー』(1995)の中にも、この唄が登場していた。Pop! に合わせて、びっくり箱から人形が飛び出す、という仕掛けであった。
　ところで、この唄の4行目の「ポンとイタチが飛び出した」には、別の意味も込められていることをご存知だろうか。Pop は「ポン！」という擬音語だが、イギリスの古いスラングでは「質屋」、weaselは「イタチ」だが、「靴屋の商売道具」という意味もあるので、ここは、「靴屋が道具を質屋に入れた」と解釈可能。つまり、これは、さかり場をうろついてお金がなくなった靴屋が大事な商売道具を質入れするさまを、ユーモラスに歌った唄なのである。パブや質屋が出てくる大人向けの唄が、子供にも好まれ、いつの間にかマザーグースの仲間入りを果たしてしまったようだ。

Up and down the City Road

唄の由来は？

シドニィ・シェルダンの『明け方の夢』(1994)にも、この唄の由来が記されているので、読んでみよう。ある夜、弁護士カークは、キャサリンをロンドンのパブ「イーグル亭」に連れて行って、こう言う。「幼いころ、君もイーグル亭のこと、歌ってたんだよ」「イーグル亭なんて知らないわ」と答えたキャサリンに、カークはこう続けた。

> "**The Eagle** is where an old nursery rhyme comes from." "What nursery rhyme?" "Years ago, **City Road** used to be the heart of the tailoring trade, and toward the end of the week, the tailors would find themselves short of money, and they'd put their pressing iron—or **weasel**—into pawn until payday. So someone wrote a nursery rhyme about it."
> 「イーグル亭は、古い童謡の発祥地なんだよ」「どの童謡？」「ずっと昔、シティ通りは仕立て屋の中心地だったんだ。仕立て屋たちは、週末に金がなくなると、自分たちの商売道具のアイロンを給料日まで質に入れたのさ。そして、誰かが、その光景をマザーグースにしたんだ」

彼の説明では、weasel が「靴屋の商売道具」ではなく「仕立て屋の商売道具」となっているが、その商売道具を「質入れする」という部分は同じであった。なお、この「イーグル亭」は、シティ通りに現存するパブで、その外壁には、ちゃんとこの唄が記されている。

ローラやポピンズのお気に入り

また、ローラ・インガルス・ワイルダーの『大きな森の小さな家』(1932)で、ローラが5歳の誕生日に、とうさんに歌ってもらった唄は、歌詞が少し違っていたが、まぎれもなく、この唄であった。

> "All around the cobbler's bench,
> The monkey chased the weasel,
> The preacher kissed the cobbler's wife—
> Pop goes the weasel!"

「靴屋のベンチをぐるぐると
サルがイタチを追いかけた
靴屋のかみさんに牧師がキスした
ポンとイタチが飛び出した」

「よく見ておいで。ポンとイタチが飛び出すのが、見えるかもしれないよ」と、とうさんは言うのだが、何度弾いてもらっても、とうさんの指はすばやくて、弦をポンとはじくところを見ることはできなかったという。ローラの少女時代の一番の楽しみは、とうさんのバイオリンを聞くことだったが、そのバイオリンは、今も、ミズーリ州のローラの博物館に展示されているそうだ。

この「靴屋のベンチ（作業台）のまわりでサルがイタチを追いかけた」という歌詞は、広く知られているようで、P.L.トラバースの『とびらをあけるメアリー・ポピンズ』(1943)でも、ポピンズのオルゴールのテーマソングとして、以下のように歌われていた。

"Round and round the Cobbler's bench,
The Monkey chased the Weasel,
The Monkey said it was all in fun—
Pop goes the Weasel!"

「靴屋のベンチをぐるぐると
サルがイタチを追いかけた
サルが言うには、みんな冗談
ポンとイタチが飛び出した」

マザーグースは殺しの合図

一方、映画でも、この唄が引用されている。『レイジ・イン・ハーレム』"A Rage in Harlem"(1991.US)は、50年代のハーレムを舞台にして、人間模様を描いたアクション映画。悪党のボスのスリムは、5回以上も、'Pop goes the weasel'とつぶやいているが、これは、手下に殺しを命ずる合図で、「敵の喉をナイフで切って殺せ」という意味の彼独自の隠語。字幕では、「イタチを狩れ」と訳されていた。

では、映画の後半、フォレスト・ウィテカー扮する純朴青年ジャクソンが悪党と戦う場面を見てみよう。ここにも、「サルがイタチを追いかけた」が登場している。

Up and down the City Road

SLIM	:	***All around the mulberry bush.***
		桑の木のまわりをぐるぐると。
JACKSON	:	Yeah, though I walk through the valley...
		死の谷を歩むとも。
SLIM	:	***The monkey chased the weasel.***
		サルがイタチを追いかけた。
JACKSON	:	I will fear no evil.
		我、災いを恐れじ。
SLIM	:	***The monkey thought it was all in fun.***
		サルは喜んで戯れた。

　悪党は、ナイフを手に、不気味にマザーグースを口ずさむ。対するジャクソンは、旧約聖書詩編23章を必死に唱えている。この「死の谷を歩むとも」は、お葬式でよく唱えられる文句なのだが、この場面では、マザーグースが悪を、聖書が正義を象徴しているかのようであった。

　なお、スリムが歌った唄は、'All around the mulberry bush' で始まっていたが、現在のアメリカでは、このように「靴屋のベンチ」のかわりに「桑の木」が出てくる版も、かなり流布しているようだ。

　「シティ通りのイーグル亭」「靴屋のベンチ」「桑の木」…と、この唄には、いろんな歌詞がついている。マザーグースには、1つのメロディにさまざまな歌詞のついたものも多いが、もとは口承で伝えられていたのだから、その多様性も当然といえよう。

イーグル亭

Who killed Cock Robin?

Who killed Cock Robin?
    I, said the Sparrow,
With my bow and arrow,
    I killed Cock Robin.

Who saw him die?
    I, said the Fly.
With my little eye,
    I saw him die.

Who caught his blood?
    I, said the Fish,
With my little dish,
    I caught his blood.

Who'll make the shroud?
    I, said the Beetle.
With my thread and needle,
    I'll make the shroud.

「TOMMY THUMB'S SONG BOOK」（ほるぷ出版刊）より

【語句】 Cock Robin「雄のコマドリ」。　shroud [ʃraud]「（死体を包む）白衣、白布、経帷子」。

Who killed Cock Robin?

だれがころした　コック・ロビン
　　　わたし　と　すずめ
わたしの弓と矢で
　　　わたしがころした　コック・ロビン

だれがみた　ロビンが死ぬのを
　　　わたし　と　はえ
わたしのちいさな目で
　　　わたしがみたの　ロビンが死ぬのを

だれがうけた　ロビンの血
　　　わたし　と　さかな
わたしのちいさな皿で
　　　わたしがうけた　ロビンの血

だれがつくる　白衣を
　　　わたし　と　かぶとむし
わたしの針と糸で
　　　わたしがつくろう　白衣を

誰が殺したコック・ロビン

　「私が殺した」と告白しているスズメを誰も責めようとはしない、という不思議な唄である。全部で14連ある物語唄で、コマドリがスズメの弓矢で殺され、ハエ、魚、かぶとむし、フクロウ、カラス、ヒバリ、ヒワ、ハト、トンビ、ミソサザイ、ツグミ、牛の弔いを受ける、という内容だ。
　「18世紀のイギリス首相の失脚を歌った唄」という説もあるようだが、唄の起源は14世紀にまでさかのぼることができるという。なお、この唄から転じて、推

理小説などで、Cock Robin が「被害者」、Sparrow が「殺人犯」、そして Fly が「目撃者」という意味で使われることがあるので、覚えておきたい。

さて、ここで、Cock Robin に関して少しだけ。コマドリは、雄も雌もよく似た色なので、昔は、すべて雄と考えられていた。それゆえ、Cock Robin と呼ばれ、Hen Robin という表現はない。また、「神の鳥なので殺すと悪いことがおこる」と信じられているのは、コマドリがキリストのいばらの冠の棘を抜き取ったという言い伝えから。Robin Redbreast（赤胸のコマドリ）とも呼ばれており、キリストの血がかかったため、胸が赤くなったという言い伝えもある。

コマドリはとても人なつっこい鳥で、皆から愛されており、1961年に、イギリスの国鳥に選ばれている。また、新しい年の象徴でもあるので、クリスマスカードに描かれたり、ツリーやケーキの飾りにも登場している。

ビアトリクス・ポターの『ピーターラビットのおはなし』では、このコマドリが、重要な役割を果たす。ラディッシュをかじるピーターの傍らでさえずったり、落とした靴を見つけたり、ずぶぬれになったピーターを心配そうに見つめたりと、コマドリはピーターを優しく見守り続ける。お話を読む子供たちが、コマドリと一緒に物語の世界に入り込み、ピーターの冒険を楽しむことができるよう、工夫されているのである。

新聞や映画のタイトルにも

'Who killed Cock Robin?' の一節は、新聞の見出し、小説や映画のタイトルなど、いたるところで引用されている。古いところでは、1821年にバイロンがキーツの死を悼んで歌った詩がある。

Who kill'd John Keats?	誰がキーツを殺したのか？
"I", says the Quarterly,	「私」と季刊誌が言う
So savage and Tartarly;	辛辣な酷評で
" 'Twas one of my feats."	「それは私の手柄の一つ」

最近の映画の題名では、
"Who Framed Roger Rabbit?" (1988. US)
　　　『ロジャー・ラビット』

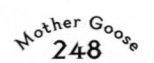

"Who Killed Vincent Chin?"(1988. US)
　　『誰がビンセント・チンを殺したか』
などが、いずれも、唄の1行目をふまえたタイトルである。

　そして、ヒッチコックの『**サボタージュ**』"Sabotage"(1936. US)の中で上映された映画が、ディズニー・アニメの『**誰がコック・ロビンを殺したか**』"Who Killed Cock Robin?"(1935. US)。小鳥が弓矢で射抜かれて殺されるアニメと、実際の殺人がオーバーラップする、という仕掛けであった。

　また、1991年にパン・アメリカン航空が倒産したときの新聞の見出しは、"*Who killed Pan American?*"。マザーグースの一節を用いた見出しは、新聞のみならず、***Time*** や ***Newsweek*** でもよく見かける。含蓄のある洒落たタイトルになるから、というのがその理由であろう。

Tuesday, December 31, 1991　　第三種郵便物認可

Business Talk/ by Patrick J. Killen

Who Killed Pan American?

The failure of aviation pioneer Juan Trippe and his management group to train a successor led to the death of Pan American World Airways in December, says David Jones, a longtime Pan Am executive in Tokyo.

Jones, the president of Marketing Services International of Tokyo, a company that provides market research, contacts and promotion, retired from Pan American in 1974 rather than take a vice president's job with the airline in New York.

"I wasn't about to go back," Jones said. "I saw no hope for Pan Am."

the trophy last summer, privately telling friends he wanted to retire from the dohyo before Pan American died.

In its day, Pan Am was the world's most famous airline. Founded in 1927, the airline began flying mail and passengers from Key West, Fla., to Havana and eventually expanded routes to more than 65 countries in North and South America, Asia, Europe and Africa. Pan American inaugurated the first trans-Pacific route from San Francisco to Manila in 1936 with its famed flying boat, the China Clipper.

It began the first transAtlantic flights from New York to Lisbon in 1939 with the Yankee Clipper, and the

Daily Yomiuri (Dec.31.1991) より

誰がしっぽをみつけたの？

　さて、A.A.ミルンの『くまのプーさん』(1926) の第4章「イーヨーがしっぽをなくし、プーが見つける話」にも、この唄のパロディが登場する。灰色ロバのイーヨーがしっぽをなくし、プーは物知りフクロのところへ相談に行く。すると、なんとイーヨーのしっぽは、フクロの家の呼び鈴になっていた。プーはしっぽを返してもらい、イーヨーのところへ持って行ってメデタシ、メデタシ、というお話。以下は、話の最後でプーが歌った唄である。

　　　　　He sang to himself proudly:
　　　　　Who found the Tail?
　　　　　"I", said Pooh,
　　　　　At a quarter to two
　　　　　(Only it was quarter to eleven really),
　　　　　I found the Tail!

　　　　　　　　　プーは、得意そうに歌いました。
　　　　　　　　　だれがしっぽを見つけたの？
　　　　　　　　　ぼく、と答えるクマのプー
　　　　　　　　　2時15分前でした
　　　　　　　　　(ほんとは11時15分前だったんだけど)
　　　　　　　　　ぼくがしっぽを見つけたの！

『Winnie-the-Pooh』(講談社刊) より

実際は11時前だったのだが、'Pooh'と脚韻を踏ませるために、2時に変えて歌っている。ミルンはマザーグースを息子によく歌ってやったようで、『プーさん』より前に出した詩集の中でも、マザーグースのパロディを3編ほど発表している。なお、この「しっぽをなくす話」は、80ページの「ボー・ピープちゃん」の唄にヒントを得ているのかもしれない。

ポピンズの中でも

　お次は、P.L.トラバースの『公園のメアリー・ポピンズ』(1952)から。84ページと同じハロウィーンの場面である。

> **"Poor old Cock Robin**—and his troubles!" The shadowy Cat gave a shadowy yawn. "He's never got over that funeral and all the fuss there was."
> 「かわいそうに、コマドリのコック・ロビンくん―そしてまた、その苦労がね！」影のようなネコが、影のようなあくびをしました。「あの葬式は、よういなこっちゃ、すませられまいよ、それに、あのばか騒ぎときちゃ」（林容吉訳）

　マザーグースの登場人物の影がたくさん公園に繰り出して、その中に、コック・ロビンの影もいた。死者の霊が現れるハロウィーンの夜は、ポピンズの世界では「影が自由になる晩」なのであった。

　この唄は、日本でもよく知られている。魔夜峰央の『**パタリロ！**』や萩尾望都の『**ポーの一族**』で紹介されたからだろうか。ひょっとしたら、マンガをきっかけにしてマザーグースを知ったという人も、多いかもしれない。

Yankee Doodle

Yankee Doodle came to town,
Riding on a pony;
He stuck a feather in his cap
And called it macaroni.

『THE OXFORD NURSERY RHYME BOOK』
(OXFORD UNIVERSITY PRESS刊) より

ヤンキー・ドゥードル　町へやってきた
　　　　仔馬に　のって
　帽子に　羽根さして
　　　　ほら　だておとこ

ヤンキー・ドゥードル・ダンディ

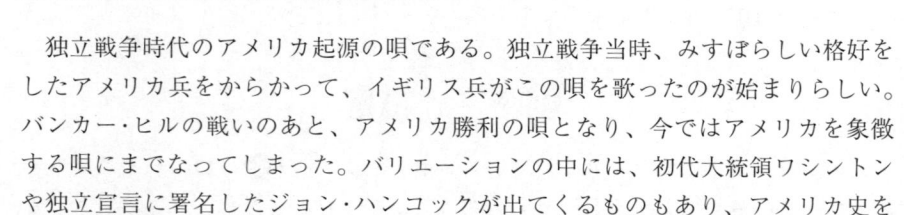

　独立戦争時代のアメリカ起源の唄である。独立戦争当時、みすぼらしい格好をしたアメリカ兵をからかって、イギリス兵がこの唄を歌ったのが始まりらしい。バンカー・ヒルの戦いのあと、アメリカ勝利の唄となり、今ではアメリカを象徴する唄にまでなってしまった。バリエーションの中には、初代大統領ワシントンや独立宣言に署名したジョン・ハンコックが出てくるものもあり、アメリカ史を感じさせる唄である。
　この唄には、明るいメロディーがついていて、我が国では「アルプス一万尺」の歌詞で歌われている。マザーグースの「シンプル・サイモン」や「ルーシー・ロ

【語句】**Yankee** 由来には諸説あるが、「オランダ移民がイギリス移民を Jan Kees と呼んだことに由来している」という説が有力である。　**macaroni** ここでは食べ物ではなくて「伊達男が身につけるもの」。「伊達男」という意味もある。

Yankee Doodle

ケット」も同じメロディーで歌われているが、メロディーが同じで歌詞の異なる唄が多いのも、マザーグースの特徴のひとつであろう。

新聞にも、ウィルスにも！？

「ヤンキー・ドゥードゥル」には、さまざまな版があって、

> Yankee Doodle keep it up,
> Yankee Doodle Dandy;
> Mind the music and the step,
> And with the girls be handy.

というリフレイン付の長いものもよく歌われている。アメリカ野球ワールドシリーズでのヤンキース四連勝を報じた **The Japan Times**（1998年10月23日号）のタイトルは、*Yankee Doodle Dandy* であったが、これがリフレインからの引用。チーム名とヤンキー・ドゥードゥルをかけた、うまい見出しである。

そして、これをそのままタイトルにした映画が、『**ヤンキー・ドゥードゥル・ダンディ**』"Yankee Doodle Dandy"(1942.US)。ジェームズ・ギャグニーがアカデミー主演男優賞を取った作品で、ミュージカルの父と呼ばれたジョージ・M・コーハンの伝記映画であった。

また、過去には、Yankee Doodle と名付けられたコンピュータウィルスもあった。このウィルスに感染すると、コンピュータから夕方5時にこのメロディが聞こえてきたという。それにしても、コンピュータが突然この曲を演奏し始めたら、さぞかしびっくりするに違いない。

アメリカを象徴する唄

Yankee という言葉には、①イギリス人から見たアメリカ人、②アメリカ南部の人から見た北部の人、③南北戦争当時の北軍兵士、などの意味がある。『**風と共に去りぬ**』(1939.US)では、スカーレットが「きたない北軍のやつら！(The dirty yankees!)」と、③の意味で使っていたが、映画で用いられるときには、たいてい「アメリカ人の代名詞」として用いられているようだ。

たとえば、ケイリー・グラント主演の『芝生は緑』"The Grass Is Greener"(1961.US)では、グラント扮するイギリス人紳士が石油成金のアメリカ人をからかって、この唄を口ずさんでいたし、スティーブ・マックイーン主演の『大脱走』"Great Escape"(1963.US)では、アメリカ兵が行進する場面で演奏されていた。いずれも、「アメリカを象徴する唄」としての引用であった。

一方、ジュリア・ロバーツ主演の『マグノリアの花たち』"Steel Magnolias"(1989.US)にも、この唄が登場していた。以下は、ロバーツの息子の誕生日を家族で祝う場面である。

> Born on the third of July... **He's a Yankee Doodle sweetheart, he's a Yankee Doodle boy. Yankee Doodle went to London just to ride the ponies. He is a Yankee Doodle boy.**
> 7月3日に産まれて…あの子はヤンキー・ドゥドル・ボーイ。ヤンキー・ドゥドルはロンドンに行ってお馬に乗るよ、あの子はヤンキー・ドゥドル・ボーイ。

ここでは、祖父が孫をひざに乗せ、「馬に乗って」という歌詞に合うように、仔馬が軽快に走るリズムで歌っていた。

ローラお気に入りの唄

一方、ローラ・インガルス・ワイルダーの『大きな森の小さな家』(1932)にも、唄の一節が出てくる。153ページで「ローラが生まれて初めて町へ行き、キャンディをもらう場面」を紹介したが、その時のローラの感想を読んでみよう。

> She knew how **Yankee Doodle** felt, when **he could not see the town because there were so many houses.**
> ヤンキー・ドゥドルがどんな気持ちだったのか、よくわかると、ローラは思った。家がどっさりあるもんで、町など、どこにも見えやしねぇという、あの歌のとおりだった。
>
> （こだまともこ訳）

森の中の一軒家に住んでいたローラが、はじめて町を見た感動を、唄の一節を使って表している。「家がありすぎて、町が見えない」とは、おもしろい表現だが、これは、父さんによく歌ってもらっていた次の唄からの引用であった。

Yankee Doodle

Yankee Doodle went to town,
He wore his striped trousies,
He swore he couldn't see the town,
There was so many houses.　（原文どおり）

　　　　ヤンキー・ドゥードル　町へ行った
　　　　しまのズボンを　はいて
　　　　「町など　どこにも　見えやしねぇ
　　　　家がどっさり　ありすぎて」

　小学生のとき、ローラは「ヤンキー・ドゥードル」の節に合わせて九九を暗唱したという。のちに、彼女は、盲学校に通う姉の学資を稼ぐために、わずか15歳で教師になった。きっとローラは、自分が九九を教えるときにも、この唄を使ったに違いない。

DEPARTMENT OF EDUCATION
DAKOTA　　　　　COUNTY OF KINGSBURY

Teacher's Certificate

This is to certify that *Miss Laura Ingalls* Has been examined by me and found competent to give instruction in *Reading, Orthography, Writing, Arithmetic, Geography, English Grammar, and History* and having exhibited satisfactory testimonials of Good Moral Character, is authorized by this

Third Grade Certificate

to teach those branches in any common school in the country for the term of twelve months.

Dated this *24th* day of
December, *1882*　　　*Geo. A. Williams,*
　　　　　　　　　　　Supt. of Schools,
　　　　　　　　　　　Kingsbury county, D.T.

Result of examination:
Reading, 62, Writing, 75, History, 98,
English Grammar, 81, Arithmetic, 80,
Geography, 85

ローラの教員免許状

『Little Town on the Prairie』
（Harper Trophy刊）より

Mother Goose

マザーグースがでてくる映画リスト

映画名	原題	分類	年代	国名	マザーグース	MG分類	位置	用法	相手	意図	発見者
愛がこわれるとき	Sleeping with the Enemy	サス	1991	US	Hush, little baby	子守	複数	1部	成人	愛情	鳥山 淳子
愛されちゃってマフィア	Married to the Mob	コメ	1988	US	Rub-a-dub-dub	人物	前半	1部	大人	状況	鳥山 淳子
愛して愛して子猫ちゃん	Pussycat, pussycat, I Love You	コメ	1970	US	Pussycat, pussycat	動物	タイ	タイ	タイ	から	鳥山 淳子
愛と哀しみの旅路	Come See the Paradise	恋愛	1990	US	Twinkle, twinkle, little star	天・星	中盤	沢山	幼児	学習	木田裕美子
愛と喝采の日々	The Turning Point	恋愛	1977	US	Roses are red	恋愛	後半	もじり	大人	愛情	木田裕美子
愛は危険な香り	Lady Beware	サス	1987	US	Jack be nimble	人物	中盤	もじり	大人	恐怖	鳥山 淳子
愛は危険な香り	Lady Beware	サス	1987	US	Jack Sprat	人物	中盤	1部	大人	恐怖	鳥山 淳子
赤い薔薇ソースの伝説	Como Agua para Chocolate	恋愛	1992	Mx	Ring-a-ring o'roses	遊唄	後半	沢山	幼児	愛情	鳥山 淳子
朝焼けの空	Red Sky at Morning	恋愛	1971	US	Red sky at night	天・星	タイ	タイ	タイ	状況	藤野 紀男
飛鳥そしてまだ見ぬ子へ	飛鳥そしてまだ見ぬ子へ	家愛	1982	JP	Monday's child is fair of face	占唄	複数	沢山	幼児	恐怖	大道 友之
アダムス・ファミリー2	Adams Family Values	コメ	1993	US	Hush-a-bye, baby	子守	後半	1部	乳児	状況	鳥山 淳子
アベンジャーズ	The Avengers	アク	1998	US	Eeny, meeny, miney, mo	遊唄	後半	1部	大人	決句	木田裕美子
アベンジャーズ	The Avengers	アク	1998	US	The Owl and the Pussy-Cat	動物	後半	1部	大人	から	木田裕美子
アベンジャーズ	The Avengers	アク	1998	US	St. Swinde's day	歳時	中盤	1部	大人	状況	木田裕美子
アメージング・ストーリー7	Amazing Story 7	家愛	1985	US	Lavender's blue	恋愛	複数	沢山	幼児	郷愁	鳥山 淳子
アラクノフォビア	Arachnophobia	ホラー	1990	US	Itsy bitsy spider	遊唄	中盤	沢山	幼児	恐怖	鳥山 淳子
アラクノフォビア	Arachnophobia	ホラー	1990	US	Little Miss Muffet	人物	中盤	沢山	幼児	恐怖	鳥山 淳子
嵐が丘	Wuthering Heights	恋愛	1939	US	Birds of a feather flock together	格言	後半	1部	大人	決句	鳥山 淳子
嵐が丘	Wuthering Heights	恋愛	1992	UK	Hush-a-bye, baby	子守	後半	1部	乳児	愛情	鳥山 淳子
アラジン	Aladdin	アニメ	1992	US	Finders keepers	格言	後半	1部	アニメ	決句	鳥山 淳子
アラベスク	Arabesque	ミス	1966	US	Goosey, goosey gander	動物	後半	1部	大人	恐怖	鳥山 淳子
アリス・イン・ワンダーランド	Alice in Wonderland	冒険	1999	US	Twinkle, twinkle, little star	天・星	中盤	もじり	幼児	から	鳥山 淳子
アリス・イン・ワンダーランド	Alice in Wonderland	冒険	1999	US	Tweedledum and Tweedledee	人物	中盤	沢山	幼児	状況	鳥山 淳子
アリス・イン・ワンダーランド	Alice in Wonderland	冒険	1999	US	Here we go round the mulberry bush	遊唄	中盤	沢山	幼児	状況	鳥山 淳子
アリス・イン・ワンダーランド	Alice in Wonderland	冒険	1999	US	Queen of Hearts	人物	後半	沢山	幼児	状況	鳥山 淳子
アンジェラの灰	Angela's Ashes	家愛	2000	US/IR	Yankee Doodle	人物	前半	1部	大人	から	鳥山 淳子
アンジェラの灰	Angela's Ashes	家愛	2000	US/IR	London Bridge	遊唄	中盤	1部	幼児	歌・B	木田裕美子
アンタッチャブル	The Untouchables	社会	1987	US	Now I lay me down to sleep	願掛	前半	沢山	幼児	決句	井出 清
アンドリュー NDR114	Bicentennial Man	家愛	1999	US	Knock, knock	言遊	前半	1部	大人	状況	鳥山 淳子
アンナ	Anna	社会	1987	US	Humpty Dumpty	人物	前半	沢山	大人	状況	鳥山 淳子
アンナ	Anna	社会	1987	US	Nursery Rhyme		前半	1部	大人	状況	鳥山 淳子
アンナ・カレーニナ	Anna Karenina	恋愛	1948	UK	Humpty Dumpty	人物	不明	1部	乳児	愛情	高橋 敏彦
言いだせなくて	Little Sister	コメ	1991	US	Roses are red	恋愛	後半	もじり	大人	から	木田裕美子
家なき小猫	Three Orphan Kittens	アニメ	1935	US	Three little kittens	動物	複数	中・タ	アニメ	状況	鳥山 淳子
家なき小猫	Three Orphan Kittens	アニメ	1935	US	This little pig	遊唄	後半	もじり	アニメ	状況	鳥山 淳子
怒りの日	The 5th of November	サス	1976	US	Please to remember	歳時	タイ	タイ	タイ	状況	鳥山 淳子
いつか晴れた日に	Sense and Sensibility	恋愛	1995	US	Rub-a-dub-dub	人物	中盤	1部	大人	状況	鳥山 淳子
5つの銅貨	The Five Pennies	家愛	1959	US	This little pig	遊唄	中盤	中・タ	幼児	状況	鳥山 淳子

イット	It	ホラー	1990	US	Itsy bitsy spider	遊唄	前半	沢山	幼児	歌・B	鳥山 淳子
ウィーウィリーウィンキー	Wee Willie Winkie	家愛	1937	US	Wee Willie Winkie	人物	中盤	中・タ	幼児	状況	鳥山 淳子
上と下	Upstairs and Downstairs	コメ	1959	UK	Goosey, goosey gander	動物	タイ	タイ	タイ	状況	藤野 紀男
美しき獲物	Knight Moves	サス	1992	US	Wee Willie Winkie	人物	前半	もじり	大人	恐怖	安井 貞夫
裏切り	Hired for Killing	サス	1994	US	He loves me, he don't	占唄	中盤	1部	大人	から	鳥山 淳子
嬉し泣き	Cry for Happy	コメ	1961	US	Hush-a-bye, baby	子守	中盤	観客	状況	鳥山 淳子
嬉し泣き	Cry for Happy	コメ	1961	US	Three blind mice	動物	中盤	1部	大人	歌・B	鳥山 淳子
永遠に美しく	Death Becomes Her	コメ	1992	US	Twinkle, twinkle, little star	天・星	前半	もじり	大人	から	木田裕美子
永遠に美しく	Death Becomes Her	コメ	1992	US	Humpty Dumpty	人物	後半	1部	大人	状況	鳥山 淳子
永遠の夢 ネス湖伝説	Loch Ness	家愛	1995	UK	Row, row, row your boat	遊唄	前半	沢山	大人	状況	鳥山 淳子
エド・ウッド	Ed Wood	社会	1994	US	What are little boys made of?	人物	前半	1部	大人	恐怖	木田裕美子
エネミー・オブ・アメリカ	Enemy of The State	アク	1998	US	Humpty Dumpty	人物	前半	1部	大人	から	鳥山 淳子
F/X 引き裂かれたトリック	F/X	サス	1986	US	Hush-a-bye, baby	子守	前半	1部	幼児	状況	鳥山 淳子
エム・バタフライ	M. Butterfly	恋愛	1993	US	There was a little girl	人物	中盤	もじり	大人	から	木田裕美子
エルム街の悪夢	Nightmare on Elm Street	ホラー	1984	US	One, two, buckle my shoe	数唄	前半	もじり	幼児	恐怖	藤野 紀男
エルム街の悪夢 ザ・ファイナルナイトメア	Freddy's Dead: The Final Nightmare	ホラー	1991	US	One, two, buckle my shoe	数唄	中盤	1部	大人	状況	鳥山 淳子
エルム街の悪夢 ザ・ファイナルナイトメア	Freddy's Dead: The Final Nightmare	ホラー	1991	US	Ten green bottles	数唄	前半	1部	大人	から	鳥山 淳子
エルム街の悪夢 ザ・リアルナイトメア	New Nightmare	ホラー	1994	US	One, two, buckle my shoe	数唄	中盤	もじり	幼児	恐怖	鳥山 淳子
エルム街の悪夢 ザ・リアルナイトメア	New Nightmare	ホラー	1994	US	Good night, sleep tight	子守	中盤	1部	幼児	愛情	鳥山 淳子
エルム街の悪夢 5/ザ・ドリームチャイルド	A Nightmare on Elm Street/The Dream Child	ホラー	1989	US	One, two, buckle my shoe	数唄	複数	もじり	幼児	恐怖	鳥山 淳子
エンジェル・アット・マイ・テーブル	An Angel at My Table	社会	1990	Aust	Georgie Porgie	人物	前半	もじり	幼児	から	鳥山 淳子
お熱いのがお好き	Some Like It Hot	コメ	1959	US	Pease porridge hot	遊唄	中盤	中・タ	大人	状況	藤野 紀男
お熱いのがお好き	Some Like It Hot	コメ	1959	US	One, two, three	数唄	中盤	1部	大人	歌・B	鳥山 淳子
お熱い夜をあなたに	Avanti!	コメ	1973	US	London Bridge	遊唄	中盤	1部	大人	状況	鳥山 淳子
Oh! ベルシー絶体絶命	Continental Divide	恋愛	1981	US	There was a crooked man	人物	中盤	沢山	大人	状況	鳥山 淳子
狼の血族	The Company of Wolves	ホラー	1987	US	Hush-a-bye, baby	子守	不明	1部	乳児	状況	木田裕美子
狼は笑ふ	Three Little Wolves	アニメ	1936	US	Little Bo-peep	人物	中盤	1部	アニメ	タイ	鳥山 淳子
オール・ザ・キングズ・メン	All the King's Men	社会	1949	US	Humpty Dumpty	人物	タイ	タイ	タイ	状況	藤野 紀男
奥サマは魔女	Witch Way Love	恋愛	1999	Fr	Liar, liar, pants on fire	遊唄	中盤	沢山	大人	から	鳥山 淳子
奥サマは魔女	Witch Way Love	恋愛	1999	Fr	Old MacDonald had a farm	人物	後半	沢山	歌・B	木田裕美子
オスカーとルシンダ	Oscar and Lucinda	恋愛	1997	US	Eeny, meeny, miney, mo	遊唄	前半	1部	大人	決句	鳥山 淳子
オズの魔法使い	The Wizard of Oz	友情	1939	US	Ring-a-ring-o'roses	遊唄	後半	もじり	状況	安井 貞夫
おつむてんてんクリニック	What About Bob?	コメ	1991	US	Roses are red	恋愛	中盤	もじり	大人	から	木田裕美子
お伽王国	Old King Cole	アニメ	1933	US	Old King Cole	人物	複数	中・タ	アニメ	状況	渡辺 泰
女が愛情に渇くとき	The Pumpkin Eater	家愛	1964	UK	Peter, Peter, pumpkin eater	人物	タイ	タイ	タイ	状況	藤野 紀男
女になる季節	Greenage Summer	恋愛	1961	US	Tinker, tailor, soldier, sailor	占唄	中盤	沢山	幼児	決句	鳥山 淳子
ガーディアン	The Guardian	ホラー	1990	US	Good night, sleep tight	子守	中盤	乳児	愛情	鳥山 淳子
カーテンコール	Noises Off	コメ	1992	US	Peter Piper	言遊	後半	もじり	大人	から	木田裕美子
ガール6	Girl 6	社会	1995	US	Jack Sprat	人物	中盤	1部	大人	歌・B	鳥山 淳子
課外教授	Pretty Maids All in a Row	サス	1971	US	Mary, Mary, quite contrary	人物	タイ	タイ	タイ	状況	鳥山 淳子
課外教授	Pretty Maids All in a Row	サス	1971	US	Twinkle, twinkle, little star	天・星	中盤	1部	幼児	歌・B	鳥山 淳子
鏡は横にひび割れて	The Mirror Crack'd from Side to Side	ミス	1992	UK	Punch and Judy	人物	前半	1部	幼児	状況	鳥山 淳子

映画名	原題	分類	年代	国名	マザーグース	MG分類	位置	用法	相手	意図	発見者
火山のもとで	Under Volcano	恋愛	1984	US	Knock, knock	言遊	前半	もじり	大人	から	鳥山 淳子
風が吹くとき	When the Wind Blows	社会	1986	UK	Hush-a-bye, baby	子守	複数	中・タ	大人	状況	鳥山 淳子
風と共に去りぬ	Gone with the Wind	恋愛	1939	US	Bye, baby bunting	子守	後半	もじり	幼児	から	鳥山 淳子
風と共に去りぬ	Gone with the Wind	恋愛	1939	US	London Bridge	遊唄	後半	1部	幼児	状況	鳥山 淳子
がちょうのおやじ	Father Goose	コメ	1964	US	Old Mother Goose	人物	複数	1部	大人	状況	鳥山 淳子
がちょうのおやじ	Father Goose	コメ	1964	US	Humpty Dumpty	人物	前半	1部	大人	から	鳥山 淳子
カッコーの巣の上で	One Flew Over the Cuckoo's Nest	社会	1975	US	One, two, three, four, five, six, seven	数唄	タイ	タイ	タイ	状況	藤野 紀男
喝采	The Country Girl	恋愛	1954	US	London Bridge	遊唄	前半	もじり	大人	から	長谷川 潔
悲しき酒場のバラード	The Ballad of the Sad Cafe	家愛	1991	US	Good night, sleep tight	子守	前半	沢山	大人	から	鳥山 淳子
ガリバー	Gulliver's Travels	冒険	1996	US/Eng	London Bridge	遊唄	中盤	1部	大人	状況	木田裕美子
ガリバー	Gulliver's Travels	冒険	1996	US/Eng	The man in the moon	人物	前半	1部	大人	状況	鳥山 淳子
カリフォルニア・ドールズ	The California Dolls	スポ	1981	US	London Bridge	遊唄	後半	もじり	大人	状況	鳥山 淳子
キー・ラーゴ	Key Largo	社会	1948	US	She sells seashells	言遊	不明	沢山	大人	状況	鳥山 淳子
奇跡の人	The Miracle Worker	社会	1980	US	Hush, little baby	子守	中盤	沢山	幼児	愛情	鳥山 淳子
きっと忘れない	With Honors	友情	1994	US	Finders keepers	格言	前半	沢山	大人	決句	安井 貞夫
君が眠る前に	Our Sons	社会	1993	US	Mary had a little lamb	人物	中盤	1部	大人	歌・B	木田裕美子
キャスパー誕生	Casper: A Spirited Beginning	冒険	1997	US	Good night, sleep tight	子守	後半	1部	幼児	状況	鳥山 淳子
鏡花狂恋	鏡花狂恋	恋愛	1992	JP	Solomon Grundy	人物	複数	沢山	大人	状況	河村 久江
キラー・クラウン	Killer Klowns from Outer Space	ホラー	1988	US	Up and down the City Road	動物	中盤	沢山	大人	歌・B	鳥山 淳子
KILLER 第一級殺人	Killer A Journal of Muder	社会	1995	US	There were once two cats of Kilkenny	動物	後半	沢山	大人	状況	鳥山 淳子
キング・オブ・ジャズ	King of Jazz	その他	1930	US	Up and down the City Road	動物	前半	1部	大人	歌・B	鳥山 淳子
キンダーガートン・コップ	Kindergarten Cop	コメ	1990	US	Twinkle, twinkle, little star	天・星	後半	1部	幼児	郷愁	鳥山 淳子
クイーンズ・ロジック	Queens Logic	友情	1991	US	Humpty Dumpty	人物	前半	1部	大人	から	木田裕美子
クイーンズ・ロジック	Queens Logic	友情	1991	US	Jack and Jill	人物	前半	1部	大人	から	鳥山 淳子
グース	Fly Away Home	家愛	1996	US	Old Mother Goose	人物	複数	1部	大人	状況	鳥山 淳子
グース	Fly Away Home	家愛	1996	US	Ladybird, ladybird	動物	タイ	タイ	タイ	状況	鳥山 淳子
グーニーズ	The Goonies	冒険	1985	US	Hush-a-bye, baby	子守	後半	沢山	成人	状況	鳥山 淳子
グーニーズ	The Goonies	冒険	1985	US	Ring-a-ring o'roses	遊唄	前半	1部	大人	歌・B	鳥山 淳子
グッドモーニング・バビロン	Good Morning, Babilonia	家愛	1987	US	One, two, buckle my shoe	数唄	前半	1部	大人	学習	木田裕美子
雲の中で散歩	Walking in the Clouds	恋愛	1995	US	Solomon Grundy	人物	前半	もじり	大人	から	鳥山 淳子
クラブ ラインストーン	Rhinestone	恋愛	1984	US	Humpty Dumpty	人物	前半	1部	大人	から	鳥山 淳子
クラブ ラインストーン	Rhinestone	恋愛	1984	US	Old MacDonald had a farm	人物	中盤	沢山	大人	から	鳥山 淳子
クルックリン	Crooklyn	家愛	1995	US	Now I lay me down to sleep	願掛	中盤	沢山	幼児	決句	鳥山 淳子
クルックリン	Crooklyn	家愛	1995	US	Good night, sleep tight	子守	中盤	沢山	幼児	決句	鳥山 淳子
クルックリン	Crooklyn	家愛	1995	US	One, two, three	数唄	中盤	もじり	幼児	歌・B	鳥山 淳子
クレイドル・ウィル・ロック	Cradle Will Rock	社会	2000	US	Hush-a-bye, baby	子守	前半	中・タ	大人	状況	鳥山 淳子
クレイドル・ウィル・ロック	Cradle Will Rock	社会	2000	US	Jack and Jill	人物	中盤	1部	大人	状況	鳥山 淳子
クレイドル・ウィル・ロック	Cradle Will Rock	社会	2000	US	He loves me, he don't	占唄	中盤	1部	大人	状況	鳥山 淳子
クレイマー、クレイマー	Kramer vs. Kramer	家愛	1979	US	Good night, sleep tight	子守	中盤	沢山	幼児	愛情	鳥山 淳子
グレンとグレンダ	Glen or Glenda	コメ	1956	US	What are little boys made of?	人物	複数	沢山	大人	状況	鳥山 淳子
クローゼット・ランド	Closet Land	サス	1991	US	Hey diddle diddle	動物	後半	1部	大人	状況	鳥山 淳子
クローゼット・ランド	Closet Land	サス	1991	US	Oranges and lemons	遊唄	中盤	1部	大人	恐怖	鳥山 淳子
クワイエット・ルーム	The Quiet Room	家愛	1996	Aust	Hey diddle diddle	動物	複数	もじり	幼児	状況	木田裕美子
クワイエット・ルーム	The Quiet Room	家愛	1996	Aust	Mary had a little lamb	人物	中盤	もじり	幼児	状況	木田裕美子
クワイエット・ルーム	The Quiet Room	家愛	1996	Aust	Jack be nimble	人物	中盤	もじり	幼児	状況	木田裕美子
クワイエット・ルーム	The Quiet Room	家愛	1996	Aust	Row, row, row your boat	遊唄	中盤	1部	幼児	歌・B	木田裕美子

刑事コロンボ・歌声の消えた海	Troubled Waters	ミス	1975	US	This old man, he played one	数唄	後半	1部	大人	歌・B	鳥山 淳子
刑事ジョー ママにお手上げ	Stop! Or My Mom Will Shoot	コメ	1992	US	Here we go round the mulberry bush	遊唄	前半	もじり	成人	から	永添 泰子
ケーブルガイ	The Cable Guy	サス	1996	US	He loves me, he don't	占唄	中盤	もじり	大人	から	鳥山 淳子
恋するための3つのルール	Mickey Blue Eyes	恋愛	1999	US	Rub-a-dub-dub	人物	後半	もじり	大人	から	鳥山 淳子
恋する人魚たち	Mermaids	恋愛	1990	US	Little Bo-peep	人物	後半	1部	大人	状況	木田裕美子
恋のためらい	Frankie & Johnny	恋愛	1991	US	Itsy bitsy spider	遊唄	前半	沢山	幼児	歌・B	木田裕美子
恋の闇・愛の光	Restoration	恋愛	1995	US/UK	Ride a cock-horse	遊唄	中盤	沢山	大人	状況	鳥山 淳子
恋の闇・愛の光	Restoration	恋愛	1995	US/UK	London Bridge	遊唄	前半	1部	観客	状況	鳥山 淳子
ゴースト ニューヨークの幻	Ghost	恋愛	1990	US	Ten green bottles	数唄	中盤	1部	大人	から	池下 裕次
構想の死角	Murder by the Book	ミス	1971	US	Jack and Jill	人物	後半	もじり	大人	状況	藤野 紀男
極楽捕物帳	A-Haunting We Will Go	コメ	1945	US	Tally-ho! Tally-ho!	動物	タイ	タイ	タイ	状況	藤野 紀男
心乱れて	Heart Burn	恋愛	1986	US	Itsy bitsy spider	遊唄	複数	沢山	幼児	状況	鳥山 淳子
心を繋ぐ6ペンス	Half a Sixpence	恋愛	1967	US	I love sixpence	恋愛	タイ	タイ	タイ	状況	鳥山 淳子
ゴッド・アーミー	God's Army	ホラー	1994	US	Little Tommy Tucker	人物	後半	1部	大人	から	鳥山 淳子
子供の夢	Wynken, Blynken and Nod	アニメ	1938	US	Wynken, Blynken and Nod	人物	複数	中・夕	アニメ	状況	渡辺 泰
この子の七つのお祝いに	この子の七つのお祝いに	ミス	1982	JP	とおりゃんせ	遊唄	後半	中・夕	大人	恐怖	鳥山 淳子
子守	Lullaby Land	アニメ	1933	US	Hush-a-bye, baby	子守	前半	沢山	乳児	愛情	鳥山 淳子
子守	Lullaby Land	アニメ	1933	US	What are little boys made of?	人物	前半	沢山	乳児	愛情	鳥山 淳子
コリーナ, コリーナ	Corrina, Corrina	家愛	1994	US	Hush, little baby	子守	中盤	もじり	幼児	愛情	鳥山 淳子
コレクター	Kiss the Girls	サス	1997	US	Georgie Porgie	人物	タイ	タイ	タイ	状況	鳥山 淳子
こわれゆく女	A Woman Under the Influence	家愛	1975	US	This old man, he played one	数唄	中盤	1部	幼児	歌・B	鳥山 淳子
ザ・セル	The Cell	サス	2000	US	Sing a song of sixpence	動物	前半	1部	大人	歌・B	鳥山 淳子
ザ・セル	The Cell	サス	2000	US	Old Mother Goose	人物	前半	1部	大人	恐怖	鳥山 淳子
ザ・セル	The Cell	サス	2000	US	In fir tar is	言遊	中盤	もじり	大人	恐怖	鳥山 淳子
ザ・タブー 暴かれた衝撃	Little Boy Blue	サス	1998	US	Little Boy Blue	人物	複数	中・夕	幼児	状況	鳥山 淳子
ザ・テレフォン	The Telephone	コメ	1988	US	Three blind mice	動物	前半	1部	大人	から	鳥山 淳子
サーサスの世界	Circus World	社会	1964	US	Humpty Dumpty	人物	前半	1部	大人	状況	鳥山 淳子
サーズデイ・チャイルド	Thursday's Child	家愛	1983	US	Monday's child is fair of face	占唄	後半	中・夕	成人	愛情	木田裕美子
最終絶叫計画	Scary Movie	コメ	2000	US	This little pig	遊唄	後半	もじり	大人	から	鳥山 淳子
サイレントハンター	Silent Hunter	アク	1994	US	Old McDonald had a farm	人物	後半	沢山	大人	から	鳥山 淳子
酒とバラの日々	Days of Wine and Roses	恋愛	1962	US	Bye, baby bunting	子守	不明	1部	乳児	愛情	鳥山 淳子
殺人がいっぱい	殺人がいっぱい	ミス	1991	JP	Twinkle, twinkle, little star	天・星	前半	沢山	大人	恐怖	鳥山 淳子
殺人がいっぱい	殺人がいっぱい	ミス	1991	JP	Old Mother Goose	人物	前半	もじり	大人	状況	鳥山 淳子
殺人がいっぱい	殺人がいっぱい	ミス	1991	JP	Humpty Dumpty	人物	前半	1部	大人	恐怖	鳥山 淳子
殺人がいっぱい	殺人がいっぱい	ミス	1991	JP	Who killed Cock Robin?	動物	中盤	1部	大人	恐怖	鳥山 淳子
殺人がいっぱい	殺人がいっぱい	ミス	1991	JP	See-saw, Margery Daw	人物	後半	沢山	大人	状況	鳥山 淳子
殺人がいっぱい	殺人がいっぱい	ミス	1991	JP	Now I lay me down to sleep	願掛	後半	沢山	大人	状況	鳥山 淳子
殺人者の青春	What Became of Jack and Jill?	サス	1972	UK	Jack and Jill	人物	タイ	タイ	タイ	状況	鳥山 淳子
殺人病棟	Betrayal of the Dove	サス	1993	US	Three blind mice	動物	前半	1部	大人	状況	鳥山 淳子
札束とお嬢さん	Cash MacCall	恋愛	1960	US	Money in the kitchen	遊唄	前半	もじり	幼児	状況	鳥山 淳子
錆びついた銃弾	Diary of Hitman	暴力	1991	US	Rain, rain, go away	願掛	複数	もじり	大人	から	鳥山 淳子
サファリ殺人事件	Ten Little Indians	ミス	1989	US	Ten little nigger boys	数唄	前半	中・夕	大人	状況	鳥山 淳子
サボタージュ	Savotage	アニメ	1936	UK	Who killed Cock Robin?	動物	後半	タイ	アニメ	状況	鳥山 淳子
サムボディ・トゥ・ラブ	Somebody to Love	恋愛	1994	US	Georgie Porgie	人物	中盤	1部	大人	から	木田裕美子
サロメ	Salome's Last Dance	社会	1987	US	Please to remember	歳時	前半	1部	大人	状況	鳥山 淳子
34丁目の奇跡	Miracle on 34th Street	家愛	1947	US	To market, to market	遊唄	後半	沢山	幼児	愛情	鳥山 淳子
34丁目の奇跡	Miracle on 34th Street	家愛	1973	US	Old Mother Goose	人物	後半	1部	大人	状況	鳥山 淳子

映画名	原題	分類	年代	国名	マザーグース	MG分類	位置	用法	相手	意図	発見者
サンタクローズ	The Santa Clause	コメ	1994	US	Punch and Judy	人物	中盤	1部	幼児	状況	鳥山 淳子
サンタリア	The Believers	サス	1987	US	Knock, knock	言遊	前半	もじり	幼児	から	鳥山 淳子
3匹のこぶた	Three Little Pigs	アニメ	1933	US	Hey diddle diddle	動物	前半	1部	アニメ	から	鳥山 淳子
シー・オブ・ラブ	Sea of Love	恋愛	1989	US	Roses are red	恋愛	中盤	もじり	大人	から	木田裕美子
シークレット・レンズ	The Man with the Deadly Lens	ミス	1982	US	Humpty Dumpty	人物	前半	もじり	大人	から	鳥山 淳子
ジェファソン・イン・パリ 若き大統領の恋	Jefferson in Paris	社会	1995	UK	Yankee Doodle	人物	中盤	もじり	大人	から	木田裕美子
茂みの中の欲望	Here We Go Round the Mulberry Bush	コメ	1967	UK	Here we go round the mulberry bush	遊唄	タイ	タイ	タイ	状況	藤野 紀男
地獄の女四コマンド	Hired to Kill	アク	1990	US	This little pig	遊唄	後半	もじり	大人	から	鳥山 淳子
シザーハンズ	Edward Scissorhands	恋愛	1990	US	I saw three ships come sailing by	歳時	後半	もじり	大人	状況	鳥山 淳子
七福星	Twinkle, Twinkle, Lucky Stars	アク	1985	HK	Twinkle, twinkle, little star	天・星	タイ	タイ	タイ	状況	藤野 紀男
シティ・オブ・エンジェル	City of Angels	恋愛	1998	US	Do you know the muffin man	人物	前半	1部	幼児	愛情	鳥山 淳子
死にゆく者への祈り	A Prayer for the Dying	サス	1987	UK	Three blind mice	動物	後半	沢山	大人	恐怖	鳥山 淳子
芝生は緑	The Grass is Greener	恋愛	1961	US	Yankee Doodle	人物	不明	1部	大人	から	和田 誠
ジミー さよならのキスもしてくれない	Jimmy Reardon	家愛	1987	US	Ride a cock-horse	遊唄	中盤	もじり	大人	から	鳥山 淳子
ジム・キャリーはMr.ダマー	Dumb and Dumber	コメ	1995	US	Hush, little baby	子守	中盤	沢山	大人	から	鳥山 淳子
ジム・キャリーはMr.ダマー	Dumb and Dumber	コメ	1995	US	Eeny, meeny, miney, mo	遊唄	前半	1部	大人	から	鳥山 淳子
シャーロック・ホームズ	Return of Sherlock Holmes	ミス	1986	US	London Bridge	遊唄	後半	1部	大人	状況	鳥山 淳子
ジャイアント・ベビー	Honey I Blew up The Kid	コメ	1992	US	Twinkle, twinkle, little star	天・星	前半	沢山	幼児	愛情	木田裕美子
ジャガーノート	Juggernaut	サス	1974	UK	Will you walk into my parlor?	動物	中盤	1部	大人	状況	鳥山 淳子
シャレード	Charade	ミス	1963	US	Punch and Judy	人物	前半	1部	大人	から	鳥山 淳子
ジャングル・ブック	Jungle Book	アニメ	1967	US	Birds of a feather flock together	格言	中盤	1部	アニメ	決句	鳥山 淳子
シューティング・フィッシュ	Shooting Fish	コメ	1997	US	There was an old woman who lived in a shoe	人物	前半	1部	幼児	状況	木田裕美子
シューティング・フィッシュ	Shooting Fish	コメ	1997	US	I'm a little tea pot	遊唄	前半	沢山	大人	状況	木田裕美子
ジュラシック・パーク	Jurassic Park	SF	1993	US	Hush-a-bye, baby	子守	前半	1部	乳児	状況	鳥山 淳子
ショウほど素敵な商売はない	There's No Business Like Show Business	家愛	1954	US	Something old, something new	格言	中盤	1部	大人	状況	鳥山 淳子
上流社会	High Society	コメ	1956	US	Georgie Porgie	人物	後半	1部	大人	から	鳥山 淳子
女王陛下の007	On her Majesty's Secret Service	アク	1969	UK	He loves me, he don't	占唄	後半	1部	大人	決句	鳥山 淳子
ショート・サーキット	Short Circuit	SF	1986	US	Pat-a-cake	遊唄	後半	1部	アニメ	郷愁	鳥山 淳子
ジョー満月の島へ行く	Joe versus the Volcano	コメ	1990	US	Tweedledum and Tweedledee	人物	中盤	1部	大人	状況	木田裕美子
ジョン・キャンディの大進撃	Canadian Bacon	コメ	1994	US	Old MacDonald had a farm	人物	前半	もじり	大人	から	鳥山 淳子
新刑事コロンボ・華麗なる罠	Uneasy Lies The Crown	ミス	1990	US	This old man, he played one	数唄	中盤	1部	大人	歌・B	鳥山 淳子
新ポリス・アカデミー/バトルロイヤル	Police Academy Battle Royal	コメ	1989	US	The first day of Christmas	歳時	前半	沢山	大人	から	鳥山 淳子
新ポリス・アカデミー/バトルロイヤル	Police Academy Battle Royal	コメ	1989	US	Knock, knock	言遊	後半	もじり	大人	から	木田裕美子
素顔のままで	Striptease	サス	1996	US	Hush, little baby	子守	中盤	1部	幼児	愛情	鳥山 淳子
素顔のままで	Striptease	サス	1996	US	Postman, postman	遊唄	後半	もじり	幼児	歌・B	鳥山 淳子
スタークリスタル2	Star Cristal 2	アク	1997	US	Eeny, meeny, miney, mo	遊唄	中盤	1部	大人	から	木田裕美子
スタートレック5 新たなる未知へ	Star Trek V	SF	1989	US	Row, row, row your boat	遊唄	複数	沢山	大人	歌・B	鳥山 淳子

スチュアート・リトル	Stuart Little	家愛	2000	US	Good night, sleep tight	子守	中盤	沢山	幼児	決句	鳥山 淳子
ストーリー・オブ・ラブ	The Story of Us	恋愛	1999	US	Jack Sprat	人物	後半	1部	大人	状況	木田裕美子
ストレンジ・ピープル	Too Much Sun	コメ	1990	US	He loves me, he don't	占唄	前半	1部	大人	から	鳥山 淳子
スパイダー	Along Came A Spider	サス	2001	US	Little Miss Muffet	人物	複数	ﾀ･中	大人	状況	鳥山 淳子
スペース・ジャム	Space Jam	コメ	1996	US	Twinkle, twinkle, little star	天･星	後半	1部	アニメ	から	鳥山 淳子
スポーン	Spawn The Movie	アク	1997	US	Twinkle, twinkle, little star	天･星	後半	もじり	大人	から	高山伊智朗
すみれはブルー	Violets are Blue	恋愛	1986	US	Roses are red	恋愛	タイ	タイ	タイ	状況	鳥山 淳子
スリーメン&ベビー	Three Men and a Baby	コメ	1987	US	Hush-a-bye, baby	子守	前半	1部	乳児	愛情	永添 泰子
スリーメン&ベビー	Three Men and a Baby	コメ	1987	US	Hush, little baby	子守	前半	もじり	大人	から	鳥山 淳子
青春カーニバル	Roustabout	恋愛	1964	US	Finders keepers	格言	中盤	1部	大人	状況	鳥山 淳子
聖メリーの鐘	The Bells of St. Mary's	社会	1945	US	Oranges and lemons	遊唄	タイ	タイ	大人	状況	鳥山 淳子
世界を駆ける恋	The Lady Takes a Flyer	コメ	1958	US	Hush-a-bye, baby	子守	後半	1部	乳児	状況	鳥山 淳子
セカンド・ベスト	Second Best	家愛	1994	US	Round and round the garden	遊唄	中盤	沢山	幼児	郷愁	鳥山 淳子
007は殺しの番号	Dr. No	アク	1962	US	Three blind mice	動物	前半	もじり	大人	状況	藤野 紀男
セント・オブ・ウーマン	Scent of a Woman	友情	1992	US	Hush-a-bye, baby	子守	前半	1部	大人	状況	木田裕美子
戦慄の殺人屋敷	The Old Dark House	サス	1963	US/UK	Humpty Dumpty	人物	前半	1部	大人	恐怖	鳥山 淳子
戦慄の殺人屋敷	The Old Dark House	サス	1963	US/UK	Oranges and lemons	遊唄	複数	沢山	大人	恐怖	鳥山 淳子
善人サム	Good Sam	家愛	1948	US	There was an old woman who lived in a shoe	人物	中盤	1部	幼児	愛情	鳥山 淳子
善人サム	Good Sam	家愛	1948	US	Old Mother Hubbard	人物	中盤	1部	幼児	愛情	鳥山 淳子
善人サム	Good Sam	家愛	1948	US	This little pig	遊唄	中盤	1部	幼児	愛情	鳥山 淳子
善人サム	Good Sam	家愛	1948	US	Little Miss Muffet	人物	中盤	1部	幼児	愛情	鳥山 淳子
善人サム	Good Sam	家愛	1948	US	Little Boy Blue	人物	中盤	1部	幼児	愛情	鳥山 淳子
草原の輝き	Splendor in the Grass	恋愛	1961	US	Good night, sleep tight	子守	前半	沢山	成人	愛情	藤野 紀男
続・赤毛のアン	Anne of Green Gables/the Sequel	家愛	1988	Ca	Little Bo-peep	人物	後半	沢山	大人	から	木田裕美子
続・ある愛の詩	Oliver's Story	恋愛	1978	US	There was a crooked man	人物	中盤	大人	状況	藤野 紀男
底抜け楽じゃないです	Rock-A-Bye, Baby	コメ	1957	US	Hush-a-bye, baby	子守	タイ	タイ	タイ	状況	藤野 紀男
そして誰もいなくなった	And Then There Were None	ミス	1945	US	Ten little nigger boys	数詞	複数	中･ﾀ	大人	恐怖	鳥山 淳子
そして誰もいなくなった	And Then There Were None	ミス	1975	UK	Ten little nigger boys	数詞	複数	中･ﾀ	大人	恐怖	鳥山 淳子
訴訟	Class Action	社会	1991	US	The Queen of Hearts	人物	前半	1部	大人	状況	鳥山 淳子
卒業	The Graduate	恋愛	1967	US	Can you make me a cambric shirt?	恋愛	中盤	もじり	大人	歌･B	鳥山 淳子
ダーティハリー	Dirty Harry	アク	1971	US	Row, row, row your boat	遊唄	後半	沢山	幼児	恐怖	鳥山 淳子
ダーティハリー	Dirty Harry	アク	1971	US	Old MacDonald had a farm	人物	後半	1部	大人	歌･B	鳥山 淳子
大脱獄	There Was a Crooked Man	社会	1970	US	There was a crooked man	人物	タイ	1部	タイ	状況	鳥山 淳子
大脱走	The Great Escape	社会	1963	US	The first day of Christmas	歳時	中盤	沢山	大人	歌･B	田村
大脱走	The Great Escape	社会	1963	US	Yankee Doodle	人物	中盤	沢山	大人	歌･B	田村
大統領の陰謀	All the President's Men	社会	1976	US	Humpty Dumpty	人物	タイ	タイ	大人	状況	藤野 紀男
ダイ・ハード3	Die Hard with a Vengeance	アク	1995	US	Simple Simon	人物	前半	もじり	大人	から	鷲津名都江
ダイ・ハード3	Die Hard with a Vengeance	アク	1995	US	I had two pigeons bright and gay	動物	前半	もじり	大人	から	鳥山 淳子
ダイ・ハード3	Die Hard with a Vengeance	アク	1995	US	Birds of a feather flock together	格言	前半	もじり	大人	から	鳥山 淳子
ダイ・ハード3	Die Hard with a Vengeance	アク	1995	US	As I was going to St. Ives	なぞ	前半	沢山	大人	から	鷲津名都江
ダイ・ハード3	Die Hard with a Vengeance	アク	1995	US	Row, row, row your boat	遊唄	後半	幼児	歌･B	鳥山 淳子
ダイ・ハード3	Die Hard with a Vengeance	アク	1995	US	The first day of Christmas	歳時	後半	1部	大人	状況	鳥山 淳子
ダイナー	Diner	友情	1982	US	Hickory, dickory, dock	遊唄	後半	1部	大人	から	鳥山 淳子
タイムトラベラー	Blast From the Past	家愛	1999	Fr	Good night, sleep tight	子守	前半	沢山	大人	から	鳥山 淳子
誰がコックロビンを殺したか	Who Killed Cock Robin?	アニメ	1935	US	Who killed Cock Robin?	動物	後半	中･ﾀ	アニメ	状況	和田 誠
誰がビンセント・チンを殺したか	Who Killed Vincent Chin?	社会	1988	US	Who Killed Cock Robin?	動物	タイ	タイ	タイ	決句	鳥山 淳子

映画名	原題	分類	年代	国名	マザーグース	MG分類	位置	用法	相手	意図	発見者
ダンテズ・ピーク	Dante's Peak	アク	1996	US	Row, row, row your boat	遊唄	中盤	沢山	大人	状況	鳥山　淳子
ダンボ	Dumbo	アニメ	1941	US	Hush-a-bye, baby	子守	前半	もじり	アニメ	愛情	鳥山　淳子
ダンボ	Dumbo	アニメ	1941	US	Jack and Jill	人物	中盤	1部	アニメ	決句	鳥山　淳子
地上最大のショウ	Greatest Show on the Earth	恋愛	1952	US	Old Mother Goose	人物	中盤	1部	大人	状況	鳥山　淳子
地上最大のショウ	Greatest Show on the Earth	恋愛	1952	US	Three blind mice	動物	中盤	1部	大人	状況	鳥山　淳子
地中海殺人事件	Evil Under the Sun	ミス	1982	UK	For every evil under the sun	格言	前半	中・タ	大人	恐怖	藤野　紀男
蜘蛛事変	The Spider and the Fly	アニメ	1931	US	Will you walk into my parlor?	動物	複数	中・タ	アニメ	状況	鳥山　淳子
忠公三銃士	Three Blind Mouseketeers	アニメ	1936	US	Three blind mice	動物	複数	中・タ	アニメ	状況	渡辺　泰
チップス先生さようなら	Goodbye, Mr. Chips	社会	1969	US	London Bridge	遊唄	前半	もじり	大人	歌・B	鳥山　淳子
ちびっこギャング	The Little Rascals	コメ	1994	US	Thirty days hath September	格言	前半	沢山	幼児	から	鳥山　淳子
ちびっこギャング	The Little Rascals	コメ	1994	US	He loves me, he don't	占唄	中盤	1部	幼児	決句	鳥山　淳子
ちびっこギャング	The Little Rascals	コメ	1994	US	Finders keepers	格言	後半	もじり	幼児	決句	鳥山　淳子
沈黙の戦艦	Under Siege	アク	1992	US	This little pig	遊唄	後半	沢山	大人	から	鳥山　淳子
月世界一番乗り	Man in the Moon	社会	1961	UK	The man in the moon	人物	タイ	タイ	タイ	状況	藤野　紀男
テス	Tess	恋愛	1979	UK	Bye, baby bunting	子守	前半	沢山	乳児	愛情	永添　泰子
デッド・カーム 戦慄の航海	Dead Calm	サス	1988	Aust	Itsy bitsy spider	遊唄	後半	沢山	大人	から	鳥山　淳子
天使にラブ・ソングを2	Sister Act 2	コメ	1993	US	Mary had a little lamb	人物	中盤	沢山	大人	歌・B	木田裕美子
天使にラブソングを	Sister Act	コメ	1992	US	Matthew, Mark, Luke and John	願掛	前半	1部	大人	から	木田裕美子
天使のくれた時間	The Family Man	家愛	2001	US	Twinkle, twinkle, little star	天・星	中盤	1部	幼児	歌・B	鳥山　淳子
天使の贈り物	The Preacher's Wife	家愛	1996	US	The first day of Christmas	歳時	後半	1部	大人	状況	鳥山　淳子
デンバーに死す時	Things to Do in Denver When You're Dead	サス	1995	US	Cinderella dressed in yella	遊唄	前半	沢山	幼児	歌・B	鳥山　淳子
電話で抱きしめて	Hanging Up	家愛	2000	US	Georgie Porgie	人物	中盤	1部	成人	から	木田裕美子
トイ・ストーリー	Toy Story	アニメ	1995	US	Little Bo-peep	人物	複数	もじり	アニメ	状況	安井　貞夫
トイ・ストーリー	Toy Story	アニメ	1995	US	Humpty Dumpty	人物	中盤	1部	アニメ	から	鳥山　淳子
トイ・ストーリー	Toy Story	アニメ	1995	US	Up and down the City Road	動物	中盤	1部	アニメ	状況	鳥山　淳子
逃亡者	Desperate Hours	サス	1990	US	Tinker, Tailor, Soldier, Sailor	占唄	中盤	1部	大人	から	鳥山　淳子
童話行進曲	Mother Goose Melodies	アニメ	1931	US	Old Mother Goose	人物	複数	沢山	アニメ	状況	渡辺　泰
トーク・レディオ	Talk Radio	サス	1988	US	Sticks and stones can break your bones	格言	後半	1部	大人	状況	鳥山　淳子
毒薬と老嬢	Arsenic and Old Lace	コメ	1944	US	Something old, something new	格言	前半	沢山	大人	決句	鳥山　淳子
トップガン	Top Gun	アク	1986	US	Old Mother Goose	人物	中盤	1部	大人	から	木田裕美子
トム・ソーヤーの大冒険	Tom and Huck	冒険	1995	US	Ring-a-ring o'roses	遊唄	後半	沢山	大人	状況	塩沢　晃一
ドラグネット	Dragnet	アク	1987	US	Old Mother Goose	人物	中盤	1部	大人	から	鳥山　淳子
ドリーム・チャイルド	Dream Child	家愛	1985	UK	Twinkle, twinkle, little star	天・星	中盤	もじり	幼児	から	鳥山　淳子
ドリーム・チャイルド	Dream Child	家愛	1985	UK	Will you walk into my parlor?	動物	中盤	もじり	幼児	から	鳥山　淳子
トワイライトサマー さよなら夏の日	Criss Cross	社会	1992	US	Ladybird, ladybird	動物	後半	1部	大人	決句	木田裕美子
ナイスガイ・ニューヨーク	Come Blow Your Horn	コメ	1963	US	Little Boy Blue	人物	タイ	タイ	タイ	状況	藤野　紀男
ナイル殺人事件	Death on the Nile	ミス	1978	UK	Good night, sleep tight	子守	前半	沢山	大人	から	藤野　紀男
ナチュラル・ボーン・キラーズ	Natural Born Killers	暴力	1994	US	Eeny, meeny, miney, mo	遊唄	前半	もじり	大人	恐怖	鳥山　淳子
夏の夜の夢	A Midsummer Night's Dream	コメ	1996	UK	The man in the moon	人物	後半	1部	大人	状況	鳥山　淳子
七つのダイヤル	Seven Dials Mystery	ミス	1981	UK	One, two, buckle my shoe	数唄	中盤	沢山	大人	から	鳥山　淳子
二重の罪	Double Sin	ミス	1990	UK	Please to remember	歳時	前半	1部	幼児	状況	鳥山　淳子
24羽のクロツグミ	Four and Twenty Blackbirds	ミス	1989	UK	Sing a song of sixpence	動物	中盤	沢山	大人	から	鳥山　淳子
乳児はトップレディがお好き	Baby Boom	コメ	1987	US	Itsy bitsy spider	遊唄	中盤	1部	乳児	愛情	鳥山　淳子
ニュートン・ボーイズ	The Newton Boys	アク	1998	US	Mary had a little lamb	人物	中盤	1部	大人	から	木田裕美子
ねじれた道	Walk a Crooked Mile	サス	1948	US	There was a crooked man	人物	タイ	タイ	タイ	状況	藤野　紀男

ネバーエンディングストーリーⅢ	The Neverending Story 3	冒険	1994	US	Hush-a-bye, baby	子守	中盤	沢山	幼児	状況	木田裕美子
ネル	Nell	社会	1994	US	Itsy bitsy spider	遊唄	中盤	1部	幼児	学習	阿部 伸一
ノイズ	The Astronaut's Wife	サス	1999	US	Itsy bitsy spider	遊唄	中盤	1部	幼児	歌・B	木田裕美子
ノー・プレイス・トゥ・ハイド	No Place to Hide	サス	1992	US	Matthew, Mark, Luke and John	願掛	中盤	沢山	大人	決句	鳥山 淳子
ノーマ・ジーンとマリリン	Norma Jean and Marilyn	恋愛	1996	US	This is the way the ladies ride	遊唄	前半	1部	大人	愛情	鳥山 淳子
バージニア・ウルフなんかこわくない	Who's Afraid of Virginia Woolf!	社会	1966	US	Georgie Porgie	人物	前半	1部	大人	から	鳥山 淳子
バージニア・ウルフなんかこわくない	Who's Afraid of Virginia Woolf!	社会	1966	US	Here we go round the mulberry bush	遊唄	後半	1部	大人	から	鳥山 淳子
バーチュオシティ	Virtuosity	アク	1995	US	Eeny, meeny, miney, mo	遊唄	後半	1部	大人	決句	木田裕美子
パーティ	The Party	コメ	1968	US	Thirty days hath September	格言	中盤	1部	大人	から	鳥山 淳子
バード・オン・ワイヤー	Bird on a Wire	コメ	1990	US	Something old, something new	格言	後半	沢山	大人	決句	鳥山 淳子
バイバイモンキー	Bye, Bye Monkeys	社会	1977	It.Fr	Hush-a-bye, baby	子守	中盤	沢山	乳児	愛情	木田裕美子
ハウス・オブ・カード	House of Cards	社会	1992	US	Knock, knock	言遊	後半	もじり	幼児	から	鳥山 淳子
バウンティフルへの旅	The Trip to Bountiful	家愛	1985	US	Hush, little baby	子守	前半	沢山	成人	郷愁	鳥山 淳子
バグズ・ライフ	A Bug's Life	アニメ	1998	US	Ladybird, ladybird	動物	前半	1部	アニメ	から	鳥山 淳子
白昼の死刑台	If He Hollers, Let Him Go!	サス	1968	US	Eeny, meeny, miney, mo	遊唄	タイ	タイ	1部	状況	藤野 紀男
裸の銃を持つ男 Part33 1/3 最後の屈辱	Naked Gun 33 1/3: The Final Insult	コメ	1994	US	Ten green bottles	数唄	中盤	沢山	大人	から	鳥山 淳子
バタフライ・キス	Butterfly Kiss	暴力	1995	US	Sticks and stomes can break your bones	格言	前半	もじり	大人	状況	鳥山 淳子
バットマン リターンズ	Batman Returns	アク	1992	US	One, two, three, four, five, six, seven	数唄	後半	もじり	大人	恐怖	鳥山 淳子
バットマン＆ロビン	Batman & Robin	アク	1997	US	He loves me, he don't	占唄	後半	1部	大人	決句	鳥山 淳子
花嫁のパパ2	Father of the Bride 2	コメ	1996	US	There was an old woman who lived in a shoe	人物	前半	もじり	大人	から	鳥山 淳子
花嫁のパパ2	Father of the Bride 2	コメ	1996	US	Hush-a-bye, baby	子守	中盤	1部	乳児	愛情	鳥山 淳子
パパとマチルダ	A Simple Twist of Fate	家愛	1994	US	Twinkle, twinkle, little star	天・星	中盤	1部	幼児	歌・B	木田裕美子
バビロンへ何マイル	How Many Miles to Babylon?	社会	1982	UK	How many miles to Babylon?	遊唄	複数	中・夕	大人	状況	鳥山 淳子
パラダイン夫人の恋	The Paradine Case	ミス	1947	US	Mary had a little lamb	動物	中盤	1部	大人	から	鳥山 淳子
ハリーとトント	Harry and Tonto	家愛	1974	US	Up and down the City Road	動物	中盤	1部	大人	から	鳥山 淳子
パリの恋人	Funny Face	恋愛	1957	US	Hey diddle diddle	動物	後半	1部	大人	から	鳥山 淳子
パリの恋人	Funny Face	恋愛	1957	US	Roses are red	恋愛	後半	1部	大人	から	鳥山 淳子
パルプ・フィクション	Pulp Fiction	暴力	1994	US	Eeny, meeny, miney, mo	遊唄	中盤	沢山	大人	決句	安井 貞夫
犯罪心理捜査官	When the Bough Breaks	ミス	1993	US	Hush-a-bye, baby	子守	タイ	中・夕	幼児	状況	鳥山 淳子
犯罪心理捜査官	When the Bough Breaks	ミス	1993	US	Yankee Doodle	人物	中盤	1部	大人	歌・B	鳥山 淳子
ハンター	The Hunter	アク	1980	US	Roses are red	恋愛	中盤	もじり	大人	恐怖	鳥山 淳子
ハンニバル	Hannibal	サス	2001	US	I do not like thee, Doctor Fell	人物	中盤	1部	大人	状況	鳥山 淳子
ピアノ・レッスン	The Piano	恋愛	1993	Aust	O, the grand Duke of York	人物	後半	沢山	幼児	歌・B	林 洋子
ピアノ・レッスン	The Piano	恋愛	1993	Aust	Twinkle, twinkle, little star	天・星	後半	1部	大人	から	鳥山 淳子
ピアノ・レッスン	The Piano	恋愛	1993	Aust	Mary had a little lamb	動物	後半	1部	大人	から	鳥山 淳子
ピーター・パン	Peter Pan	アニメ	1953	US	Twinkle, twinkle, little star	天・星	前半	1部	アニメ・B	鳥山 淳子
ピーター・パン	Peter Pan	アニメ	1953	US	Ring-a-ring o' roses	遊唄	前半	1部	アニメ	から	鳥山 淳子
ピーター・ラビット	Peter Rabbit	アニメ	1993	US	Rain, rain, go away	願掛	前半	沢山	大人	決句	鳥山 淳子
ビーン	Bean	コメ	1997	UK	Row, row, row your boat	遊唄	中盤	もじり	大人	から	鳥山 淳子
ピクニック	Picnic	恋愛	1955	US	Old MacDonald had a farm	人物	中盤	沢山	幼児	歌・B	鳥山 淳子
ピクニック	Picnic	恋愛	1955	US	Something old, something new	格言	後半	1部	大人	決句	鳥山 淳子
美女と野獣	Beauty and the Beast	アニメ	1991	US	Nursery Rhyme		複数	1部	アニメ	状況	鳥山 淳子
美人刑事シルク	Silk 2	アク	1989	US	Ten green bottles	数唄	中盤	沢山	大人	から	鳥山 淳子

Mother Goose
263

映画名	原題	分類	年代	国名	マザーグース	MG分類	位置	用法	相手	意図	発見者
ヒッコリーロードの殺人	Hickory, Dickory, Dock	ミス	1994	US	Hickory, dickory, dock	遊唄	複数	中・夕	観客	恐怖	鳥山 淳子
必殺処刑ハンター	Street Knight	アク	1993	US	Eeny, meeny, miney, mo	遊唄	後半	1部	成人	から	鳥山 淳子
羊たちの沈黙	The Silence of the Hams	コメ	1993	US	Humpty Dumpty	人物	前半	もじり	大人	から	鳥山 淳子
瞳が忘れないブリンク	Blink	サス	1994	US	Three blind mice	動物	後半	1部	大人	恐怖	鳥山 淳子
ひとりっ娘2	It Takes Two	家愛	1995	US	London Bridge	遊唄	中盤	1部	幼児	から	木田裕美子
ピノキオ	Pinocchio	アニメ	1940	US	Star light, star bright	願掛	前半	沢山	アニメ	決句	木田裕美子
秘密の花園	The Secret Garden	家愛	1993	UK	Mary, Mary, quite contrary	人物	複数	沢山	幼児	から	後藤美智子
101匹わんちゃん	101 Dalmatians	アニメ	1961	US	Ring-a-ring o'roses	遊唄	中盤	1部	アニメ	状況	鳥山 淳子
昼下がりの情事	Love in the Afternoon	恋愛	1957	US	Rub-a-dub-dub	人物	前半	1部	大人	決句	鳥山 淳子
ビンゴ！	Bingo	家愛	1991	US	There was a farmer had a dog	遊唄	複数	中・夕	幼児	から	鳥山 淳子
ファイナル・カット	Final Cut	社会	1999	UK	Little Miss Muffet	人物	前半	もじり	観客	状況	伊藤みどり
ファミリー・ゲーム	The Parent Trap	家愛	1998	US	Star light, star bright	願掛	CM	沢山	幼児	決句	木田裕美子
ファミリー・ゲーム	The Parent Trap	家愛	1998	US	Liar, liar, pants on fire	遊唄	後半	沢山	幼児	から	木田裕美子
フィールド・オブ・ドリームス	Field of Dreams	家愛	1989	US	Old Mother Goose	人物	前半	1部	成人	郷愁	鳥山 淳子
フェアリーテイル	Fairy Tale	家愛	1997	US	Fee, fi, fo, fum	人物	前半	沢山	幼児	から	鷲津名都江
フォー・ウェディング	Four Weddings & A Funeral	恋愛	1994	UK	Little Bo-peep	人物	中盤	もじり	大人	から	木田裕美子
フォー・ザ・ボーイズ	For the Boys	社会	1991	US	Humpty Dumpty	人物	前半	1部	大人	から	木田裕美子
フォーリング・ダウン	Falling Down	暴力	1993	US	London Bridge	遊唄	複数	中・夕	大人	状況	鳥山 淳子
フォロー・ミー	Private eye	サス	1972	US	Mary had a little lamb	人物	中盤	もじり	大人	状況	鳥山 淳子
ブギーナイツ	Boogie Nights	社会	1997	US	Little Jack Horner	人物	前半	1部	大人	状況	鳥山 淳子
不思議の国のアリス	Alice in Wonderland	アニメ	1951	US	Tweedledum and Tweedledee	人物	前半	1部	アニメ	から	鳥山 淳子
不思議の国のアリス	Alice in Wonderland	アニメ	1951	US	Twinkle, twinkle, little star	天・星	中盤	もじり	アニメ	から	鳥山 淳子
不思議の国のアリス	Alice in Wonderland	アニメ	1951	US	The Queen of Hearts	人物	後半	1部	アニメ	から	鳥山 淳子
不思議の国のアリス	Alice in Wonderland	アニメ	1951	US	Thirty days hath September	格言	中盤	1部	アニメ	から	鳥山 淳子
復活の朝	復活の朝	社会	1992	JP	Old Mother Hubbard	人物	前半	沢山	幼児	愛情	永添 泰子
フック	Hook	冒険	1991	US	Hush-a-bye, baby	子守	中盤	1部	大人	状況	木田裕美子
ブッチャー・ボーイ	The Butcher Boy	サス	1998	US	This little pig	遊唄	後半	1部	幼児	恐怖	木田裕美子
プライベート・ライアン	Saving Private Ryan	戦争	1998	US	Wee Willie Winkie	人物	中盤	1部	大人	から	鳥山 淳子
フランキーand ジョニー	Frankie and Jonny	恋愛	1966	US	Little Bo-peep	人物	中盤	もじり	大人	から	鳥山 淳子
プリシラ	The Adventures of Priscilla, Queen of the Desert	コメ	1994	Aust	Ten green bottles	数唄	前半	もじり	大人	から	鳥山 淳子
プリシラ	The Adventures of Priscilla, Queen of the Desert	コメ	1994	Aust	This old man, he played one	数唄	前半	沢山	大人	から	鳥山 淳子
プリシラ	The Adventures of Priscilla, Queen of the Desert	コメ	1994	Aust	The first day of Christmas	歳時	前半	1部	大人	から	鳥山 淳子
ブルース・パーティントン設計書	The Bruce Partington Plans	ミス	1988	UK	Humpty Dumpty	人物	中盤	もじり	大人	から	高山伊智朗
プルーフ・オブ・ライフ	Proof of Life	アク	2001	US	Lavender's blue	恋愛	後半	もじり	観客	歌・B	鳥山 淳子
ブルックリン横丁	A Tree Grows in Brooklyn	家愛	1945	US	London Bridge	遊唄	中盤	1部	幼児	歌・B	鳥山 淳子
ブレイブ	The Brave	社会	1997	US	Now I lay me down to sleep	願掛	中盤	沢山	幼児	状況	鳥山 淳子
ブレイブハート	Braveheart	冒険	1994	US	London Bridge	遊唄	後半	1部	大人	状況	鳥山 淳子
ブレード・ランナー	Blade Runnner	アク	1982	US	To market, to market	遊唄	中盤	1部	大人	から	鳥山 淳子
フレッチ 殺人方程式	Fletch	ミス	1985	US	Little Bo-peep	人物	前半	1部	大人	から	鳥山 淳子
フレッチ 殺人方程式	Fletch	ミス	1985	US	Who killed Cock Robin?	動物	前半	1部	大人	から	鳥山 淳子
ブローン・アウェイ	Blown Away	サス	1994	US	Up and down the City Road	動物	複数	1部	大人	歌・B	鳥山 淳子
ブローン・アウェイ	Blown Away	サス	1994	US	Mary had a little lamb	人物	中盤	1部	大人	歌・B	鳥山 淳子
プロスペローの本	Prospero's Books	社会	1991	UK/FR	Ding, dong, bell	人物	中盤	1部	大人	状況	鳥山 淳子

プロデューサーズ	The Producers	コメ	1968	US	Finders keepers	格言	前半	1部	大人	から	鳥山 淳子
プロミス・ランド	Promised Land	友情	1987	US	Rub-a-dub-dub	人物	中盤	1部	大人	から	鳥山 淳子
ペイ・バック	Payback	アク	1999	US	This little pig	遊唄	後半	沢山	大人	恐怖	木田裕美子
ベイビー・トーク3	Look Who's Talking Now	コメ	1993	US	Knock, knock	言遊	前半	もじり	幼児	から	鳥山 淳子
ベイビーズ・デイアウト	Baby's Day Out	コメ	1994	US	Mary had a little lamb	人物	前半	もじり	乳児	愛情	鳥山 淳子
ベイビーズ・デイアウト	Baby's Day Out	コメ	1994	US	Humpty Dumpty	人物	前半	1部	大人	から	伊藤みどり
ベイビーズ・デイアウト	Baby's Day Out	コメ	1994	US	Old King Cole	人物	前半	もじり	大人	から	鳥山 淳子
ベイビーズ・デイアウト	Baby's Day Out	コメ	1994	US	Little Jack Horner	人物	前半	1部	大人	から	鳥山 淳子
ベイビーズ・デイアウト	Baby's Day Out	コメ	1994	US	Sing a song of sixpence	動物	前半	1部	大人	から	鳥山 淳子
ベイビーズ・デイアウト	Baby's Day Out	コメ	1994	US	Old Mother Goose	人物	中盤	もじり	乳児	状況	鳥山 淳子
ページ・マスター	The Pagemaster	冒険	1993	US	Old Mother Goose	人物	後半	1部	アニメ	状況	鳥山 淳子
ページ・マスター	The Pagemaster	冒険	1993	US	Knock, knock	言遊	後半	1部	アニメ	から	鳥山 淳子
ベートーベン	Beethoven	コメ	1992	US	Hey diddle diddle	動物	後半	1部	観客	歌・B	鳥山 淳子
北京の55日	55 Days at Peking	戦争	1963	US	Yankee Doodle	人物	複数	沢山	観客	歌・B	鳥山 淳子
ヘザース	Heathers	サス	1989	US	Mary had a little lamb	人物	中盤	沢山	大人	から	鳥山 淳子
暴力脱獄	Cool Hand Luke	アク	1967	US	Old MacDonald had a farm	人物	中盤	沢山	大人	から	鳥山 淳子
ホーカス・ポーカス	Hocus Pocus	コメ	1994	US	Row, row, row your boat	遊唄	後半	沢山	大人	から	木田裕美子
ホーム・アローン	Home Alone	コメ	1990	US	The first day of Christmas	歳時	前半	1部	大人	から	鳥山 淳子
ホーム・アローン2	Home Alone 2	コメ	1992	US	The first day of Christmas	歳時	後半	もじり	幼児	状況	木田裕美子
ボーン・イエスタデイ	Born Yesterday	恋愛	1993	US	The first day of Christmas	歳時	中盤	1部	大人	学習	木田裕美子
ボーン・イエスタデイ	Born Yesterday	恋愛	1993	US	This old man, he played one	数唄	中盤	1部	大人	から	鳥山 淳子
ポカホンタス	Pocahontas	アニメ	1994	US	London Bridge	遊唄	中盤	1部	アニメ	歌・B	鳥山 淳子
僕のボーガス	Bogus	家愛	1997	US	Hey diddle diddle	動物	後半	1部	大人	状況	鳥山 淳子
ポケットにライ麦を	A Pocketful of Rye	ミス	1985	UK	Sing a song of sixpence	動物	中〆	大人	状況	鳥山 淳子
ポケットにライ麦を	A Pocketful of Rye	ミス	1985	UK	Up and down the City Road	動物	前半	沢山	幼児	歌・B	鳥山 淳子
ポケット一杯の幸福	Pocketful of Miracles	コメ	1961	US	Old Mother Goose	人物	後半	1部	大人	状況	鳥山 淳子
ポケット一杯の幸福	Pocketful of Miracles	コメ	1961	US	Ring-a-ring o'roses	遊唄	タイ	タイ	タイ	状況	藤野 紀男
星に想いを	I.Q.	コメ	1994	US	Twinkle, twinkle, little star	天・星	複数	沢山	大人	歌・B	鳥山 淳子
ボディ・ターゲット	Nowhere to Run	アク	1993	US	Itsy bitsy spider	遊唄	中盤	1部	幼児	愛情	鳥山 淳子
炎のランナー	Chariots of Fire	スポ	1981	UK	Ring-a-ring o'roses	遊唄	前半	1部	大人	から	木田裕美子
ポルターガイスト	Poltergeist	ホラー	1982	US	Now I lay me down to sleep	願掛	中盤	1部	幼児	状況	井出 清
ホワイト・ライオン	The White Lions	家愛	1981	US	Old MacDonald had a farm	人物	中盤	沢山	大人	恐怖	鳥山 淳子
マーキュリー・ライジング	Mercury Rising	アク	1998	US	The first day of Christmas	歳時	中盤	1部	大人	歌・B	鳥山 淳子
マーニー	Marnie	サス	1964	US	Jack and Jill	人物	中盤	1部	大人	決句	鳥山 淳子
マーニー	Marnie	サス	1964	US	Mother, mother, I am ill	遊唄	後半	もじり	大人	歌・B	鳥山 淳子
マイ・フェア・レディ	My Fair Lady	恋愛	1964	US	The Owl and the Pussy-Cat	動物	中盤	1部	大人	学習	鳥山 淳子
マイ・フェア・レディ	My Fair Lady	恋愛	1964	US	London Bridge	遊唄	タイ	タイ	タイ	状況	鳥山 淳子
マイ・フェア・レディ	My Fair Lady	恋愛	1964	US	Rain, rain, go to Spain	願掛	中盤	1部	大人	学習	鳥山 淳子
マイ・ライフ	My Life	家愛	1993	US	Star light, star bright	願掛	複数	沢山	幼児	決句	木田裕美子
マイ・レフト・フット	My Left Foot	社会	1989	Ir	There was an old woman who lived in a shoe	人物	中盤	もじり	成人	から	鳥山 淳子
マイケル	Michael	コメ	1996	US	Good night, sleep tight	子守	前半	1部	大人	から	鳥山 淳子
マグノリアの花たち	Steel Magnolias	恋愛	1989	US	Yankee Doodle	人物	中盤	沢山	幼児	歌・B	鳥山 淳子
マグノリアの花たち	Steel Magnolias	恋愛	1989	US	Hush, little baby	子守	中盤	1部	大人	愛情	鳥山 淳子
マザー・テレサ	Mother Teresa	社会	1997	US	One, two, buckle my shoe	数唄	中盤	1部	幼児	学習	鳥山 淳子
マザーグース ハリウッドへ行く	Mother Goose goes Hollywood	アニメ	1938	US	Old Mother Goose	人物	複数	中〆	アニメ	状況	和田 誠
マザーグースのうた	The Truth About Mother Goose	アニメ	1957	US	Old Mother Goose	人物	複数	中〆	アニメ	状況	鳥山 淳子
マザーグースのうた	The Truth About Mother Goose	アニメ	1957	US	London Bridge	遊唄	後半	沢山	アニメ	状況	鳥山 淳子

映画名	原題	分類	年代	国名	マザーグース	MG分類	位置	用法	相手	意図	発見者
マザーグースのうた	The Truth About Mother Goose	アニメ	1957	US	Mary, Mary, quite contrary	人物	中盤	沢山	アニメ	状況	鳥山 淳子
マザーグースのうた	The Truth About Mother Goose	アニメ	1957	US	Little Jack Horner	人物	前半	沢山	アニメ	状況	鳥山 淳子
マチルダ	Matilda	家愛	1996	US	Rub-a-dub-dub	人物	前半	1部	観客	状況	木田裕美子
マッド・シティ	Mad City	社会	1997	US	Row, row, row your boat	遊唄	中盤	沢山	幼児	歌・B	鳥山 淳子
マッド・シティ	Mad City	社会	1997	US	Mary had a little lamb	人物	中盤	沢山	幼児	歌・B	鳥山 淳子
マッド・ハウス	Madhouse	コメ	1990	US	I'm a king of castle	遊唄	後半	1部	大人	から	鳥山 淳子
摩天楼ララバイ	Rockabye	社会	1985	US	Hush-a-bye, baby	子守	タイ	タイ	タイ	状況	鳥山 淳子
マネーハンティングUSA/500万ドルを追いかけろ	Finders Keepers	コメ	1984	US	Finders keepers	格言	タイ	中・タ	大人	状況	鳥山 淳子
招かれざる客	Gess Who's Coming to Dinner	社会	1967	US	He loves me, he don't	占唄	中盤	1部	大人	決句	鳥山 淳子
まぼろしの市街戦	The King of Hearts	戦争	1967	Fr	The Queen of Hearts	人物	タイ	タイ	タイ	状況	鳥山 淳子
マミー・マーケット	Mammy Market	家愛	1993	US	Hickory, dickory, dock	遊唄	前半	もじり	観客	歌・B	木田裕美子
マミー・マーケット	Mammy Market	家愛	1993	US	Eeny, meeny, miney, mo	遊唄	中盤	1部	大人	決句	木田裕美子
真夜中のカウボーイ	Midnight Cowboy	社会	1969	US	Hush, little baby	子守	前半	沢山	成人	郷愁	鳥山 淳子
真夜中の野獣	Finders Keepers, Lovers Weepers	暴力	1968	US	Finders keepers	格言	タイ	1部	大人	状況	鳥山 淳子
マルコムX	Malcolm X	社会	1992	US	He loves me, he don't	占唄	前半	1部	大人	決句	鳥山 淳子
マン・イン・ザ・ムーン	Man in the Moon	家愛	1992	US	The man in the moon	人物	タイ	タイ	タイ	状況	鳥山 淳子
マン・オン・ザ・ムーン	The Man on the Moon	社会	1999	US	Bow, wow, says the dog	動物	前半	もじり	幼児	から	鳥山 淳子
マン・オン・ザ・ムーン	The Man on the Moon	社会	1999	US	Up and down the City Road	人物	中盤	1部	大人	状況	鳥山 淳子
ミセス・ダウト	Mrs. Doubtfire	コメ	1992	US	Humpty Dumpty	人物	後半	1部	大人	から	木田裕美子
ミセス・ダウト	Mrs. Doubtfire	コメ	1992	US	Little Jack Horner	人物	後半	1部	大人	から	木田裕美子
M：I-2	Mission：Impossible 2	アク	2000	US	Ring-a-ring-o'roses	遊唄	前半	沢山	幼児	状況	伊藤 盡
M：I-2	Mission：Impossible 2	アク	2000	US	Sticks and stones can break your bones	格言	前半	もじり	観客	歌・B	鳥山 淳子
ミッドナイト．ラン	Midnight Run	アク	1988	US	Ten green bottles	数唄	中盤	1部	大人	歌・B	鳥山 淳子
ミッドナイト・スキャンダル	Roses are Dead	サス	1993	US	Roses are red	恋愛	前半	もじり	大人	状況	鳥山 淳子
ミュージック・オブ・チャンス	The Music of Chance	友情	1994	US	Punch and Judy	人物	前半	1部	大人	状況	木田裕美子
ミュージック・オブ・ハート	Music of Heart	社会	1999	US	Twinkle, twinkle, little star	天・星	前半	1部	大人	歌・B	鳥山 淳子
ミルドレッド	Unhook the Stars	家愛	1997	US	The Owl and the Pussy-Cat	動物	前半	沢山	幼児	愛情	木田裕美子
みんな別れて	All Fall Down	恋愛	1962	US	Ring-a-ring o'roses	遊唄	タイ	タイ	タイ	状況	藤野 紀男
ムーラン	Mulan	アニメ	1998	US	Humpty Dumpty	人物	後半	1部	アニメ	から	木田裕美子
ムーンライト＆ヴァレンチノ	Moonlight and Valentino	恋愛	1995	US	One, two, three, four, I declare a thumb war	遊唄	中盤	幼児	から	鳥山 淳子
ムーンリット・ナイト	On a Moonlit Night	社会	1989	It/Fr	London Bridge	遊唄	中盤	1部	観客	状況	鳥山 淳子
メイフィールドの怪人たち	The Burbs	コメ	1989	US	Red sky at night	天・星	中盤	もじり	大人	恐怖	鳥山 淳子
メイム	Mame	家愛	1974	US	Thirty days hath September	格言	中盤	沢山	幼児	学習	木田裕美子
メイム	Mame	家愛	1974	US	The man in the moon	人物	中盤	1部	大人	状況	鳥山 淳子
めぐり逢い	An Affair to Remember	恋愛	1957	US	Hush-a-bye, baby	子守	中盤	もじり	大人	から	鳥山 淳子
メル・ブルックスの大脱走	To Be Or Not To Be	コメ	1983	US	Ten green bottles	数唄	後半	沢山	大人	から	鳥山 淳子
黙秘	Dolores Claiborne	ミス	1995	US	This little pig	遊唄	中盤	1部	大人	状況	木田裕美子
モロッコ	Morocco	恋愛	1930	US	Rub-a-dub-dub	人物	中盤	1部	大人	決句	鳥山 淳子
やかまし村の春・夏・秋・冬	Mer Om Oss Barn I Bullerbyn	家愛	1986	SW	Mary had a little lamb	人物	後半	沢山	幼児	状況	大道 友子
屋根の上の乳母	Daddy's Gone A-Hunting	サス	1969	US	Bye, baby bunting	子守	タイ	タイ	タイ	状況	藤野 紀男
闇に抱かれて	Down Came a Blackbird	社会	1995	US/CA	Old Mother Goose	人物	前半	1部	大人	状況	鳥山 淳子
闇に抱かれて	Down Came a Blackbird	社会	1995	US/CA	Sing a song of sixpence	動物	タイ	1部	大人	状況	鳥山 淳子
闇を見つめる目	The Tie That Binds	サス	1995	US	My little girl, dressed in blue	遊唄	中盤	沢山	幼児	状況	鳥山 淳子

闇を見つめる目	The Tie That Binds	サス	1995	US	Little Miss Muffet	人物	後半	もじり	幼児	恐怖	鳥山 淳子
ヤング・アインシュタイン	Young Einstein	アニメ	1988	Aust	Sing a song of sixpence	動物	後半	もじり	大人	から	鳥山 淳子
ヤング・マスター	The Young Master	アク	1981	HK	London Bridge	遊唄	不明	1部	大人	歌・B	藤野 紀男
ユー・ガット・メール	You've Got M@il	恋愛	1998	US	Knock, knock	言遊	中盤	もじり	大人	から	鳥山 淳子
勇気あるもの	Renaissance Man	社会	1994	US	Humpty Dumpty	人物	後半	もじり	大人	歌・B	安井 貞夫
ユージュアル・サスペクツ	Usual Suspects	アク	1996	US	Old MacDonald had a farm	人物	後半	もじり	大人	から	鳥山 淳子
夢におまかせ	Delirious	コメ	1991	US	Little Tommy Tucker	人物	後半	もじり	大人	から	木田裕美子
ゆりかごを揺らす手	The Hand that Rocks the Cradle	サス	1992	US	This little pig	遊唄	後半	1部	乳児	愛情	鳥山 淳子
夜を楽しく	Pillow Talk	コメ	1959	US	Hush-a-bye, baby	子守	後半	1部	乳児	状況	鳥山 淳子
ラ・バンバ	La bamba	恋愛	1987	US	Finders keepers	格言	中盤	1部	大人	決句	鳥山 淳子
ライアー・ライアー	Liar, Liar	コメ	1998	US	Liar, liar, pants on fire	遊唄	タイ	タイ	タイ	決句	鳥山 淳子
ラッシュ・アワー	Rush Hour	アク	1998	US	Roses are red	恋愛	後半	沢山	幼児	愛情	勝田 純代
ランナウェイ	Money Talks	アク	1997	US	Red light, green light	遊唄	中盤	1部	大人	から	鳥山 淳子
ランナウェイ	Money Talks	アク	1997	US	Itsy bitsy spider	遊唄	中盤	沢山	幼児	愛情	木田裕美子
ランブリング・ローズ	Rambling Rose	恋愛	1991	US	Little Bo-peep	人物	中盤	1部	大人	状況	安井 貞夫
リーサル・ウェポン2	Lethal Weapon 2	アク	1989	US	Eeny, meeny, miney, mo	遊唄	中盤	1部	大人	から	鳥山 淳子
リキッド・スカイ	Liquid Sky	サス	1982	US	Old MacDonald had a farm	人物	中盤	沢山	大人	から	鳥山 淳子
リチャード三世	Richard 3	社会	1996	UK	Humpty Dumpty	人物	後半	沢山	大人	郷愁	木田裕美子
リック	The Dark Side of the Sun	社会	1988	US	Hush-a-bye, baby	子守	前半	沢山	大人	状況	木田裕美子
リック	The Dark Side of the Sun	社会	1988	US	Ten green bottles	数唄	前半	沢山	大人	から	木田裕美子
隣人	Consenting Adults	サス	1992	US	The first day of Christmas	歳時	中盤	沢山	大人	歌・B	木田裕美子
類人猿ターザン	Tarzan, The Ape Man	恋愛	1981	US	Humpty Dumpty	人物	後半	沢山	成人	郷愁	木田裕美子
ルディ 涙のウィニング・ラン	Rudy	スポ	1993	US	Mary, Mary, quite contrary	人物	中盤	もじり	大人	から	鳥山 淳子
レイジ・イン・ハーレム	A Rage In Harlem	暴力	1991	US	Up and down the City Road	動物	複数	1部	大人	恐怖	鳥山 淳子
レイジ・イン・ハーレム	A Rage In Harlem	暴力	1991	US	Ring-a-ring o'roses	遊唄	後半	1部	大人	恐怖	鳥山 淳子
レイジ・イン・ハーレム	A Rage In Harlem	暴力	1991	US	Here we go round the mulberry bush	遊唄	後半	1部	大人	恐怖	鳥山 淳子
レイジング・ケイン	Raising Cain	サス	1992	US	Hickory, dickory, dock	遊唄	後半	もじり	幼児	恐怖	白水 堅慈
レイジング・ブレット 復讐の銃弾	Eye for an Eye	サス	1996	US	Old MacDonald had a farm	人物	後半	沢山	大人	歌・B	鳥山 淳子
レイジング・ブレット 復讐の銃弾	Eye for an Eye	アク	1996	US	Old MacDonald had a farm	人物	後半	沢山	大人	歌・B	鳥山 淳子
レインボウ	The Rainbow	恋愛	1989	UK	Sing a song of sixpence	動物	前半	1部	大人	状況	鳥山 淳子
レッド・ツェッペリン	The Song Remains the Same	社会	1976	UK	Fee, fi, fo, fum	人物	前半	1部	大人	状況	鳥山 淳子
レッドラム 狂気の挑戦状	Papertrail	サス	1997	US	Ring-a-ring-o'roses	遊唄	複数	沢山	大人	恐怖	鳥山 淳子
レディバード・レディバード	Ladybird, ladybird	社会	1994	UK	Ladybird, ladybird	動物	タイ	タイ	タイ	状況	後藤美智子
恋愛の法則	Bodies, Rest & Motion	恋愛	1993	US	London Bridge	遊唄	後半	沢山	大人	歌・B	木田裕美子
ローズマリーの乳児	Rosemary's Baby	ホラー	1968	US	What are little boys made of?	人物	中盤	もじり	大人	から	鳥山 淳子
ロードランナー	Road Flower	暴力	1993	US	Monday's child is fair of face	占唄	後半	沢山	大人	状況	鳥山 淳子
ロジャー・ラビット	Who Framed Roger Rabbit	アニメ	1988	US	Rub-a-dub-dub	人物	中盤	1部	アニメ	決句	鳥山 淳子
ロジャー・ラビット	Who Framed Roger Rabbit	アニメ	1988	US	Who killed Cock Robin?	動物	タイ	タイ	アニメ	決句	鳥山 淳子
ロジャー・ラビット	Who Framed Roger Rabbit	アニメ	1988	US	This little pig	遊唄	後半	沢山	アニメ	から	鳥山 淳子
ロジャー・ラビット	Who Framed Roger Rabbit	アニメ	1988	US	Pat-a-cake	遊唄	前半	1部	アニメ	から	鳥山 淳子
ロック・ホラー・ベイビー	Rock-A-Die Baby	ホラー	1989	US	Hush-a-bye, baby	子守	タイ	タイ	タイ	状況	
ロマンスに部屋貸します	The Night We Never Met	恋愛	1993	US	Hush-a-bye, baby	子守	タイ	タイ	大人	愛情	木田裕美子
わかれ道	One Potato, Two Potato	社会	1964	US	One potato, two potato	数唄	タイ	タイ	タイ	状況	藤野 紀男
我が道を行く	Going My Way	社会	1944	US	Three blind mice	動物	後半	沢山	大人	歌・B	藤野 紀男
わが胸にいとおしく	So Dear To My Heart	アニメ	1949	US	Lavender's blue	恋愛	不明	もじり	大人	愛情	大道 友之
我が目の悪魔	A Demon in My View	サス	1992	US/独	Please to remember	歳時	複数	沢山	幼児	状況	鳥山 淳子

我が目の悪魔	A Demon in My View	サス	1992	US/独	Cowardy, cowardy, custard	遊唄	中盤	もじり	幼児	から	鳥山	淳子
忘れられない人	Untamed Heart	恋愛	1993	US	Star light, star bright	願掛	後半	沢山	大人	決句	鳥山	淳子
私に近い6人の他人	Six Degrees of Separation	社会	1993	US	Now I lay me down to sleep	願掛	前半	沢山	大人	状況	鳥山	淳子
罠の女	A Woman Scorned	サス	1993	US	Hush, little baby	子守	後半	1部	大人	恐怖	鳥山	淳子
102	102 Dalmatians	コメ	2000	US	Punch and Judy	人物	中盤	1部	幼児	状況	鳥山	淳子
101	101 Dalmatians	家愛	1996	US	Three blind mice	動物	後半	1部	観客	歌	鳥山	淳子
ワンス・ビトゥン	Once Bitten	コメ	1985	US	Jack and Jill	人物	後半	1部	大人	から	伊藤	みどり
ワンダとダイヤと優しい奴ら	A Fish Called Wanda	コメ	1988	US	How much wood would a woodchuck chuck?	言遊	後半	1部	大人	学習	鳥山	淳子
わんぱくデニス	Dennis the Menace	コメ	1993	US	Wynken, Blynken and Nod	人物	中盤	沢山	幼児	愛情	安井	貞夫
うしろの正面だあれ	うしろの正面だあれ	アニメ	1992	JP	ぼうさんぼうさんどこいくの	遊唄	複数	中・Y	幼児	郷愁	鳥山	淳子
うしろの正面だあれ	うしろの正面だあれ	アニメ	1992	JP	ゆうびんやさん、おはいんなさい	遊唄	前半	1部	幼児	歌・B	鳥山	淳子
うしろの正面だあれ	うしろの正面だあれ	アニメ	1992	JP	花いちもんめ	遊唄	後半	1部	幼児	歌・B	鳥山	淳子
うしろの正面だあれ	うしろの正面だあれ	アニメ	1992	JP	かえるがなくから帰ろ	言遊	前半	沢山	幼児	決句	鳥山	淳子
うしろの正面だあれ	うしろの正面だあれ	アニメ	1992	JP	満州の山奥で	遊唄	中盤	沢山	幼児	歌・B	鳥山	淳子
うしろの正面だあれ	うしろの正面だあれ	アニメ	1992	JP	くまさんくまさんまわれ右	遊唄	中盤	1部	幼児	歌・B	鳥山	淳子
うしろの正面だあれ	うしろの正面だあれ	アニメ	1992	JP	おじょうさん、おはいんなさい	遊唄	中盤	1部	幼児	歌・B	鳥山	淳子
うしろの正面だあれ	うしろの正面だあれ	アニメ	1992	JP	痛いところ飛んでいけ	願掛	後半	沢山	幼児	決句	鳥山	淳子
お引越し	お引越し	家愛	1993	JP	かごめ　かごめ	遊唄	後半	沢山	幼児	歌・B	鳥山	淳子
この子の七つのお祝いに	この子の七つのお祝いに	ミス	1982	JP	とおりゃんせ	遊唄	複数	中・Y	幼児	恐怖	鳥山	淳子
花いちもんめ	花いちもんめ	社会	1985	JP	花いちもんめ	遊唄	複数	中・Y	大人	郷愁	鳥山	淳子
平成狸合戦ぽんぽこ	平成狸合戦ぽんぽこ	アニメ	1994	JP	花いちもんめ	遊唄	前半	1部	アニメ	郷愁	鳥山	淳子
平成狸合戦ぽんぽこ	平成狸合戦ぽんぽこ	アニメ	1994	JP	ゆうびんやさん、落とし物	遊唄	中盤	1部	アニメ	郷愁	鳥山	淳子
平成狸合戦ぽんぽこ	平成狸合戦ぽんぽこ	アニメ	1994	JP	とおりゃんせ	遊唄	中盤	1部	アニメ	歌・B	鳥山	淳子
平成狸合戦ぽんぽこ	平成狸合戦ぽんぽこ	アニメ	1994	JP	あんたがたどこさ	遊唄	後半	沢山	アニメ	郷愁	鳥山	淳子
平成狸合戦ぽんぽこ	平成狸合戦ぽんぽこ	アニメ	1994	JP	タヌキの金時計	動物	後半	1部	幼児	から	鳥山	淳子
RAMPO 奥山監督版	RAMPO 奥山監督版	ミス	1994	JP	とおりゃんせ	遊唄	前半	沢山	大人	恐怖	鳥山	淳子

＊サス＝サスペンス　　＊コメ＝コメディ　　＊ミス＝ミステリー　　＊アク＝アクション　　＊家愛＝家族愛　　＊社会＝社会派

注1）MG分類
P273に説明があります。

注2）用法＝引用法
P273に説明があります。

注3）相手＝引用相手
唄を誰に向かって言っているかによって次の6項目に分類しました。引用相手がはっきりしない場合は、誰が言っているかによって分類しました。

「乳児」　　0才から1才くらいまでの赤ちゃん
「幼児」　　2才から小学校低学年ぐらいまでの子供
「大人」　　大人
「成人」　　親が成長した自分の子供に向かって言う場面
「タイ」　　映画のタイトルのみに引用されている場合
「アニメ」　アニメ映画の場合は、引用相手が動物など人間以外のことも多いので別に分類しました。

注4）意図＝引用意図
P5、6に説明があります。

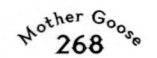

マザーグースがでてくる児童文学リスト

題名	原題	作者	年代	国名	マザーグース	MG分類	位置	用法
ジェーン・エア	Jane Eyre	Charlotte Bronte	1847	UK	Ladybird, ladybird	動物	中盤	1部
二都物語	A Tale of Two Cities	Charles Dickens	1859	UK	There was a jolly miller once	人物		1部
					This is the house that Jack built	人物	後半	1部
不思議の国のアリス	Alice's Adventures in Wonderland	Lewis Carroll	1865	UK	Twinkle, twinkle, little star	天・星	中盤	もじり
					A cat may look at the king	動物	中盤	1部
					Birds of a feather	格言	中盤	1部
					Will you walk into my parlour?	動物	後半	もじり
					The Queen of Hearts	人物	後半	沢山
鏡の国のアリス	Through the Looking-glass, and What Alice Found There	Lewis Carroll	1872	UK	Please to remember	歳時		
					Hey diddle diddle	動物	前半	もじり
					I would, if I could	願掛	前半	もじり
					Tweedledum and Tweedledee	人物	前半	沢山
					Here we go round the mulberry bush	遊唄	前半	1部
					Humpty Dumpty	人物	中盤	沢山
					Here am I	人物	中盤	1部
					I love my love with an A	数唄	中盤	もじり
					The lion and the unicorn	動物	後半	沢山
					Punch and Judy	人物	後半	1部
					Hush-a-bye, baby	子守	後半	もじり
シルビーとブルーノ	Sylvie and Bruno	Lewis Carroll	1889	UK	How many miles to Babylon?	遊唄		沢山
					Tinker, tailor	占唄	後半	
北風のうしろの国	At the Back of the North Wind	G. MacDonald	1871	UK	Hey diddle diddle	動物	複数	もじり
					Little Boy Blue	人物	複数	もじり
					Sing a song of sixpence	動物	前半	1部
					The man in the moon	人物	中盤	もじり
					Little Bo-peep	人物	後半	もじり
					Hickory, dickory, dock	動物	後半	1部
トム・ソーヤーの冒険	The Adventures of Tom Sawyer	Mark Twain	1876	US	Tom, he was a piper's son	人物	前半	1部
					Ladybird, ladybird	動物	中盤	沢山
王子とこじき	The Prince and the Pauper	Mark Twain	1882	US	London Bridge	遊唄	前半	1部
					Rub-a-dub-dub	人物	前半	1部
ジーキル博士とハイド氏	The Strange Case of Dr. Jekyll and Mr. Hyde	R.L. Stevenson	1886	UK	I do not love thee	人物	前半	もじり
ピーターラビットのおはなし	The Tale of Peter Rabbit	Beatrix Potter	1902	UK	Sing a song of sixpence	動物	後半	1部
りすのナトキンのおはなし	The Tale of Squirrel Nutkin	Beatrix Potter	1903	UK	Twinkle, twinkle, little star	天・星	複数	1部
					Riddle me, riddle me ree	なぞ	前半	沢山
					Hitty Pitty within the wall	なぞ	中盤	沢山
					A house full, a hole full	なぞ	中盤	沢山
					The man in the wilderness said to me	なぞ	中盤	沢山
					Flour of England	なぞ	中盤	沢山

題名	原題	作者	年代	国名	マザーグース	MG分類	位置	用法
りすのナトキンのおはなし	The Tale of Squirrel Nutkin	Beatrix Potter	1903	UK	As I went over Tipple-tine	なぞ	中盤	沢山
					Humpty Dumpty lay in a beck	なぞ	後半	沢山
					Hick-a-more Hack-a-more	なぞ	後半	沢山
					Arthur O'Bower has broken his band	なぞ	後半	沢山
グロースターの仕たて屋	The Tailor of Gloucester	Beatrix Potter	1903	UK	Dame, get up and bake your pie	人物	中盤	1部
					Oh, what have you got for dinner?	人物	中盤	1部
					Hey diddle diddle	動物	中盤	1部
					Buzz, quoth the blue fly	動物	中盤	1部
					Four and twenty tailors	人物	後半	沢山
					Six little mice sat down to spin	動物	後半	もじり
2ひきのわるいねずみのおはなし	The Tale of Two Bad Mice	Beatrix Potter	1904	UK	There was a crooked man	人物	後半	1部
ティギーおばさんのおはなし	The Tale of Mrs. Tiggy-Winkle	Beatrix Potter	1905	UK	Little Robin Redbreast	動物	複数	1部
					Jenny Wren fell sick	動物	中盤	1部
ジェレミー フィッシャーどんのおはなし	The Tale of Mr. Jeremy Fisher	Beatrix Potter	1906	UK	A frog he would a-wooing go	動物	前半	もじり
こねこのトムのおはなし	The Tale of Tom Kitten	Beatrix Potter	1907	UK	Three little kittens	動物	前半	もじり
ひげのサムエルのおはなし	The Tale of Samuel Whiskers	Beatrix Potter	1908	UK	Georgie Porgie	人物	中盤	中・々
のねずみチュウチュウおくさんのおはなし	The Tale of Mrs. Tittlemouse	Beatrix Potter	1910	UK	Ladybird, ladybird	動物	中盤	沢山
					Little Miss Muffet	人物	中盤	沢山
カルアシ・チミーのおはなし	The Tale of Timmy Tiptoes	Beatrix Potter	1911	UK	My little old man and I fell out	人物	中盤	沢山
こぶたのピグリンブランドのおはなし	The Tale of Pigling Bland	Beatrix Potter	1913	UK	This little pig went to market	遊唄	前半	1部
					Tom, Tom, the piper's son	人物	複数	1部
					Tom, he was a piper's son	人物	複数	1部
					To market, to market, to buy a fat pig	遊唄	中盤	1部
					Barber, barber, shave a pig	人物	後半	もじり
まちねずみジョニーのおはなし	The Tale of Johnny Town-Mouse	Beatrix Potter	1918	UK	Who killed Cock Robin?	動物	中盤	1部
よう精のキャラバン	The Fairy Caravan	Beatrix Potter	1929	UK	Old Mother Hubbard	人物	後半	沢山
					This is the house that Jack built	人物	後半	沢山
					Ding, dong, bell	人物	後半	もじり
					Hickory, dickory, dock	動物	後半	沢山
こぶたのロビンソンのおはなし	The Tale of Little Pig Robinson	Beatrix Potter	1930	UK	See-saw, Margery Daw	動物	前半	1部
					The Owl and the Pussy-Cat	動物	複数	もじり
					This little pig went to market	遊唄	中盤	1部
					Little Bo-peep	人物	後半	1部
赤毛のアン	Anne of Green Gables	Lucy Maud Montgomery	1908	CA	Now I lay me down to sleep	願掛	前半	1部
					The Queen of Hearts	人物	後半	もじり
アンの青春	Anne of Avonlea	Lucy Maud Montgomery	1909	CA	Roses are red	恋愛	後半	沢山
アンの愛情	Anne of the Island	Lucy Maud Montgomery	1915	CA	Now I lay me down to sleep	願掛	前半	1部
					Fee, fi, fo, fum	人物	後半	もじり
虹の谷のアン	Rainbow Valley	Lucy Maud Montgomery	1919	CA	Now I lay me down to sleep	願掛	前半	1部
アンの幸福	Anne of Windy Willows	Lucy Maud Montgomery	1936	CA	Elizabeth, Elspeth, Betsy, and Bess	なぞ	前半	もじり
炉辺荘のアン	Anne of Ingleside	Lucy Maud Montgomery	1939	CA	The first day of Christmas	数唄	中盤	1部
					Cock Robin and Jenny Wren	動物	中盤	1部
					I saw three ships come sailing by	歳時	後半	1部
オズへつづく道	The Road to Oz	L. Frank Baum	1909	US	Sing a song of sixpence	動物	後半	もじり
オズの魔法くらべ	The Magic of Oz	L. Frank Baum	1919	US	Sing a song of sixpence	動物	複数	もじり

秘密の花園	The Secret Garden	Frances Hodgson Burnett	1911	US	Mary, Mary, quite contrary	人物	複数	沢山
あしながおじさん	Daddy-Long-Legs	Jean Webster	1912	US	Old Mother Goose	人物	前半	1部
ドリトル先生航海記	The Voyages of Doctor Dolittle	Hugh Lofting	1922	UK	Ladybird, ladybird	動物	後半	1部
ドリトル先生のサーカス	Doctor Dolittle's Circus	Hugh Lofting	1924	UK	Humpty Dumpty	人物	前半	1部
					Punch and Judy	人物	前半	1部
ドリトル先生のキャラバン	Doctor Dolittle's Caravan	Hugh Lofting	1926	UK	Ride a cock-horse	遊唄	前半	1部
ドリトル先生月から帰る	Doctor Dolittle's Return	Hugh Lofting	1933	UK	The man in the moon	人物	中盤	1部
ドリトル先生の楽しい家	Doctor Dolittle's Puddleby Adventures	Hugh Lofting	1952	UK	Tweedledum and Tweedledee	人物	中盤	もじり
わたしたちがおさなかったころ	When We Were Very Young	A. A. Milne	1924	UK	Little Bo-peep	人物	後半	もじり
					Little Boy Blue	人物	後半	もじり
					Pussy cat, pussy cat	動物	後半	もじり
くまのプーさん	Winnie-the-Pooh	A. A. Milne	1926	UK	Who killed Cock Robin?	動物	前半	もじり
					Here we go round the mulberry bush	遊唄	後半	1部
くまのプーさんと魔法の森	The Enchanted Places	C. Miln	1974	UK	This is the way the ladies ride	遊唄	前半	1部
					Red sky at night	天・星	前半	1部
いまわたしたちは六歳	Now We Are Six	A. A. Milne	1927	UK	Tinker, tailor	占唄	前半	もじり
ツバメ号とアマゾン号	Swallows and Amazons	Arthur Ransome	1930	UK	Rub-a-dub-dub	人物	前半	沢山
					Please to remember	歳時	前半	1部
					Humpty Dumpty	人物	後半	もじり
ひみつの海	Secret Water	Arthur Ransome	1939	UK	Tweedledum and Tweedledee	人物	中盤	もじり
大きな森の小さな家	Little House in the Big Woods	Laura Ingalls Wilder	1932	US	Solomon Grundy	人物	前半	もじり
					Yankee Doodle	人物	前半	もじり
					Up and down the City Road	動物	中盤	もじり
					Now I lay me down to sleep	願掛	中盤	沢山
					Roses are red	恋愛	後半	沢山
					Little Miss Muffet	人物	後半	1部
農場の少年	Farmer Boy	Laura Ingalls Wilder	1933	US	Rub-a-dub-dub	人物	中盤	1部
					Yankee Doodle	人物	中盤	1部
大草原の小さな家	Little House on the Prairie	Laura Ingalls Wilder	1935	US	Little Indian boys	数唄	前半	1部
					Bye, baby bunting	子守	中盤	沢山
					Pat-a-cake	遊唄	後半	1部
					Pease porridge hot	遊唄	後半	沢山
プラム・クリークの土手で	On the Banks of Plum Creek	Laura Ingalls Wilder	1937	US	Now I lay me down to sleep	願掛	前半	沢山
					Ring-a-ring o'roses	遊唄	中盤	1部
					Uncle John is very Sick	人物	中盤	1部
					Old Mother Goose	人物	中盤	1部
					Pease porridge hot	遊唄	後半	1部
					There was a crooked man	人物	後半	1部
					This is the house that Jack built	人物	後半	1部
					Polly put the kettle on	人物	後半	もじり
シルバーレイクの岸辺で	By the Shores of Silver Lake	Laura Ingalls Wilder	1939	US	Where are you going, my pretty maid?	人物	中盤	沢山
					Three blind mice	動物	後半	沢山
大草原の小さな町	Little Town on the Prairie	Laura Ingalls Wilder	1941	US	Sing a song of sixpence	動物	中盤	沢山
この楽しき日々	These Happy Golden Years	Laura Ingalls Wilder	1943	US	Three blind mice	動物	中盤	沢山
大きな赤いリンゴの地	In the Land of the Big Red Apple		1995	US	Roses are red	恋愛	中盤	もじり

題名	原題	作者	年代	国名	マザーグース	MG分類	位置	用法
風にのってきたメアリー・ポピンズ	Mary Poppins	P.L. Travers	1934	UK	Hey diddle diddle	動物	中盤	1部
					Mary, Mary, quite contrary	人物	後半	1部
帰ってきたメアリー・ポピンズ	Mary Poppins Comes Back	P.L. Travers	1935	UK	Monday's child is fair of faice	占唄	前半	1部
					I'm king of the castle	遊唄	中盤	沢山
					Boys and girls come out to play	人物	中盤	1部
					Tom, he was a piper's son	人物	中盤	1部
					Little Boy Blue	人物	中盤	1部
					Hush-a-bye, baby	子守	中盤	1部
とびらをあけるメアリー・ポピンズ	Mary Poppins Opens the Door	P.L. Travers	1943	UK	Please to remember	歳時	前半	もじり
					London Bridge	遊唄	前半	1部
					Oranges and lemons	遊唄	前半	1部
					Up and down the City Road	動物	前半	もじり
					A cat may look at the king	動物	複数	1部
					Pussy cat, pussy cat	動物	前半	1部
					Old King Cole	人物	複数	1部
					Sing a song of sixpence	動物	複数	1部
					Little Bo-peep	人物	前半	1部
					Hey diddle diddle	動物	中盤	1部
					A frog he would a-wooing go	動物	中盤	1部
					What are little boys made of?	人物	中盤	もじり
					I saw three ships come sailing by	歳時	中盤	1部
					Bobby Shafto's fat and fair	人物	中盤	1部
					Old Mother Goose	人物	後半	1部
					Three blind mice	動物	後半	1部
					Cock Robin and Jenny Wren	動物	後半	1部
					Humpty Dumpty	人物	後半	1部
					The lion and the unicorn	動物	後半	1部
					There was an old woman who lived in a shoe	人物	後半	1部
					Georgie Porgie	人物	後半	1部
					Little Miss Muffet	人物	後半	1部
					Punch and Judy	人物	後半	1部
					The Queen of Hearts	人物	後半	1部
					Goosey, goosey gander	動物	後半	1部
					Here we go round the mulberry bush	遊唄	後半	1部
公園のメアリー・ポピンズ	Mary Poppins in the Park	P.L. Travers	1952	UK	Star light, star bright	願掛	前半	沢山
					Eeny, meeny, miney, mo	遊唄	前半	沢山
					Hickory, dickory, dock	動物	前半	1部
					Red sky at night	天・星	後半	1部
					The man in the moon	人物	後半	1部
					A was an apple-pie	数唄	後半	もじり
					The cock crows in the morn	格言	後半	1部
					A cat may look at the king	動物	後半	1部
					Cackle, cackle, Mother Goose	動物	後半	1部
					Who killed Cock Robin?	動物	後半	1部
					Old King Cole	人物	後半	1部
					Tom, he was a piper's son	人物	複数	1部

公園のメアリー・ポピンズ	Mary Poppins in the Park	P.L.Travers	1952	UK	Goosey, goosey gander	動物	後半	1部
					Little Bo-peep	人物	後半	1部
					Rub-a-dub-dub	人物	後半	1部
さくら通りのメアリー・ポピンズ	Mary Poppins in Cherry Tree Lane	P.L.Travers	1982	UK	Up and down the City Road	動物	中盤	1部
					Ring-a-ring o'roses	遊唄	中盤	1部
					Star light, star bright	願掛	中盤	1部
メアリー・ポピンズとお隣さん	Mary Poppins and House Next Door	P.L.Travers	1988	UK	The man in the moon	人物	後半	1部
ライオンと魔女	The Lion, the Witch and the Wardrobe	C.S.Lewis	1950	UK	Little Robin Redbreast	動物	前半	1部
					Goosey, goosey gander	動物	後半	1部
旅の仲間	The Fellowship of the Ring	J.R.R.Tolkien	1954	UK	Hey diddle diddle	動物	中盤	1部
					The man in the moon	人物	中盤	1部
パディントンのクリスマス	More about Paddington	Michael Bond	1959	UK	Please to remember	歳時	中盤	沢山
風が吹くとき	When the Wind Blows	Raymond Briggs	1982	UK	Hush-a-bye, baby	子守	タイ	タイ

注1）MG分類

マザーグースの分類に関しては、さまざまな方法があります。ここでは次のように13項目に分類しました。

唄の目的別分類で以下の10項目

　　子守＝子守唄　遊唄＝遊び唄　願掛＝願掛け唄　占唄＝占い唄　歳時＝歳時唄　格言＝格言唄　なぞ＝なぞなぞ唄　数唄＝数え唄　言遊＝言葉遊び唄　恋愛＝恋愛唄

上記10項目に分類できなかったものを、唄の主題で以下の3項目に分類

　　人物　　動物　　天・星＝天候・星

注2）用法＝引用法

映画の中での引用のされ方を次の5項目に分類しました。

　　「1部」　　唄の一部しか引用されていない場合
　　「沢山」　　唄の大部分が引用されている場合
　　「もじり」　唄の文句を変えて引用されている場合
　　「タイ」　　映画のタイトルのみに引用されている場合
　　「中・タ」　映画のタイトルと中身の両方で引用されている場合

スクリーンプレイの出版物のご案内

外国映画対訳シナリオ スクリーンプレイ・シリーズ

※ 表示価格は全て税抜き

ハリウッド映画のシナリオ(セリフ)を完全収録し、充実の語句解説やコラムを満載した、新感覚の英語学習教材です。もちろん、映画ファンの方にもお勧めです。お気に入りの映画で、あなたも英会話を勉強してみませんか？

スクリーンプレイ・シリーズ　　　　　　　　　　本体価格 1,200円

ハリウッド映画のセリフを完全収録。日本語訳と豊富な語句解説、コラムなどを収録した、映画シナリオの和英完全対訳本です。現在約70タイトルをラインナップしているので、あなたのお気に入りの映画もきっとあるはずです。

スクリーンプレイ

スーパー・スクリーンプレイ　　　　　　　　　　本体価格 1,800円

コラムや映画のこぼれ話、出演者のプロフィール、解説などを通常の編集をさらに充実させて収録した、スクリーンプレイ・シリーズの特別版です。通常版以上に映画のディテールに親しむことができます。

スーパー・スクリーンプレイ

あなたのお気に入りの映画、ありますか？

※ 邦題50音順

映画タイトル	原題	難易度	備考
アイ・アム・サム	I AM SAM	中級	
アイズ ワイド シャット	EYES WIDE SHUT	上級	
赤毛のアン	ANNE OF GREENGABLES	最上級	
アナスタシア	ANASTASIA	初級	
インデペンデンス・デイ	INDEPENDENCE DAY	中級	
ウエストサイド物語	WEST SIDE STORY	上級	
ウォール街	WALL STREET	最上級	
麗しのサブリナ	SABRINA	初級	
X-ファイル ザ・ムービー	X-FILES, THE	中級	
エバー・アフター	EVER AFTER	上級	
エリン・ブロコビッチ	ERIN BROCKOVICH	上級	
L.A.コンフィデンシャル	L.A. CONFIDENTIAL	中級	
オズの魔法使	WIZARD OF OZ, THE	初級	
キャスト・アウェイ	CAST AWAY	中級	
SUPER 交渉人	NEGOTIATOR, THE	上級	本体価格:1800円
幸福の条件	INDECENT PROPORSAL	中級	
ゴースト ニューヨークの幻	GHOST	中級	
サウンド・オブ・ミュージック	SOUND OF MUSIC, THE	初級	
13デイズ	THIRTEEN DAYS	上級	
ザ・ファーム 法律事務所	FIRM, THE	上級	
さよならゲーム	BULL DURHAM	上級	
シティ・オブ・エンジェル	CITY OF ANGELS	初級	
七年目の浮気	SEVEN YEAR ITCH, THE	初級	
シャイン	SHINE	上級	

ご注文はお近くの書店まで

映画タイトル	原題	難易度	備考
ジャッキー・ブラウン	JACKIE BROWN	上級	
真実の瞬間	GUILTY BY SUSPICION	上級	
SUPER スチュアート・リトル	STUART LITTLE	初級	本体価格：1800円
スナッチ	SNATCH	上級	
スパイ・ゲーム	SPY GAME	上級	
スピード	SPEED	中級	
ダイ・ハード	DIE HARD	中級	
ダイ・ハード2	DIE HARD 2	中級	
ダイ・ハード3	DIE HARD WITH A VENGEANCE	中級	
ダンス・ウィズ・ウルブズ	DANCES WITH WOLVES	中級	
チャーリーズ エンジェル	CHARLIE'S ANGELS	中級	
デイズ・オブ・サンダー	DAYS OF THUNDER	中級	
デイライト	DAYLIGHT	中級	
トータル・リコール	TOTAL RECALL	中級	
トップ・ガン	TOP GUN	中級	
ドライビング Miss デイジー	DRIVING MISS DAISY	最上級	
トレインスポッティング	TRAINSPOTTING	上級	
バック・トゥ・ザ・フューチャー	BACK TO THE FUTURE	初級	
ハムナプトラ 失われた砂漠の都	MUMMY, THE	中級	
パルプ・フィクション	PULP FICTION	上級	
ヒマラヤ杉に降る雪	SNOW FALLING ON CEDARS	中級	
ヒューマン ネイチュア	HUMAN NATUERE	上級	
評決	VERDICT, THE	上級	
フィールド・オブ・ドリームス	FIELD OF DREAMS	中級	
ブラック・レイン	BLACK RAIN	上級	
PLANET OF THE APES 猿の惑星	PLANET OF THE APES	中級	
ペイ・フォワード [可能の王国]	PAY IT FORWARD	初級	
マトリックス	MATRIX, THE	初級	
マネキン	MANNEQUIN	初級	
ミセス・ダウト	MRS. DOUBTFIRE	中級	
ミッション・インポッシブル	MISSION IMPOSSIBLE	中級	
レインマン	RAIN MAN	最上級	
ローズ家の戦争	WAR OF THE ROSES, THE	中級	
ロスト・ワールド ジュラシック・パーク	LOST WORLD, THE	中級	
ロミオ&ジュリエット	ROMEO & JULIET	最上級	
ロッキー2	ROCKY II	上級	
ロッキー3	ROCKY III	上級	
ロッキー4	ROCKY IV	上級	
ロッキー5	ROCKY V	上級	
ワイルド・ワイルド・ウエスト	WILD WILD WEST	中級	
ワーキング・ガール	WORKING GIRL	中級	

※2002年9月現在

スクリーンプレイの出版物のご案内

スクリーンプレイ リスニング・テープ／リスニングCD

※ 表示価格は全て税抜き

リスニングCD

映画の音声をそのまま録音したものではありません

スクリーンプレイ・シリーズの主要なタイトルには、ネイティブ・スピーカーが映画のセリフを吹き込み直したリスニング教材を用意しています。この教材で、完全に内容を理解するまで何度も聴き取ることによって、実際の映画の生の英語の前に、リスニング・トレーニングをすることができます。2001年9月まではテープで提供しておりましたが、シリーズNo.106『キャスト・アウェイ』からCD化しました。今後、旧タイトルも含めて順次CD化する予定です。なお、CD化した旧タイトルでも、テープの在庫があるものもあります。（CD化の最新情報はホームページをご覧下さい／「リスニングCD」は、CD-Rで提供します）

テープ：1,600円／CD1枚組：1,600円／CD2枚組：2,400円

発売タイトル	販売形態	発売タイトル	販売形態
アイ・アム・サム	CD	ダイ・ハード	テープ
赤毛のアン	CD	ダイ・ハード2	テープ
アナスタシア	CD	ダイ・ハード3	CD
インデペンデンス・デイ	CD	ダンス・ウィズ ウルブズ	CD
ウォール街	CD	チャーリーズ エンジェル	テープ
麗しのサブリナ	CD	デイライト	テープ
X-ファイル ザ・ムービー	CD	トップ・ガン	CD
エバー・アフター	テープ	ドライビング Miss デイジー	CD
エリン・ブロコビッチ	CD	トレインスポッティング	CD
L.A.コンフィデンシャル	CD	バック・トゥ・ザ・フューチャー	CD
キャスト・アウェイ	CD	ハムナプトラ 失われた砂漠の都	テープ
交渉人	テープ	パルプ・フィクション	テープ
幸福の条件	CD	ヒマラヤ杉に降る雪	テープ
ゴースト ニューヨークの幻	CD	ヒューマンネイチュア	CD
サウンド・オブ・ミュージック	CD	PLANET OF THE APES 猿の惑星	CD
13デイズ	CD	フィールド・オブ・ドリームス	CD
ザ・ファーム 法律事務所	CD	マネキン	テープ
シャイン	テープ	ミセス・ダウト	CD
ジャッキー・ブラウン	テープ	ミッション・インポッシブル	テープ
スチュアート・リトル	CD	レインマン	CD
スナッチ	CD	ロスト・ワールド ジュラシック・パーク	テープ
スパイ・ゲーム	CD	ロミオ&ジュリエット	テープ
スピード	CD	ワーキングガール	CD

ご注文はお近くの書店まで

全ての映画DVDの「英語字幕」を、文書ファイルとして取り込めるパソコン用DVD再生ソフト

映画DVD再生&映画英語学習ソフト

新発売 **caption DVD**™

CC（クローズド・キャプション）の時代は間もなく終わり、これからはDVD英語字幕の時代です。

日本で発売されている映画DVDソフトのほとんどに「英語字幕」(subtitles)が記録されています。これまでVHSビデオテープの一部に格納されてきたCC（クローズド・キャプション）と同趣旨のものです。この「英語字幕」が、映画で学ぶ英会話学習を希望しているあなたに、とっておきの楽しい学習方法を実現させてくれます。
caption DVDは、あなたのPC内に映画スターのセリフをgetし、さまざまな利用法をサポートします。

CD-ROM
for Windows 95/98, 2000, NT4, ME, XP

定価:本体価格
5,000円（税別）

DVD再生ソフト
パソコンで映画DVDソフトを観るためのソフトです。

英語字幕を一覧表示
映像ではすぐ消える英語字幕を、専用画面に一覧表示します。

検索機能+英英辞書
任意の文字を字幕から検索。ネット上の英英辞書にもリンクします。

場面検索+繰り返し
移動 / リピート
字幕から、その場面に瞬間移動。リピート再生も可能です。

文書ファイルで保存
取り込んだ英語字幕を、文書ファイルとして保存できます。

修正・印刷も可能
印刷
取り込んだデータは、修正・印刷が可能です。

専用ホームページで、お試しバージョンをダウンロードできます。

captionDVDを使用するには以下の3つが必要です。
① Windowsパソコン
② DVDドライブ（内蔵、もしくは外付け）
③ DVDソフト（英語字幕のあるもの）

お近くの書店・電気店で、ご注文・ご購入いただけます。
ご質問・お問い合わせは、下記の専用ホームページをご覧になるか、サポートセンターまでご連絡下さい。

サポートセンター　TEL：052-779-1106
専用ホームページ　www.captiondvd.com

※2002年9月現在

スクリーンプレイの出版物のご案内

学習参考書・生きた英語学習

映画で学ぶ しゃれた英語表現
小川 富二 著
映画の中に現れる、気の利いた言い回しを集めた本。英語の資格試験を目指す人にお勧めです。
本体価格 1,500円

映画で学ぶ 使える！英単語
山口 重彦 著
覚えられなかった英単語も、映画を使えばバッチリです！「ダイハード」を使って楽しく学習しましょう。
本体価格 1,262円

映画でらくらく 英検2級対策
山上 登美子 著
「ボディガード」と「フィールド・オブ・ドリームス」を使って、楽しみながら英検2級対策をしてみよう。
本体価格 1,300円

映画を英語で楽しむための7つ道具
吉成 雄一郎 著
7つのキーワードを覚えれば、映画の英語は中学生レベルになる！映画を題材にして、楽しく英語を学びます。
本体価格 1,200円

フリーズの本
木村 哲也／山田 均 著
実際の英語圏で、知らないと危険な英語表現を特にピックアップした、国際交流時代の「本物の英語」の書。
本体価格 951円

映画で学ぶ 英語熟語150
山口 重彦 著
「ロッキー」シリーズを観て、楽しみながら重要な英語の熟語150個を学習することができます。
本体価格 1,748円

映画で学ぶ 中学英文法
内村 修 著
「スターウォーズ」シリーズを題材に、様々な有名シーンから、中学レベルの英文法を学習します。
本体価格 1,748円

映画で学ぶ 高校英文法
島川 茂清 著
「インディ・ジョーンズ」シリーズを題材に、有名シーンから、高校レベルの英文法を学習します。
本体価格 1,748円

映画で学ぶ 中学生のための イディオム学習
山上 登美子 他著
中学3年間でマスターしておきたい、英語のイディオムを完全網羅。映画を使って楽しみながら学習できます。
本体価格 1,262円

映画で学ぶ 高校生のための イディオム学習
山上 登美子 他著
ピンとこなかった英語も、映画を使えばよく分かる、テスト対策にも配慮した、映画英語学習書。
本体価格 1,262円

映画で学ぶ 海外旅行の必修英会話120
萩原 一郎 著
旅行で観光するだけでは物足りない。海外でネイティブとの会話を楽しみたいと思っているあなたに最適です。
本体価格 1,262円

映画で学ぶ もしももしもの仮定法学習
新田 晴彦 著
難解で敬遠されがちな「仮定法」を、シンプルに丁寧に解説した、語学学習者への福音の書です。
本体価格 1,262円

映画で学ぶ アメリカ留学これだけ覚えれば安心だ
新田 晴彦 著
アメリカに留学する際に必要になる、現地生活に必要不可欠な表現だけを厳選してご紹介します。
本体価格 1,262円

映画で学ぶ これでナットク！前置詞・副詞
福田 稔 著
日本人が特に苦手な、英語の前置詞と副詞に特化して解説した、英語表現能力向上のための1冊です。
本体価格 1,262円

※表示の価格は全て税別です。

ご注文はお近くの書店まで

写真集

映画写真集 ムーラン・ルージュ
新感覚のミュージカル映画『ムーラン・ルージュ』の幻想的な世界を、300枚以上の写真で再現する、完全保存版の映画写真集です。
本体価格 3,800円

グラディエーター リドリー・スコットの世界
塚田 三千代 他訳
アカデミー作品賞を受賞した『グラディエーター』のメイキングに密着したメイキング写真集です。
本体価格 2,800円

解説書

舛添要一のおもしろ国際政治学講座 映画で学ぶ アメリカ大統領
舛添 要一 著
国際政治学者として著名な著者が、大統領もの映画を使って、実際のアメリカ大統領を解説します。
本体価格 952円

ムービー DE イングリッシュ
窪田 守弘 編著
50本の映画から抽出した、映画で英語を学ぶためのエッセンスが詰め込まれた1冊です。
本体価格 1,200円

アカデミー賞映画で学ぶ 映画の書き方（シナリオ）
新田 晴彦 著
シナリオライター志望者必読の一冊。実際にライターとして活躍中の筆者が、シナリオの書き方を懇切丁寧にお教えします。
本体価格 1,300円

映画で学ぶ アメリカ文化
八尋 春海 編著
言葉では説明しきれない「文化」も、映像を通せば理解しやすい。アメリカ映画を通して、アメリカの文化を解説します。
本体価格 1,500円

DVD映画英語学習法
亀山 太一 他著
DVDを使った映画英語学習法を解説した書。映画英語学習ソフト captionDVD のガイドブックを兼ねています。
本体価格 952円

映画の中の マザーグース
鳥山 淳子 著
欧米社会に深く浸透している「マザーグース」。様々な映画にも登場する、マザーグースの世界に皆さんをご案内します。
本体価格 1,300円

スクリーンプレイ学習法
新田 晴彦 著
映画シナリオや映画の映像を利用した、さまざまな、新しい英語学習法の取り組みを紹介・解説します。
本体価格 1,748円

アメリカ映画解体新書
一色 真由美 著
単なる映画評論にとどまらず、アメリカ映画のいろいろなおもしろさを再発見できるエッセイ集です。
本体価格 1,500円

教材

SCREENPLAY オーラル・コミュニケーションA
渡辺 幸俊／曽根田 憲三 他著
映画を使ったオーラル・コミニケーションAの教科書。文部省指導要領に準拠しています。
本体価格 1,262円

SCREENPLAY オーラル・コミュニケーションB
大八木 廣人／渡辺 治 他著
映画を使ったオーラル・コミニケーションBの教科書。文部省指導要領に準拠しています。
本体価格 1,262円

児童教育

KIM先生のおもしろ子供英語教室 Balls, Balloons & Bubbles
キム・A・ルッツ 著
子供に英語を教える際に必須の様々なノウハウを詰め込んだ、児童英語教育マニュアル決定版。
本体価格 2,800円

保育革命 少子高齢化時代の育児と保育
鈴木 真理子 著
児童福祉法50年。21世紀のあるべき保育事業の姿を提言する1冊です。
本体価格 1,600円

※2002年9月現在

もっと知りたい
マザーグース

2002年10月9日　初版第1刷
2002年12月25日　　　第2刷

著者
鳥 山 淳 子

発行者
鈴 木 雅 夫

発売元
株式会社スクリーンプレイ
〒465-0025　名古屋市名東区上社1-409
TEL：(052)779-1155　FAX：(052)779-1159　振替：00860-3-99759
ホームページ：http://www.screenplay.co.jp

印刷・製本
株式会社チューエツ

定価はカバーに表示してあります。
無断で複写、転載することを禁じます。
乱丁、落丁本はお取り替えいたします。

Printed in Japan
ISBN4-89407-321-8